WARNUNG

Dieses Buch kann Fernweh verursachen!

Du hast Fragen oder Anregungen?
Schreib uns eine Mail info@super-bibel.de

Die Deutsche Nationalbibliothek verzeichnet diese Publikation in der Deutschen Nationalbibliografie; detaillierte bibliografische Daten sind im Internet unter dnb.d-nb.de abrufbar.

1. Auflage, April 2020

ISBN: 9798 6048 30666 (Paperback)
ASIN: B0872CPYD2 (E-Book)

Vorwort

G'day mate, bonjour und kia ora! Wir sind Maik und Markus und freuen uns, dass du dich für eine Work & Travel Reise interessierst! Wir werden unser Bestes geben, dich auf den Geschmack für Fernreisen zu bringen und dir dafür alle nötigen Informationen geben. Aber wer sind wir eigentlich, wie kam es zu diesem Buch und was erwartet dich?

Wir beide sind leidenschaftliche Reisende, die gerne ihre Erfahrungen teilen und dich anregen möchten loszuziehen. Obwohl wir uns mit 14 Jahren Altersunterschied in verschiedenen Lebensphasen befinden, unterschiedliche Berufe und Lebensziele haben, verbindet uns das Reisen und alles was damit zusammenhängt. Schuld an unserem Fernweh hat eine gemeinsame Erfahrung: Work & Travel!

Markus war für ein Jahr in Australien und Maik für sieben Monate in Neuseeland. Infiziert mit dem Reisefieber starteten wir beide anschließend in ein zweites Work & Travel Abenteuer. Dieses Mal zog es uns nach Kanada, wo wir uns schließlich kennenlernten. Schnell stellten wir fest, dass die Chemie stimmt und wir ein gemeinsames Projekt starten wollen. Das Ergebnis hältst du nun in deinen Händen.

In diesem Buch findest du unsere gesammelten Erfahrungen zum Thema Work & Travel und jede Menge hilfreiche Reisetipps. Das Augenmerk liegt auf dem speziellen Programm, welches durch das namengebende Visum möglich ist. Wir berichten dir von den drei beliebtesten Ländern: Australien, Kanada und Neuseeland. Die meisten Themen in diesem Buch sind auch für Individualreisen nützlich. Es lohnt sich also, alles zu lesen!

Wir möchten dich bestmöglich auf dein großes Abenteuer vorbereiten. Dafür haben wir richtig viel Zeit investiert, viel Geld für Kaffee ausgegeben, sind oft zwischen Hamburg und Köln gependelt (Markus wohnt in Köln, Maik in Hamburg) und nach vier Jahren schlussendlich völlig erschöpft mit diesem Werk aus dem Keller gekrochen. Bevor es jetzt richtig los geht, sollst du uns genauer kennenlernen.

Markus kommt aus Duisburg und hat nach der Schule in Dortmund studiert und anschließend auch gearbeitet. Er ist dort mit seiner langjährigen Freundin zusammen gezogen, hatte ein sehr nettes Umfeld auf der Arbeit und einen großen Freundeskreis. Alles lief in geregelten Bahnen und einer gesicherten Zukunft stand nichts im Weg. Trotzdem hatte er das wachsende Gefühl, dass es noch viel mehr zu sehen und zu erleben gibt. Schließlich hat er sich entschlossen sich zu trennen, seine Wohnung zu kündigen und für ein Jahr mit unbezahltem Urlaub nach Australien zu reisen. Als er von der Reise heim kam, stellte er fest, dass er noch viel mehr von der Welt sehen möchte. Also kündigte Markus endgültig seinen Job, um ein weiteres Mal Work & Travel zu machen, dieses Mal in Kanada. Seither bereiste er viele Länder in Amerika, Asien, Ozeanien und Europa.

Maik ist in Hamburg auf die Welt gekommen, wuchs in Niedersachsen auf und machte mit 17 Jahren sein Abitur. Während der Schulzeit entdecke er seine Leidenschaft für Filmproduktion und machte sich in der Oberstufe als Kameramann selbstständig. Nach dem Abschluss reiste er für sieben Monate durch Neuseeland und verfiel dem Reisefieber. Nach der Rückkehr konnte Maik die Füße nicht lange still halten und reiste je vier Wochen durch die USA und Thailand und fuhr außerdem mit dem Auto seines Opas quer durch Deutschland.

Bevor er für weitere vier Monate nach Kanada aufbrach, machte er diverse Städtereisen innerhalb Europas. Der Work und Travel Aufenthalt in Kanada brachte Maik auch nach Alaska, in den Yellowstone National Park und auf dem Rückweg sogar nach Island. Zurück in Hamburg begann er sein Film- und Fernsehstudium und versuchte wann immer möglich zu reisen. So fuhr Maik mit seinem Smart für 18 Tage durch Norwegen und konnte Dank verschiedener Filmaufträge nach Äthiopien, Namibia, Malta, Griechenland, Italien und die USA reisen. Mit 24 Jahren schloss er sein Studium ab. Jetzt baut er seine Firma *Nashorn Filmhaus* auf, führt Regie bei verschiedensten Filmen und versucht so viel unterwegs zu sein wie möglich. Lange Reisen, Geschichten erzählen und Menschen inspirieren zählt zu den wichtigsten Dingen in Maiks Leben.

Mit unseren gesammelten Reiseerfahrungen kannst du für dich klären, ob du der Typ für eine Work & Travel Reise bist. Wir geben dir außerdem einen Überblick über die drei Länder, damit du das für dich passende Reiseland auswählen kannst.

Wenn du dein Zielland festgelegt hast, kannst du mit der Work and Travel Super Bibel dein gesamtes Abenteuer planen. Wir haben das Buch chronologisch zu deinem Reiseverlauf aufgebaut. Du erfährst zu Beginn alle relevanten Themen, die **vor der Reise** wichtig und zu erledigen sind. Es folgt der ausführlichste Teil, der dir **während der Reise** bei allen Aufgaben und Lebenssituationen helfen soll. Zum Abschluss befassen wir uns noch mit allem was **nach der Reise** auf dich zukommt. Das soll dir helfen nach der intensiven Erfahrung dein Leben neu zu sortieren.

Wir haben übrigens an so vielen Stellen wie möglich unsere persönlichen Anekdoten und Meinungen hinzugefügt. Vielleicht sind einige hilfreich oder zumindest unterhaltsam. Auch für deine Familie und Freunde könnte diese Lektüre spannend sein, da sie mit diesem Buch sehen, was alles auf dich zukommen wird.

Wir hoffen alle deine Fragen beantworten zu können, sodass du entspannt und gut informiert deine Reise starten kannst.

***Hinweis**: Preise sind in der jeweiligen Landeswährung angegeben. Wir verwenden teilweise Shortlinks, um das Eingeben von URLs zu vereinfachen.*

Und falls du dich fragst, wie der Titel dieses Buches zustande kam: Zum einen soll der Name klar machen, dass dies der ultimative Work & Travel Ratgeber ist und zum anderen fasst der Titel den Anspruch, den wir an unsere Arbeit gestellt haben, zusammen.

Viel Spaß beim Lesen und gute Reise wünschen
Markus und Maik

Inhalt

Vor der Reise 11

Was ist Work & Travel? 11

Passt Work & Travel zu dir? 14

Wohin willst du reisen? 16

Die Planung beginnt 20

Mit oder ohne Organisation? 20

Deine Reisekasse 22

Reisepass und Führerschein 35

Working Holiday Visum 37

Gesundheit und Impfungen 37

Günstige Flüge finden 43

Unterkunft für die ersten Tage 47

Jobsuche vorbereiten 48

Solltest du alleine Reisen? 50

Ich packe meine Tasche 55

Rucksack, Taschen und Gepäck 56

Brauchst du einen Schlafsack? 60

Reiseführer 62

Was für Elektronik brauchst du? 65

Die richtige Kamera 67

Digitales Gepäck, Apps und Websites 70

Packliste 79

Checkliste 86

Abflug ins Abenteuer 88

Während der Reise 93

Angekommen, erste Schritte 93

Jetlag und Zeitverschiebung 94

Dein Bankkonto eröffnen 96

Deine lokale Telefonkarte 102

Steuernummer beantragen ... 107
Neue Kontakte knüpfen ... 108
Kulturschock und Heimweh ... 115
What to do? Allgemeine Anregungen! ... 119
Unterkünfte ... 121
Hostels, Hotels und Gasthäuser ... 122
Airbnb und Couchsurfing ... 129
Campen und Zelten ... 134
Camping Bestimmungen und Gesetze ... 140
Arbeit für Kost und Logis ... 159
Im Flughafen schlafen ... 164
Arbeiten ... 166
Typische Backpacker Jobs ... 167
Wie finde ich einen Job? ... 171
Bewerbungen schreiben ... 179
Arbeitsverhältnis und Gehalt ... 188
Kündigung einreichen ... 191
Transportmittel ... 192
Busreisen ... 192
Zugreisen ... 195
Mietwagen ... 199
Per Anhalter fahren (Trampen) ... 208
Fahrrad fahren ... 210
Zu Fuß ... 211
Fähre ... 212
Dein eigenes Auto ... 213
Wie und wo findest du ein Auto? ... 220
Besichtigungen bevor du kaufst ... 222
Kaufen, anmelden und verlängern ... 227
Was gibt es für Versicherungen? ... 233
Inspektionen und Service ... 238
Das Auto verkaufen ... 241

Kochen und Verpflegen 246
Wo du am besten einkaufst 247
Anregungen und Rezepte 248
Wie und wo kochst du auf Reisen? 254
Tipps zu Restaurants und Fast Food 256
Alkohol-Bestimmungen 257
Sicherheit 259
Sichere deine Dokumente 259
Diebstahl, Kriminalität und Gewalt 261
Verlust deiner wichtigsten Papiere 264
Gefahren in der Wildnis 267
Heimreise und Rückflug 273

Nach der Reise 277
Die Heimkehrer Krankheit 278
Hole deine Steuern zurück 282
Deine Fotos und Videos 283

Starter Guide Australien 287
Wichtigste Eckdaten 288
Unsere Highlights 291
Working Holiday Visum 292
Arbeiten in Australien 298
Steuererstattung 300
Wichtige Tipps 302

Starter Guide Kanada 304
Wichtigste Eckdaten 304
Unsere Highlights 306
Working Holiday Visum 310
Arbeiten in Kanada 318
Steuererstattung 321
Wichtige Tipps 322

Starter Guide Neuseeland **327**
Wichtigste Eckdaten **328**
Unsere Highlights **329**
Working Holiday Visum **330**
Arbeiten in Neuseeland **334**
Steuererstattung **335**
Wichtige Tipps **337**

Reiseberichte **339**
Australien: Hinnerk (22) 339
Australien: Maxi (19) 343
Australien: Maximiliane (18) 347
Kanada: Tanja (35) 352
Kanada: Liane (24) 355
Kanada: Marlene (20) 359
Neuseeland: Jacub (21) 363
Neuseeland: Christabel & Viola (19) 367
Neuseeland: Melanie (23) 371
Maiks Reise **374**
Markus' Reise **380**

Nachhaltigkeit **384**

Schlusswort **385**

Danke **387**

Haftungsausschluss **388**

Genderhinweis **389**

Copyright **389**

Vor der Reise

Was ist Work & Travel?

Bevor wir richtig starten kommen wir zunächst auf das Work & Travel Programm zu sprechen. Worum geht es dabei eigentlich?

Einige Länder auf der Welt bieten ein spezielles Visum an, das dir sowohl Aufenthalt im Land gewährt als auch die Möglichkeit zum Arbeiten gibt. Das ermöglicht Reisenden auch mit wenig Startkapital loszuziehen und vor Ort ihren Lebensunterhalt zu verdienen. Work & Travel ist, wie der Name schon sagt, eine Kombination aus reisen und arbeiten.

Wenn du also genug Geld hast, reicht für dich vielleicht auch ein normales Touristenvisum.

Das Work & Travel Visum, auch Working Holiday Visum genannt, wird unter verschiedenen Auflagen ausgestellt. Die bekanntesten und beliebtesten Zielländer sind Australien, Kanada und Neuseeland. Die Arbeit ist nicht an einen einzigen Arbeitgeber gebunden, weshalb es möglich ist verschiedene Teile des Landes kennenzulernen und unterschiedliche Jobs anzunehmen.

Work & Travel bedeutet viel arbeiten und viel unterwegs sein. Das ist nicht mit Urlaub zu verwechseln. Du wirst viele neue Menschen, Orte und fremde Kulturen kennenlernen. Natürlich ist es auch möglich, dir eine Pause zu gönnen und das Land wie ein Urlauber zu genießen. Sei dir nur im Voraus darüber im Klaren, dass deine bevorstehende Reise neben den vielen tollen Aspekten auch Rückschläge mit sich bringen und zeitweise sehr anstrengend werden kann. Entwickle daher keine unrealistischen Erwartungen und erspare dir unnötige Enttäuschungen. Du wirst an deinen Erfahrungen und Erlebnissen wachsen und dich selber besser kennenlernen. Die Reise ermöglicht es dir, dein Leben aus einer völlig neuen Perspektive zu betrachten und vielleicht bekommst du eine bessere Vorstellung, was du mit deiner Lebenszeit anstellen möchtest. Sei also gespannt auf eine großartige Reise mit extrem coolen Erlebnissen, neuen Menschen und Ideen.

Info: *Die eigentliche Bezeichnung für das Work & Travel Visum ist übrigens Working Holiday Visum (WHV) und das bilaterale Abkommen zwischen Deutschland und den Work & Travel Ländern heißt Working Holiday Scheme (WHS).*

Maik: *Nach dem Abi eine zweijährige Auszeit einzulegen, war die beste Entscheidung meines Lebens. Meiner Meinung nach, kann kaum jemand direkt nach seinem Schulabschluss sagen, wer er ist und was er im Leben will. Ich finde jeder sollte sich die Zeit nehmen, einen Teil der Welt und sich selbst zu erkunden. Du weißt nicht, ob du dir jemals in deinem Leben wieder so viel Zeit nehmen kannst. Wenn du jetzt gerade überlegst, ob du los ziehen sollst oder nicht: Mach es einfach. Du wirst es nicht bereuen!*

Passt Work & Travel zu dir?

Wie lange warst du bisher schon von deinen Freunden und deiner Familie getrennt? Vielleicht ist dir noch gar nicht nicht aufgefallen, dass dein Lebensstil nur einer von Vielen möglichen ist. Wir orientieren uns an dem was wir kennen, und nicht an dem was wir nicht kennen.

Mit deiner Reise erhältst du die Möglichkeit aus einer anderen Perspektive auf dein Leben und deine Mitmenschen zu schauen. Es kann passieren, dass du nach deiner längeren Reise einiges ändern willst. Vielleicht möchtest du nicht mehr bei deinen Eltern wohnen oder du hast andere Lebensansprüche entwickelt als deine Freunde. Egal welche Erfahrungen du sammelst, du wirst verändert von deinem Abenteuer zurückkehren! Wenn du bereit bist dich auf Neues einzulassen hast du die richtigen Voraussetzungen für ein Work & Travel Abenteuer.

Du machst dir vielleicht Sorgen wegen der Sprachbarriere. Natürlich benötigst du einen gewissen Grundsprachschatz um deine Bedürfnisse zu äußern. Sobald du jedoch in deinem Reiseland angekommen bist wirst du feststellen, dass die Kommunikation einfacher ist, als anfangs gedacht.

Es wird Situationen geben in denen du dich nicht wie in deiner Muttersprache ausdrücken kannst, doch das bessert sich mit der Zeit. Du lernst eine Fremdsprache am besten in dem Land, in dem diese gesprochen wird. Wenn du ständig mit einer anderen Sprache konfrontiert bist, wirst du dich schnell daran gewöhnen, diese ebenfalls zu sprechen. Nach einer Zeit wirst du auch anfangen in der Sprache zu träumen.

Mache dir also wegen der Sprachbarriere keine zu großen Sorgen und sieh es als Chance für dich und deinen Lebenslauf!

***Tipp**: Natürlich ist es angenehmer sich auf der Reise mit gleichsprachigen Menschen zu umgeben, da die Verständigung keine Hürde darstellt. Versuche dennoch möglichst viel Kontakt zu Locals aufzubauen. Auf diese Weise wirst du nicht nur deine Sprachkenntnisse deutlich verbessern, sondern auch das Land und die Kultur intensiver kennenlernen.*

***Maik**: Während der Schulzeit war mein schlechtestes Fach fast immer Englisch. Ich hatte große Sorge, dass ich während meiner Reise nicht zurecht komme. Am Ende hat alles super geklappt und ich fühle mich inzwischen viel sicherer in der Sprache. Es entstehen natürlich auch mal sehr lustige Situation. Beispielsweise fragte ich einmal eine die Ärztin nach einem "Date" statt nach einem Termin (Appointment). Ich wurde darauf hin sehr belustigt angeschaut.*

***Markus**: Ich wollte einen Reservekanister kaufen und habe nach einem "spare tank" gefragt. Mir wurde dann erklärt dass der Laden keine Panzer verkauft und Kanister im englischen Jerry Can heißt.*

Vielleicht machst du dir neben der Sprache auch Sorgen, dass du in Deutschland etwas verpassen könntest. Deine Freunde beginnen zu studieren oder fangen eine Ausbildung an. Du hast Angst, dass du "abgehängt" wirst und nicht deine Karriere startest. Das ist ein absolut nachvollziehbarer Gedanke doch nach ein paar Jahren wirst du feststellen, dass eine Auszeit nach der Schule die wahrscheinlich beste Entscheidung war. Es ist nicht ungewöhnlich, dass viele ihre Ausbildung abbrechen und etwas anderes anfangen. Weiterbildung ist kein Wettrennen! Mach dir bewusst, dass deine Reise deine Ausbildung nur aufschiebt, denn du wirst diese nach deiner Rückkehr anfangen. Dein Reisejahr ist eine unbezahlbare persönliche Weiterbildung, die deinem Leben eine neue Richtung geben kann. Außerdem sind Auslandserfahrungen sehr gern gesehen.

Fang keine Ausbildung an, nur weil du glaubst, dass es von dir erwartet wird! Gehe deinen eigenen Weg!

***Maik**: Ich überlegte während meinen Reisen, dass ich in einer privilegierten Situation bin. Während andere Menschen in Deutschland fast das ganze Jahr arbeiten um für 1-3 Wochen zu reisen, kann ich die ganze Zeit unterwegs sein. Ich arbeite wenig und mache einen gefühlten Dauerurlaub. Der Sinn des Lebens ist für mich nicht zu arbeiten, um mich dann von der Arbeit zu erholen. Das ist für mich kein Gleichgewicht. Sollte es nicht umgekehrt sein?*

Es braucht nur wenige Eigenschaften wie Neugier, ein bisschen Mut und Selbstvertrauen, um los zu ziehen. Die Frage, ob Work & Travel etwas für dich ist, kannst nur du selbst beantworten. Wir können dir nur raten, dich nicht von gesellschaftlichem Druck und Zweifeln einschüchtern zu lassen. Du weißt nicht, wann du jemals wieder die Chance haben wirst, eine so einzigartige Reise zu machen. Also trau dich - du wirst es nicht bereuen!

Wohin willst du reisen?

Wir wollen sicher sein, dass du in ein Land reist in dem es dir sehr gut gefällt. Australien, Kanada oder Neuseeland haben jeweils sehr viel zu bieten und unterscheiden sich dabei teils stark. Nicht unterscheiden tut sich die Freundlichkeit der Menschen, die du dort triffst.

Wenn du Schwierigkeiten hast dich für ein Land zu entscheiden haben wir gute Nachrichten für dich:

Du brauchst dich nicht zu entscheiden! Du kannst auch verschiedene Länder kombinieren. Vor allem die Distanz zwischen Neuseeland und Australien überwindest du schon für wenig Geld. Also: No worries!

Was bietet Australien?

In Australien kannst du endlose Küstenkilometer mit zahllosen Traumstränden bereisen. Begibst du dich ins Landesinnere kannst du ein Gespür für endlose Steppe und sternenklare Nächte in der Wüste bekommen. Du hast gute Chancen auf einen super Sommer und wenn es dir im Süden zu kalt wird, ziehst du Richtung Norden, wo es keinen Winter gibt.

Gefährliche Tiere gibt es zahlreiche, aber wenn du informiert bist solltest du hauptsächlich den Freundlichen begegnen, zum Beispiel Kängurus, Koalas oder Emus. Der mysteriöse Uluru, der wunderschöne Whitehaven Beach und das

Opernhaus in Sydney sind nur ein paar der Sehenswürdigkeiten bei denen du Halt machen solltest. Hast du einen Job gefunden, stehen deine Chancen gut viel Geld zu verdienen, wobei du nicht vergessen solltest, dass Australien ein teures Land ist.

Was bietet Kanada?

Das zweitgrößte Land der Erde bietet dir unvorstellbare Weiten und Vielfalt in jeder Hinsicht. Von den rauen Küsten Neufundlands, an denen du zur richtigen Jahreszeit Eisberge sehen kannst, über die großen Städte im Osten, die endlosen Prärien im Zentrum bis zu den Rocky Mountains im Westen, bietet Kanada dir Stadtleben und einsame Wildnis gleichermaßen. Dabei hast du auch gute Chancen unter anderem Bären, Elche und Bisons in freier Wildbahn zu sehen. Es ist aber Vorsicht geboten, diese Tiere sind nicht zahm.

Im Norden kannst du in weißen Nächten auch noch um Mitternacht die Sonne betrachten. Zu anderen Jahreszeiten wirst du vielleicht Zeuge der atemberaubenden Polarlichter.

Kanada ist bekannt für seine extremen Winter und angenehmen Sommer. So hast du das halbe Jahr Zeit zum reisen und den Rest des Jahres kannst du Geld verdienen, zum Beispiel indem du in einem Skigebiet arbeitest.

In Kanada gibt es zwei Landessprachen, Englisch und Französisch. Wenn du sprachlich sehr interessiert bist, ist das ein großer Vorteil. Darüberhinaus kannst du mit dem Auto in die angrenzenden USA fahren und dort die Menschen, das Leben und die Natur kennenlernen.

Wenn du für Kanada kein Visum ergattern kannst, ist Neuseeland in vielerlei Hinsicht eine gute Alternative.

Was bietet Neuseeland?

Neuseeland vereint die Strände Australiens und die Natur Kanadas auf zwei kleinen Inseln. Morgens am Strand zu liegen und abends auf einen Berg zu steigen ist kein Problem.

Die Great Walks führen dich durch die schönsten Gegenden des Landes. Du kannst auf Gletscher steigen und in dunkle Höhlen klettern. Wo auch immer es hingeht, um gefährliche Tiere musst du dir keine Gedanken machen. In Neuseeland kannst du die Kultur der Maoris, den Landessport Rugby und natürlich die gastfreundlichen Kiwis (so nennen sich die Einwohner) kennenlernen.

Wo bekommst du mehr Informationen?

Am Ende des Buches findest du Erfahrungsberichte, die dich inspirieren sollen. Im Kapitel "Reiseführer und Wanderführer" empfehlen wir länderspezifische Bücher, die dir ebenfalls bei der Wahl deines passenden Work & Travel Landes helfen können. Viele Reisende teilen ihre Erlebnisse in Vlogs bei YouTube, die persönliche Einblicke in die jeweiligen Länder geben.

Letztlich ist es egal für welches Land du dich entscheidest, denn du wirst eine einzigartige und unvergessliche Reise erleben.

Die Planung beginnt

Bist du bereit? Ausgezeichnet! Die folgenden Kapitel dienen deiner Vorbereitung von zu Hause aus. Wir helfen dir deine Ausrüstung zusammen zu stellen, sagen dir wo du alles besorgen kannst und an was du vielleicht noch denken könntest, bevor du in den Flieger steigst. Wenn du deine Reise in der Reihenfolge der Kapitel vorbereitest, wirst du nichts vergessen und hast eine gute Grundstruktur für die Organisation deines Abenteuers.

Mit oder ohne Organisation?

Diese Frage stellen sich die Meisten vor der ersten großen Reise: Will ich alleine planen oder benötige ich die Hilfe einer Organisation? Die Antwort hängt von dir ab.

Maik: *Ich habe meine erste Work & Travel Reise mit einer Organisation gemacht und war sehr zufrieden. Im Nachhinein denke ich, dass es auch ohne gut funktioniert hätte. Die weiteren Reisen habe ich grundsätzlich selbst geplant.*

Markus: *Ich habe von Anfang an alles selber organisiert. Vorausgeplant habe ich kaum. Meine Landung in Australien war ein Sprung ins kalte Wasser. Nach nur zehn Tagen saß ich dann allerdings schon in meinem eigenen Van und fuhr der Sonne entgegen.*

Was bietet dir eine Organisation?

- Du hast einen guten Start, denn dein Flug und die erste Unterkunft werden für dich organisiert und man hilft dir eine gute Auslandskrankenversicherung zu wählen. Auch bei der Beantragung des Visums ist die Organisation für dich da und hilft dir mit Übersetzungen und beim Ausfüllen der Unterlagen.

- Du hast einen Ansprechpartner für alle deine Fragen. In Deutschland und auch vor Ort im Ausland. Sie helfen dir kurzfristig und stehen dir in jeder Situation mit Rat zur Seite. Das gibt dir, deinen Verwandten und Freunden Sicherheit.

- In Deutschland und später vor Ort gibt es Informationsveranstaltungen in denen du mehr über Land und Leute erfährst. Du bekommst genaue Infos wie du beispielsweise deine Steuernummer beantragst und bei welcher Bank du am besten ein Konto eröffnest.

- Du bekommst eine Postadresse an die deine Freunde und Verwandten Pakete (z.B. zu Weihnachten) senden können.

- Du lernst automatisch Mitreisende auf Gruppenreisen und Veranstaltungen kennen. Manche Organisationen verteilen auch vor Abreise eine Teilnehmerliste. So kann man sich schon vorab mit anderen austauschen.

- Dir wird ein Teilnahmezertifikat ausgestellt.

- Deine Reise unterliegt dem deutschen Reiserecht, wodurch eventuell anfallende Schadensansprüche direkt in Deutschland geltend gemacht werden können.

Eine Organisation nimmt dir also einiges an Arbeit ab und erleichtert dir den Start und schafft (eine gefühlte) Sicherheit. Diese Leistungen sind neben den Reise- und Visumkosten bereits in dem Pauschalpreis enthalten. Es gibt jedoch auch viele Reisende die ihren Work & Travel Aufenthalt selbst organisieren. Dieses Buch enthält alle Informationen, die du brauchst um deine Planung selbst in die Hand zu nehmen, um auch ohne Organisation gut zurecht zu kommen.

Maik: *Ich habe bei meiner ersten Work & Travel Reise die Organisation "Stepin" in Anspruch genommen und war sehr zufrieden. Es gab mir ein Gefühl von Sicherheit, dass jemand da ist, wenn ich Probleme habe. In Kanada habe ich alles alleine organisiert und kam ebenfalls gut klar. Nur die Möglichkeit Pakete empfangen und nachgesendet zu bekommen hat mir gefehlt.*

Info: *Organisationen bieten neben dem klassischen Work & Travel auch noch weitere Programme an. Dazu zählen Teach & Travel, Farm & Travel, Praktika und Sprachkurse. Diese kann man allerdings ebenfalls selber organisieren.*

Deine Reisekasse

Dank eines Working Holiday Visums kannst du im Ausland arbeiten. Trotzdem ist es einfacher und auch sinnvoll, bereits in Deutschland Geld zu sparen und mit mehr finanziellen Mitteln die Reise zu starten. Zum einen kostet es dich Zeit im Ausland zu arbeiten und zum anderen gibt Geld dir Sicherheit. Falls etwas schief geht und du mehr als geplant ausgeben musst, hast du noch Rücklagen.

Wie viel Geld brauche ich am Anfang?

Die wichtigste und am häufigsten gestellt Frage dreht sich um Geld. Primär wird gefragt: Wie viel Geld brauche ich auf meiner Reise? Die Frage können wir ehrlich gesagt nicht genau beantworten, denn sie hängt mit deinem Lebensstil und den Kosten in deinem Lebensumfeld zusammen.

Wenn du ein Mindestmaß an Sicherheit haben möchtest, solltest du planen mit deinem Geld zumindest die ersten drei Monate gut über die Runden zu kommen. Dies ist eine gute Grundregel mit der du entspannt in deinem Reiseland ankommen kannst ohne direkt Gelddruck zu bekommen. Wenn wir uns auf eine Zahl festlegen müssten, würden wir dir mindestens 3000€ als Startbudget empfehlen. Bedenke, dass du zumindest die Mindestanforderung für das Visum vorweisen können musst.

Mit diesem Betrag kannst du relativ gut leben. Wenn dein Flug und deine Krankenversicherung bezahlt sind und du mit 3000€ auf deinem Konto im Land ankommst, hast du ein solides finanzielles Polster. Vom ersten Tag an gehen dann Verpflegung und Unterkunft von deinem Geld ab.

Jetzt musst du überlegen was du möchtest. Sofort Arbeit finden und mehr Reisegeld ansparen heißt, dass du möglicherweise auch mit weniger Startkapital auskommst. Wenn du dich stattdessen aufs Reisen konzentrieren willst, wird dein Geldbeutel zunächst kleiner. Bedenke, dass wenn du große Ausgaben wie z.B. einen Autokauf planst, dein Startkapital höher sein sollte.

Auf die Reise sparen

Damit du dir den Start in dein Abenteuer auch finanzieren kannst, haben wir ein paar handfeste Ideen, wie du Geld ansparen kannst.

- **Geld anlegen**
  Wenn du Geld bekommst, sei es Taschengeld, Kindergeld, Geburtstagsgeld oder Gehalt, dann lege einen gewissen Betrag beiseite, am besten auf ein separates Konto. Das bringt dich dazu das Geld nicht mehr anzurühren. Auch ein Dauerauftrag auf dein Reisekonto kann dir über einen gewissen Zeitraum permanent Geld ansparen. Je früher du anfängst zu sparen, desto besser!

- **Zahle immer mit Bargeld**
  Mit Karte zahlen ist zwar praktisch aber du verlierst schnell den Überblick über deine Ausgaben. Bargeld hat den Vorteil, dass du nur eine bestimmte Menge Geld in deiner Tasche hast und du leichter verfolgen kannst, wie viel noch übrig ist. Nicht nur das! Wenn du mit Plastik zahlst, bist du bereit mehr Geld auszugeben, zumindest behaupten Statistiken das.

- **Bezahle doppelt so viel**
  Wenn du Luxusartikel kaufst, überweise die gleiche Summe auf dein Sparkonto. So steigt deine Hemmschwelle etwas zu kaufen und wenn du es wirklich haben musst, legst du gleichzeitig auch etwas für deine Reise zurück.

- **Zuhause feiern**
  Statt in Kneipen, Bars oder Clubs zu gehen kannst du privat feiern. Der Heimweg ist kürzer und du kannst entspannt mit deinen Freunden quatschen.

- **Sammle dein Kleingeld**
  Jeden Tag kommen ein paar Euro zusammen und am Monatsende bist du bereits bei 50€, ohne dass du es gemerkt hast. Leere jeden Abend dein Portemonnaie in eine Spardose. Damit fallen jeden Tag ein paar Euro an, die dir nicht weh tun. Schon bei täglich 3€ hast du am Ende des Monats 90€ gesammelt. Das Kleingeld kannst du in der Regel bei deiner Hausbank zählen und direkt auf dein Konto einzahlen lassen.

- **Leihen statt kaufen**
  Manches brauchst du nur kurz, zum Beispiel Werkzeug. Sicher kann ein Nachbar dir aushelfen und du musst kein Geld ausgeben. Wenn du es besitzen musst, kaufe es gebraucht, zu einem Bruchteil des Neupreises.

- **Kaufe die Handelsmarke**
  Markenhersteller bieten die Produkte der Handelsmarken bei vergleichbarer Qualität zu einem geringen Preis an. Die meisten Supermärkte führen so eine Marke.

Gewöhne dir dies in Deutschland an und führe es im Ausland weiter, dann sparst du ordentlich Geld.

- **Nutze besondere Zeitpunkte zum Einkaufen**
  Am Black Friday und am Cyber Monday werden Artikel stark reduziert. Teure Elektronik kaufst du deshalb am besten an einem dieser Tage. Wenn du antizyklisch Kleidung kaufst, ergibt sich übrigens auch ein großes Sparpotential. Das bedeutet, du kaufst deine Sommerkleidung im Sommerschlussverkauf (SSV) und deine Winterkleidung im Winterschlussverkauf (WSV). Die Rabatte sind oft sehr hoch, da die Unternehmen die Lager für die nächste Saison leeren müssen.

Maik: *Ich kann nur empfehlen auch deine Eltern und Großeltern zu motivieren Kleingeld zu sparen. Stelle einfach ein Sparschwein bei ihnen auf und sag ihnen wofür du das Geld verwenden möchtest. So habe ich ca. alle zwei Monate rund 50€ als Münzgeld geschenkt bekommen!*

- **Kochen**
  Verzichte auf Lieferservices oder Fertigessen, da es teurer ist als selber zu kochen. Essen mitzunehmen spart dir zusätzlich sehr viel Geld, sofern du häufiger unterwegs bist. Zusätzlich ist es eine gute Übung, um später auf der Reise schon einige Gerichte zu kennen und ein Bewusstsein für Lebensmittel zu entwickeln. Übrigens ist es oft gesünder.

- **Nutze Angebote**
  Verzichte nicht, sondern nutze zum Beispiel den Kinotag und die Happy Hour. Trotz Sparen brauchst du nicht wie ein Mönch leben, wenn du dein Geld intelligent ausgibst.

- **Kündige unnötige Mitgliedschaften**
  Abos, die du nicht brauchst, solltest du schnellstmöglich kündigen. Besonders Verträge mit langer Laufzeit solltest du vor der nächsten Verlängerung loswerden.

Die Vorstellung, dass du nichts mehr unternehmen kannst weil du jetzt sparst ist falsch. Wir wollen nicht, dass du nun gar nichts mehr ausgibst, sondern, dass du bewusster beim Umgang mit Geld bist. Fast immer gibt es eine günstigere Alternative und wenn du im Ausland ankommst, bist du bereits an alle Tricks gewöhnt.

Tipps, Geld zu verdienen

Du kannst auf verschiedene Arten Geld verdienen. Hier die wichtigsten Tipps:

- **Studentenjobs**
  Es gibt genügend Jobs für die du keine Ausbildung oder Studium brauchst. Schau doch mal im Einzelhandel (z.B. Lagerhelfer, Verkäufer) oder in der Gastronomie (z.B. Kellner) nach Ausschreibungen. Der Vorteil in der Gastronomie ist, dass du hier über Trinkgeld zusätzliches Geld verdienen kannst.

- **Aushilfsjobs**
  Wenn du nicht regelmäßig arbeiten willst oder kannst, ist ein flexibler Aushilfsjob vielleicht das richtige für dich. Dazu zählen z.B. Pizza ausliefern, Inventurhilfe, Promotionjobs oder Unterstützung bei Events (Messen, Festivals etc.). Auch in der Industrie werden für kurze Zeiträume häufig Hilfskräfte gesucht und die Bezahlung ist hier oft sehr gut.

- **Babysitten / Haustierbetreuung**
  Du kannst gut mit Kindern umgehen und hast auch noch Spaß dabei? Dann schau doch mal online, in deiner lokalen Zeitung oder am schwarzen Brett im Supermarkt nach passenden Anzeigen. Das Gleiche gilt übrigens auch für Haustiere.

- **Nachhilfe**
  Eine gute Einnahmequelle, auch wenn du noch zur Schule gehst, ist Nachhilfe geben. Voraussetzung ist, dass du gut in einem speziellen Fach bist. An manchen Schulen gibt es die Möglichkeit von der Behörde bezahlte Kurse zu geben. Alternativ kannst du auch Einzelunterricht geben.

- **Lass dir Nützliches oder Geld schenken**
  Lass Freunde und Familie von deinen Plänen wissen und dir nur Geld oder nützliche Dinge schenken, die du sowieso für deine Reise besorgen musst.

- **Komparsenjobs**
  Es gibt in den großen Städten mehrere Komparsenagenturen, die dich gerne in ihre Kartei aufnehmen. Wenn ein Film gedreht wird und Statisten benötigt werden, bekommst du eine Nachricht von deiner Agentur und du kannst tageweise an Sets arbeiten. Vorerfahrungen sind nicht nötig.

***Maik:** Während meines Studiums habe ich auch öfters Zeit an Filmsets verbracht. Neben einer recht guten Bezahlung gibt es in der Regel kostenfreies Essen und man hat viel Wartezeit, die man beispielsweise mit lesen verbringen kann.*

- **Vermiete deine Wohnung**
  Je nach Beliebtheit deines Bezirks und deiner Raumaufteilung kannst du entweder einzelne Zimmer oder deine gesamte Wohnung vermieten. Voraussetzung ist, dass du eigene vier Wände zum vermieten hast.

- **Verkaufe etwas bei eBay**
  Sicher besitzt du Dinge, die du nicht mehr benötigst. Auf Flohmärkten oder im Internet (eBay) kannst du diese zu Geld machen und deine Reisekasse aufstocken. Besonders Markenkleidung oder technische Gegenstände lassen sich auch gebraucht gut verkaufen.

Kindergeld beziehen

Ein wichtiges Thema ist die Fortzahlung des Kindergelds. Leider berechtigt die Teilnahme am Work & Travel Programm nicht zum Erhalt von Kindergeld. Es gibt jedoch einige Ausnahmen, die eine Zahlung eventuell doch ermöglichen.

Wenn zwischen deinem Schulabschluss und deinem Ausbildungs- oder Studienbeginn vier Monate Wartezeit liegen, kann das Kindergeld weitergezahlt werden. Ob du in der Zwischenzeit verreist, ist für die Familienkassen der Bundesagentur für Arbeit irrelevant.

Wenn du im Ausland an einem Sprachkurs (an einer anerkannten Sprachschule) mit mindestens 10 Stunden pro Woche teilnimmst, bist du (bzw. deine Eltern) ebenfalls weiterhin berechtigt Kindergeld zu beziehen. Während des Sprachkurses darfst du zusätzlich arbeiten. Der Anspruch auf

Kindergeld gilt jedoch nur für die Dauer des Sprachkurses und ggf. Übergangszeiträume.

Wenn du dich nachweislich für eine Ausbildung oder einen Studienplatz beworben hast und abgelehnt wurdest, bist du berechtigt bis zum nächstmöglichen Bewerbungszeitraum Kindergeld zu beziehen. Es steht dir frei in dieser Zeit zu verreisen. Bewerbungen an Hochschulen sind oft online möglich. Sofern du dich während der Reise mit dem Thema auseinandersetzen möchtest, vergiss nicht deine Abschlusszeugnisse als digitale Kopie mitzunehmen. Sprich mit deinen Eltern oder Verwandten, ob sie sich in Deutschland um den Briefwechsel mit der Familienkasse kümmern können. Möglicherweise ist es sinnvoll vor Abreise einen Unterschriftenstempel anzufertigen, sodass deine Vertreter in Deutschland mit deiner Zustimmung Dokumente *unterschreiben* können.

Generell sind Kinder bis 25 Jahre in Deutschland berechtigt Kindergeld bis zur Beendigung ihrer Erstausbildung zu beziehen.

Info: *Die zuständigen Behörden sind jederzeit berechtigt den Kindergeldanspruch erneut zu prüfen. Das Erschleichen von staatlichen Leistungen ist eine kriminelle Handlung.*

Maik: *Nach dem Abi habe ich mich für ein Psychologiestudium beworben. Leider, leider wurde ich abgelehnt und musste somit auf die nächste Bewerbungsfrist warten. Währenddessen habe ich Kindergeld bezogen und meine erste Work & Travel Reise gemacht.*

Eröffne ein Bankkonto

Solltest du noch kein Konto in Deutschland besitzen, empfehlen wir dir auf jeden Fall eins für die Reise zu eröffnen. Mit absoluter Sicherheit wirst du es unterwegs brauchen. Das Geld für deine Reise willst du auf jeden Fall auf einem sicheren Konto ablegen und von unterwegs darauf zugreifen können. Auf gar keinen Fall solltest du planen größere Mengen Bargeld mitzunehmen. Zugriff auf dein Geld bekommst du von unterwegs am einfachsten über eine Kreditkarte. Diese muss nicht zwangsläufig vom gleichen Institut kommen, aber es ist einfacher wenn du alles aus einer Hand beziehst.

Deine Bank sollte dir ein kostenloses Konto bieten und gute Konditionen für die zugehörige Kreditkarte. Idealerweise sollte das Abheben von Bargeld mit der Kreditkarte weltweit kostenlos sein. Wenn diese Bedingungen erfüllt sind, solltest du noch auf ein paar Kleinigkeiten achten, denn es lauern bei Kreditkarten oft versteckte Kosten. Prüfe folgende Punkte:

- Wie wird deine Kreditkarte ausgeglichen? Musst du den Betrag selber überweisen oder bucht die Bank den Betrag von einem hinterlegten Konto ab? Wenn du dein Kreditkonto aktiv ausgleichen musst und dies versäumst, musst du die hohen Überziehungszinsen bezahlen.

- Kann die Karte mit einem Mal ausgeglichen werden oder sind nur Teilzahlungen möglich? Teilzahlungen zwingen dir die hohen Sollzinsen auf.

- Was kostet es Geld abzuheben? In diesem Punkt unterscheiden sich Banken sehr voneinander und es macht einen Unterschied, ob du im europäischen Ausland oder außerhalb der EU-Zone bist. Üblicherweise musst du einen Prozentsatz (1% - 3%) oder einen festen Betrag für die Abhebung bei deiner Bank zahlen. Zusätzlich verlangt das Institut, dessen Automat du verwendest, auch noch einen bestimmten Betrag. Bargeld abheben kann also teuer sein, je nach Kreditkarte.

- Wie weit kannst du das Konto und die Kreditkarte überziehen? Diesen Wert kannst du, abhängig von deiner Liquidität, selber ändern. Überlege dir gut, ob und wie weit du den Kreditrahmen ausnutzen möchtest.

Bist du dir unschlüssig welches die beste Bank für dich ist, dann spiele wichtige Anwendungsfälle durch und vergleiche wie gut die Banken für dich abschneiden, wenn du ...

- mit Karte zahlst, Geld abholst und die Karte wieder ausgleichst?
- Ersatz für eine verlorene Kreditkarte brauchst?
- die Hotline von überall und zu jeder Uhrzeit erreichen musst?
- online Banking machst und du eine App benutzen willst?

Eine Girokarte gehört normalerweise auch zu deinem Konto. Diese Karten sind in außereuropäischen Ländern allerdings selten nützlich, da die Verwendung teuer, falls überhaupt möglich ist. Sollte deine Bank eine Girokarte bieten, lohnt es sich auf jeden Fall, sie für den Notfall trotzdem mitzunehmen. Hohe Kosten sind immer noch besser als komplett ohne Geld dazustehen.

Wissenswertes über Kreditkarten

Es gibt verschiedene Kreditkartentypen mit jeweiligen Vor- und Nachteilen.

- **Charge Cards und Credit Cards**
  Hier werden Beträge gesammelt und die Summe wird einmal im Monat von deinem Konto eingezogen. Bis zu diesem Zeitpunkt nutzt du deinen Kreditrahmen, daher die Bezeichnung Kreditkarte. Bei einer klassischen Kreditkarte kannst du übrigens auch festlegen, dass du monatlich nur einen bestimmten Betrag deines Kredits zurückzahlst. Für den verbleibenden Betrag fallen dann Dispokredit-Zinsen an!

- **Debit Card**
  Genau wie bei einer Girocard werden alle Gebühren direkt vom hinterlegten Konto abgebucht. Einen Kredit gibt es in dem Fall nicht.

- **Prepaid Cards**
  Bevor du mit dieser Karte zahlen kannst, muss sie mit Geld aufgeladen werden. Solche Karten werden häufig nicht akzeptiert, wenn du zum Beispiel ein Auto mieten möchtest. Dafür ist diese Karte sehr geeignet, wenn du nur geringe Bonität hast, da die Schufa keine Prüfung durchführt.

Musst du dich zwischen Visa, Mastercard und American Express entschieden, dann greifst du ganz klar zur Visa, denn sie ist die meist akzeptierte Kreditkarte. Mit einer Mastercard bist du beinahe ebenso gut aufgestellt. Von American Express raten wir dir ab, da sie im Vergleich weniger häufig akzeptiert wird.

Tipp: *Informiere deine Bank vor der Ausreise aus Deutschland, dass du nun länger unterwegs bist und deine Karten auch im Ausland nutzen möchtest. Manchmal sind diese aus Sicherheitsgründen standardmäßig gesperrt. Das kann zu Ärger und Geldproblemen führen.*

Maik: *Als ich in Neuseeland ankam, konnte ich zeitweise kein Geld abheben da meine Karten aus Sicherheitsgründen gesperrt wurden. Meine Eltern mussten dann in meiner deutschen Bankfiliale die Sache persönlich klären.*

Verified by Visa wollen wir auch noch erwähnen. Bei größeren Kartenzahlungen (beispielsweise deinem internationalen Flug) kann dein Institut zur endgültigen Bestätigung nach einer Sicherheit fragen. Das ist entweder ein Passwort oder eine TAN (SMS-, Foto- oder Push-TAN).

Beim SMS TAN Verfahren wird die TAN zu deiner hinterlegten Telefonnummer gesendet, die vermutlich zu deiner deutschen SIM Karte gehört. Diese funktioniert im Ausland möglicherweise nicht. Es ist zwar unwahrscheinlich, kann aber passieren. Ein appbasiertes Verfahren funktioniert online und ist damit zuverlässiger.

Info: *Bei Mastercard erwarten dich ähnliche Verifizierungsverfahren.*

Markus: *Meine Bank ist die Ing-Diba und wenn ich die Kreditkarte im außereuropäischen Ausland einsetze kostet mich jede Transaktion 1,75%. Für meine Reisen habe ich deshalb eine Karte der DKB verwendet, bei der Transaktionen kostenlos sind.*

Reisepass und Führerschein

In der Europäischen Union kannst du in sämtliche Länder mit deinem Personalausweis einreisen. Außerhalb brauchst du einen Reisepass. Nicht nur bei der Einreise, auch schon beim Beantragen des Visums musst du deinen Reisepass zur Hand haben, da dein Visum fest mit deiner Reisepassnummer verbunden sein wird.

Die Beantragung kannst du bei deinem nächsten Bürgerbüro bzw. Einwohnermeldeamt vornehmen. Du musst dafür persönlich erscheinen und ein maximal drei Monate altes biometrisches Passbild mitbringen. Bei Antragstellern unter 18 Jahren ist die Anwesenheit eines Erziehungsberechtigten (sowie die Einverständniserklärung des zweiten

Erziehungsberechtigten) erforderlich. Sofern du einen Kinderreisepass hast, bringst du diesen auch mit. Vor Ort musst du eine Unterschrift leisten, sowie Fingerabdrücke abgeben.

Es dauert vier bis sechs Wochen bis dein Pass fertig ist und du ihn abholen kannst. Mit einer Vollmacht kann ihn auch jemand anderes abholen. Bis zur Vollendung des 24. Lebensjahres kostet der Reisepass 37,50€ und ist sechs Jahre gültig, danach fallen 60€ für den zehn Jahre gültigen Pass an. Expressbestellungen (Bearbeitungszeit 3-5 Arbeitstage) sind ebenfalls möglich und kosten einen Aufpreis von 32€. Es gibt auch die Möglichkeit einen vorläufigen Reisepass für 26€ zu beantragen.

Neben deinem Reisepass empfiehlt sich die Beantragung des internationalen Führerscheins. Für 15€ bis 17€ wird er dir sofort in deinem Straßenverkehrsamt ausgestellt. Bringe ein biometrisches Lichtbild und deinen deutschen Führerschein zur Beantragung mit. Das Dokument ist schlicht, kann dir vor Ort aber einige Kopfschmerzen ersparen, wenn du mit einem Autoverleih oder der Polizei diskutieren musst. Bedenke, dass der internationale Führerschein nur eine Übersetzung deines normalen Führerschein ist und diesen nicht ersetzt. Du mußt grundsätzlich beide Dokumente mitführen.

Willst du ihn nachträglich aus dem Ausland beantragen wird das Verfahren kompliziert. Beantrage ihn also vor deiner Reise und erspare dir den zusätzlichen Aufwand.

Working Holiday Visum

Die Idee der Working Holiday Visa ist es, dir ein Jahr lang das Reisen und flexible Arbeiten im Land zu ermöglichen. Du kannst dieses nur einmal in deinem Leben beantragen. Bedenke, dass ein Working Holiday Visum nicht das einzig verfügbare Visum für das jeweilige Land ist. Du kannst als Tourist, Student oder ausschließlich zum Arbeiten ins Land kommen. Für alle Fälle gibt es spezielle Visa.

Die Informationen zum Visum sind umfangreich. Schau deshalb am besten in den späteren Kapiteln nach den speziellen Regelungen für dein Wunschland.

Gesundheit und Impfungen

Die gesetzliche Krankenversicherung in Deutschland haftet nur für Urlaube bis maximal sechs Wochen Aufenthalt im Ausland pro Jahr. Für deinen Work & Travel Aufenthalt, bei dem auch arbeiten möchtest, benötigst du daher eine spezielle Langzeitkrankenversicherung fürs Ausland. Diese ist obligatorisch, da du während der Reise anderen Keimen und Bedingungen ausgesetzt bist als zu Hause und sie für die Einreise verpflichtend ist!

Sollte unterwegs etwas passieren, können schnell hohe Kosten zusammen kommen, die deine Reise sofort beenden. Es gibt viele private Versicherungen, die sich auf Langzeitaufenthalte im Ausland spezialisiert haben. Der Vergleich kann dir viel Geld sparen, doch auch ein Blick auf die Leistungen ist sehr wichtig!

Reisekrankenversicherung

Die USA/Kanada Option lohnt sich als erstes zu erwähnen. Fast alle Krankenversicherungen decken die gesamte Welt bis auf diese beiden Länder ab. Die USA/Kanada Option mit in die Versicherung aufzunehmen kostet extra und kann die Kosten deiner Versicherung sogar verdoppeln. Planst du eine einjährige Reise und möchtest nur eine Weile durch die USA oder Kanada reisen, so musst du für deine gesamte Reise die USA/Kanada Option dazu buchen. Ohne Versicherung in ein Land einzureisen ist leichtsinnig und wir raten dringend davon ab!

Markus: *Nach meiner Zeit in den USA und Kanada habe ich eine Pause in Deutschland eingelegt. Nicht zuletzt weil ich dann in Deutschland die Versicherung wechseln konnte. Zuletzt habe ich für die Hanse Merkur monatlich 160€ mit USA/Kanada Option gezahlt. In Deutschland war ich dann kurz in der Techniker Krankenkasse gesetzlich versichert und bin danach für sechs monatige Asienreise in die Envivas gewechselt, die mich für die gesamte Zeit für insgesamt 180€ versichert hat!*

Beim Vergleich der Versicherungen solltest du genau auf die Formulierungen achten. Es wird unterschieden nach medizinisch notwendigen und medizinisch sinnvollen Leistungen. Die notwendigen Leistungen stellen eine Basisversorgung dar und bedeuten beim Thema Rücktransport, dass die Versicherung die Kosten für die Reise nach Deutschland nur zahlt, wenn du in deinem Reiseland nicht ausreichend versorgt werden kannst. Sowohl in Australien, Kanada und Neuseeland ist die allgemeine medizinische Versorgung jedoch sehr gut, sodass Rücktransporte in der Regel nicht bezahlt werden. Die sinnvollen Leistungen schließen in der Regel umfassendere Behandlungen ein und garantieren eine Kostenübernahme im

Fall eines Rücktransports, sofern es zur Genesung beitragen würde (was z.B. in der Anwesenheit der Familie der Fall wäre).

Tipp: *Schließe deine Versicherung für die gesamte Reise ab! Wir haben von Reisenden gehört, die ihre Versicherung nur für drei Monate abgeschlossen hatten. Daraufhin wurde das Visum auch nur für drei Monate ausgestellt und konnte später nicht mehr verlängert werden.*

Die Maximaldauer einer Versicherung ist bei manchen Versicherern auf ein Jahr begrenzt. Wenn die Zeit um ist musst du auf jeden Fall heim reisen oder vorab eine andere Versicherung wählen.

Info: *Du kannst deine Krankenversicherung nur in Deutschland abschließen!*

Wir empfehlen dir als Ausgangspunkt für deine Suche nach der besten Versicherung die HanseMerkur Young Travel zu prüfen. Hier kommt unter anderem keine Selbstbeteiligung auf dich zu und die maximale Versicherungsdauer beträgt fünf Jahre. Die Versicherung ist gut aber vielleicht nicht optimal für dich. Vergleiche auf jeden Fall noch andere Versicherer wie beispielsweise Envivas, Allianz und ADAC.

Es macht keinen Sinn bei der Versicherung ein paar Euros zu sparen, da du diese im Krankenfall benötigst. In der Lage möchtest du medizinisch bestmöglich versorgt werden und dir keine Gedanken über Geld machen.

Markus: *Für Reisen bis ein Jahr außerhalb USA/Kanada würde ich auf jeden Fall immer wieder zur Envivas gehen, die kostet nämlich aktuell nur 89 Cent am Tag. Man kann sich hier allerdings nur versichern, wenn man Mitglied der Techniker Krankenkasse ist. In den USA und Kanada war ich bei der Hanse Merkur versichert.*

Impfungen und Vorsorge

Wenn du dir sicher bist, in welches Land zu reisen möchtest, dann kannst du das Thema Impfungen angehen. Am besten besprichst du deine Pläne mit einem Tropen- oder Reisemediziner und lässt dich über notwendige Impfungen aufklären. Ein paar grundsätzliche Richtlinien wollen wir dir auf jeden Fall geben:

Australien und Neuseeland: Es gibt keine besonderen Vorschriften. Lediglich die auch in Deutschland empfohlenen Impfungen gegen Wundstarrkrampf (Tetanus), Diphtherie, Keuchhusten (Pertussis), Kinderlähmung (Poliomyelitis), Mumps, Masern, Röteln (MMR) und Influenza sowie Pneumokokken sind empfohlen.

Kanada: Zusätzlich zu den für Australien und Neuseeland empfohlenen Impfungen wird für den Aufenthalt in nördlichen Regionen die Hepatitis B Impfung empfohlen. Die Meningitisimpfung (Schutzimpfung gegen Hirnhautentzündung) gehört in Kanada zum Standardimpfprogramm für Kinder und Jugendliche. Sie ist als Reiseimpfung für diesen Personenkreis empfohlen. Darüber hinaus kann eine Tollwutimpfung sinnvoll sein.

Absolute **Pflicht** für alle Länder ist eine Gelbfieberimpfung, wenn man aus einem gefährdeten Gebiet einreist. Teile von Afrika und Südamerika fallen in diese Kategorie. Reist du aus Deutschland ein ist dies für dich nicht relevant.

Bei einem Stopover in Asien oder südlich der USA sind außerdem Hepatitis A+B, Tollwut, Typhus und Japanische Enzephalitis empfohlene Impfungen. Wenn du einen solchen

Stopover planst, dann teile deinem Arzt das auf jeden Fall mit.

Was zahlt die Kasse?

Standardimpfungen zahlt die gesetzliche Krankenkasse für dich. Dazu gehören auch die in Deutschland empfohlenen Impfungen für Tetanus, Diphtherie, Keuchhusten (Pertussis), Mumps, Masern, Influenza (Grippe), Lungenentzündung (Pneumokokken) und Röteln. Hepatitis A und B werden auch übernommen, sind in Deutschland aber unüblich.

Behalte im Hinterkopf, dass es für manche Krankheiten keine Impfungen gibt. Weil Mücken viele Krankheiten übertragen solltest du dich mit Insektenspray und Moskitonetzen vor Stichen schützen. Mücken tauchen außerhalb von Städten gerne in großen Mengen auf (besonders nachts!). Keine Impfung existiert beispielsweise für das Dengue-Fieber. Malaria beugst du durch Einnahme von Pillen vor. Hepatitis Impfungen gelten als vollwertig schützend, wenn zwischen der ersten und der zweiten Impfung ein Jahr liegt. Es ist also eine gute Idee früh zu planen.

Reiseapotheke

Du kannst dir vor Abflug eine kleine Reiseapotheke für die wichtigsten Fälle zusammenstellen. Mit dabei sein sollten:

- **Paracetamol** ist gegen Kopfschmerzen und bei Erkältung hilfreich. Es hemmt Entzündungen und senkt Fieber.
- **(Wund- und Blasen) Pflaster** Du wirst vielleicht durch den Temperaturwechsel mehr an den Füßen schwitzen,

läufst insgesamt mehr als in Deutschland und kaufst dir eventuell noch einmal neue Schuhe. Blasen sind da nicht ausgeschlossen und Pflaster können dir den Tag verbessern. Auch bei kleinen Schnittverletzungen halten sie die Wunde sauber.

- **Desinfektionsmittel** gibt es auch in kleinen handlichen Dosen. Achte beim Kauf darauf, dass diese nicht brennen wenn du mal eine Wunde desinfizieren musst. Wenn du viel in der Stadt unterwegs bist, kann es sehr angenehm sein, sich die Hände zu reinigen. Desinfektionsmittel hilft übrigens auch bei Verschmutzungen und ist ein guter Reisebegleiter.

- **Imodium** (o.ä.) gegen Durchfall. Dein Körper muss sich am Anfang auf neue Bakterien und Keime einstellen. Er kann daher durchaus mit Durchfall reagieren. Kohletabletten helfen auch bei entsprechenden Beschwerden.

- **Antihistaminika** gegen allergische Reaktionen. Sehr hilfreich, da du nicht weißt auf was dein Körper möglicherweise im Ausland reagiert.

- **Sonnenschutzcreme** ist ein Muss! Faktor 30 ist, je nach Hauttyp, als Minimum zu empfehlen.

Ansonsten solltest du natürlich alles einpacken, was du für dich gegen zum Beispiel gegen chronische Krankheiten benötigst.

Günstige Flüge finden

Im folgenden erfährst du Tipps mit denen du bei deiner Flugbuchung in dein Zielland Geld sparst. Darüber hinaus haben wir noch ein paar interessante Infos zum Thema Fliegen.

Generell empfehlen wir die Nutzung einer Flugsuchmaschine. Es gibt unzählige dieser Vergleichsportale im Internet und sie sparen viel Geld! Wir empfehlen dir drei Webseiten mit denen wir gute Erfahrungen gemacht haben.

- **Skyscanner** (www.skyscanner.com)
  Die Suchfunktionen geben dir schnell und übersichtlich ein Ergebnis. Du kannst zudem einen flexiblen Reisezeitraum und Abflughafen angeben und dadurch die günstigsten Reisetage und Abflugorte herausfinden.

- **Kiwi** (www.kiwi.com)
  Eine sehr aufgeräumte Suchmaschine, die verschiedene Portale vergleicht und dir die Ergebnisse übersichtlich auf einer Karte anzeigt. Ergebnisse kannst du direkt über das Portal buchen.

- **Momondo** (www.momondo.de)
  Bietet ebenfalls gute Übersichten an. Hier gefällt uns besonders gut, dass man Hin- und Rückflug flexibel zusammenstellen kann.

Markus: *Ich finde meine Flüge immer mit kiwi.com. Habe ich mich auf die Tage festgelegt wechsle ich zu Momondo und kombiniere flexibel Hin- und Rückflug zu meinen bevorzugten Tageszeiten. Zuletzt checke ich natürlich noch auf der Seite der Airline die Preise.*

Maik: *Ich nutze für die Orientierung Google Flights, um herauszufinden in welchem Zeitraum Flüge am günstigsten sind. Dann schaue ich bei kiwi.com weiter.*

Benutzt du diese Suchmaschinen, bekommst du einen guten Überblick über Preise. Generell bist du gut aufgestellt, wenn du folgende Regeln im Kopf behältst:

- **Sei flexibel mit dem Datum**
  Verschaffe dir zunächst einen Überblick über die Preisschwankungen indem du verschiedene Hin- und Rückflugtermine angibst. An Feiertagen oder in den Ferien sind die Flugpreise höher als Normal. Auch Wochenendtage können teurer sein, als Wochentage. Versuche in deiner Reiseplanung die Hauptreisezeiten für die Anreise in dein Work&Travel Land zu vermeiden. Wähle einen realistischen Abflugzeitraum. Mit den flexiblen Suchen von Skyscanner und Kiwi kannst du sehr genau schauen welcher günstigste Abflugtag ist. Je flexibler du mit deinen Flugdaten bist, desto günstigere Verbindungen wirst du finden.

- **Buche frühzeitig**
  Je früher du buchst, desto mehr Sitzplätze sind auch verfügbar und umso günstiger ist meistens auch der Preis. Warte also nicht zu lange mit der Buchung. Es kann auch Ausnahmen und Spezialangebote kurz vor Abflug geben. Das Problem ist, wenn du wartest und kein Sonderangebot zu finden ist, wirst du am Ende deutlich mehr zahlen müssen, als wenn du früh gebucht hättest.

- **Flexibilität der Orte**
  Möglicherweise ist es günstiger Zielflughäfen im Umkreis auszuwählen. Der zusätzliche Preis für Bus oder Bahn zu deinem Zielort ist oft preiswerter als der direkte Flug. Grundsätzlich empfehlen wir dir über die großen internationalen Drehkreuze zu fliegen. Überlege auch von einem anderen Ort abzufliegen.

- **Gepäck**
  Bei Langstreckenflügen ist meistens ein Gepäckstück inklusive. Prüfe trotzdem wie viel du mitnehmen darfst. Manche Airlines erlauben dir 30kg kostenfrei mitzunehmen, andere hingegen nur 20kg. Informiere dich vorher, wiege dein Gepäck und pass auf, dass du am Flughafen für Übergepäck zahlen musst.

- **Besondere Daten**
  Buche deinen Flug an einem Tag an dem die wenigsten Menschen fliegen wollen. Beispiele Weihnachten, Freitag 13. oder Sylvester.

- **Zwei One-Way Tickets**
  Wenn du gerade Zeit hast kannst du in den Suchmaschinen bisschen rumspielen. Eine weitere Möglichkeit Geld zu sparen kann sein, sich zwei One-Way Tickets anstelle eines Hin- und Rückflugtickets zu kaufen.

- **Airline Webseite**
  Wenn du über die Suchmaschine einen günstigen Flug gefunden hast wirst du oft in ein Online-Reisebüro weitergeleitet. Da auch die Geld verdienen müssen, kann es sein, dass die gleiche Verbindung auf der Webseite der

Airline günstiger zu finden ist. Prüfe das vor der Buchung!

- **Error Fares**
  Das sind zwar keine verlässlichen Sparmöglichkeiten aber trotzdem eine Option. Es gibt verschiedene Internetseiten die Angebote von Airlines finden die Preisfehler enthalten. So wurde bei einem Angebot z.B. eine Null vergessen und der Flug kostet anstelle von 1000€ nur noch 100€. Diese Fehler werden natürlich sehr schnell in den Systemen ausgebessert aber wenn du den richtigen Moment erwischst, kannst du viel sparen. Gib einfach bei Google „Error Fare“ ein und du findest diverse Seiten die verschiedene Angebote auflisten.

- **Buche nicht Last Minute**
  In letzter Minute am Flughafen zu erscheinen und auf frei gebliebene Sitzplätze zu spekulieren empfehlen wir dir auf gar keinen Fall. Es kann möglich sein, dass du am Flughafen aufkreuzt und spontan etwas billiges findest, das wird dann aber kaum dort hin gehen, wo du hin willst.

Du hast nun diverse Tipps bekommen mit denen du Geld bei der Flugbuchung sparst. Wir wollen dir noch von einem Angebot erzählen das viele Work & Traveller nutzen:

- **Open Return Tickets**…
  sind von Airlines angebotene Specials die Hin- und Rückflug enthalten. Das Ticket gilt ein Jahr und der Rückflug ist noch nicht festgelegt, kann aber kostenlos zu einem späteren Zeitpunkt gebucht werden. Auf diese Weise musst du dir keine Gedanken um die Finanzierung

deines Rückflugs machen. Wenn du den Rückflug allerdings einmal festgelegt hast kostet es eine Gebühr ihn wieder zu ändern. Ein offenes Rückflugticket gibt dir viel Freiheit, die du während deines Abenteuers gut gebrauchen kannst! Weitere Infos unter: www.openreturnticket.de

Abschließend geben wir dir noch den Tipp dich bei einem **Vielfliegerprogramm** anzumelden. Programme wie z.B. Miles & More sammeln deine geflogenen Meilen auf einem virtuellen Konto. Die angesparten Meilen kannst du später für kostenfreie Flüge, Upgrades oder andere Belohnungen eintauschen. Es lohnt sich bei deinem langen Flug in dein Work & Travel Land mit dem Sammeln anzufangen.

Nachdem du also den günstigsten Flug gefunden hast, schaue ob die Airline an einem Vielfliegerprogramm teilnimmt, melde dich an und buche dann den Flug.

Unterkunft für die ersten Tage

Wir empfehlen dir nur für maximal eine Woche im Voraus eine Unterkunft zu organisieren. So kannst du im Land ankommen und dich erst mal orientieren. Mit etwas Glück lernst du schnell neue Leute kennen mit denen sich dann weitere Optionen ergeben, beispielsweise gemeinsames Reisen. Auf gar keinen Fall solltest du dich zu sehr festlegen, indem du deine Unterkünfte zu langfristig buchst. Ein paar Tage sollten bereits ausreichen und verlängern ist an den meisten Orten kein Problem.

***Markus:** Ich habe überhaupt nix gebucht und einfach die ersten Nächte im Flughafen auf dem Boden geschlafen. Dort hatte ich WiFi und konnte mir über Couchsurfing eine erste kostenlose Bleibe organisieren. Es gibt sogar eine Website auf der man erfahren kann wie gut man am jeweiligen Flughafen schlafen kann: www.sleepinginairports.net*

Finde aber vorher heraus wie stark die Unterkunft nachgefragt ist, indem du auf einer Buchungswebseite zum Test prüfst, wie viele Unterkünfte in nächster Zeit noch verfügbar sind und was sie kosten. Empfehlenswert sind booking.com und hostelworld.com.

Wir gehen natürlich noch genauer darauf ein, wie du unterwegs etwas findest. Lies am besten im Kapitel über Unterkünfte weiter. Dort erzählen wir dir auch was es für Alternativen zu Hostels und Hotels gibt.

***Maik:** Ich habe in Kanada die erste Woche bei einem airbnb Host verbracht. Ich kann diese Übernachtungsart nicht empfehlen, da ich recht isoliert war. Zukünftig würde ich immer wieder ins Hostel gehen, da man hier sofort andere Reisende kennenlernt.*

Jobsuche vorbereiten

Als was wirst du in deinem Land arbeiten wollen? Die meisten Reisenden nehmen Jobs an, die keine Vorkenntnisse erfordern. Wenn du bereits eine Ausbildung oder Studium absolviert hast, kannst du auch versuchen dich für einen höher qualifizierten Job zu bewerben und Auslandserfahrung zu sammeln.

Abhängig von deiner Berufswahl solltest du entsprechende Qualifikationen mitbringen. Für einfache Jobs ohne Qualifikation brauchst du zumindest deinen Lebenslauf.

Bedenke aber dass ein Lebenslauf in Kanada, Australien oder Neuseeland sich von einem Deutschen Lebenslauf deutlich unterscheidet. Um einen guten Eindruck zu machen solltest du dich diesen Gegebenheiten anpassen. Beispielsweise ist es üblich auf alles zu verzichten was dir Nachteile bringen könnte, auch wenn es nichts mit dem Job zu tun hat. Das kann dein Geschlecht, deine Religion, dein Geburtsdatum oder dein Profilbild sein. Nichts davon gehört in die Bewerbung.

Hast du noch keine Berufserfahrung gesammelt, dann kannst du auch keine in deinem Lebenslauf eintragen. Lass dir gesagt sein, dass das vollkommen in Ordnung ist. Niemand erwartet Qualifikationen von dir, wenn du am Ende auf dem Feld Äpfel pflücken willst. Weiterhin kannst du deinen Lebenslauf auch verschönern, indem du freiwillige Arbeit, private Hobbys und Arbeit die du vielleicht bei Familie oder

Freunden einfach so übernommen hast als Tätigkeit aufnimmst. Wenn du dich für einen Job entscheidest bei dem du realistische Chancen hast, muss dein Lebenslauf nicht perfekt sein.

Markus: *Ich habe überlegt in Kanada als Skilehrer zu arbeiten. Allerdings hat mir ein Zertifikat gefehlt und dies in Kanada zu machen hätte sich preislich nicht gelohnt. Ich habe mich also für einen simpleren Job (Hausmeister) entschieden.*

Informiere dich im Voraus, ob du Qualifikationen oder Zertifikate für Job benötigst, die du gerne ausüben möchtest. Kannst du deine Chancen von der Heimat aus verbessern, solltest du das nutzen. Selbiges gilt auch für Sprachtests.

Du kannst bereits in Deutschland deine Bewerbungsunterlagen vorbereiten. Die landestypischen Gestaltungsvorgaben findet du im Kapitel “Arbeiten”.

Solltest du alleine Reisen?

Du reist in ein Land, in dem du vielleicht noch nie gewesen bist, hast zu wenig Geld und musst vor Ort arbeiten gehen, um deinen Lebensunterhalt zu finanzieren. Außerdem reist du alleine, kennst niemanden und weist im schlimmsten Fall nicht mal, wo du heute hinreisen, geschweige denn wo du schlafen wirst.

Klingt das interessant oder abschreckend für dich? Wenn wir jetzt in unseren eigenen vier Wänden darüber nachdenken klingt es nicht gerade verlockend. Es ist ein großer Unterschied, ob du alleine oder mit Freunden unterwegs bist.

Zugegeben, es ist einfacher mit einem Freund zu reisen, weil man die Herausforderungen mit jemandem teilen kann, der im gleichen Boot sitzt. Du hast jemand auf den du dich verlassen kannst, planst gemeinsam und teilst gute und schlechte Erfahrungen. Du musst nicht unbedingt jemand kennen lernen und deine Planung machst du mit deinen Freunden zusammen.

Maik: *In Neuseeland bin ich die ganze Zeit mit einem Freund zusammen gereist, in Kanada war ich die meiste Zeit alleine unterwegs. Beide Arten zu reisen haben ihre Vor- und Nachteile. In jedem Fall kann ich nur empfehlen, sich alle Möglichkeiten offen zu halten und mit dem Reisepartner besprechen, dass man eventuell auch eine Zeit alleine unterwegs sein möchte. Auf diese Weise kannst du beide Reisearten ausprobieren, bzw. hast zumindest die Option.*

Wenn du alleine startest heißt das nicht, dass du alleine bleiben musst. Die Überwindung zu starten ist alleine zwar größer aber wenn du erstmal unterwegs bist wirst du feststellen, dass es seine Vorteile hat. Wenn du aber trotzdem einen Partner für die gesamte Reise haben willst sei dir im Klaren dass das auch Probleme bedeuten kann.

Markus: *Wäre ich nicht alleine gereist, hätte ich Maik vermutlich nie kennen gelernt und dieses Buch wäre nie zustande gekommen.*

Hast du für die Dauer deiner Reise einen Partner, dann wirst du mit ihm die meiste Zeit verbringen und weniger neue Kontakte knüpfen, weil die Notwendigkeit nicht besteht. Reist du hingegen alleine, lernst du immer mal wieder neue Leute kennen, denen du dich für eine Weile ohne Verpflichtungen anschließen kannst. Auf diese Weise wirst du nie wirklich alleine sein.

Vor- und Nachteile eines (dauerhaften) Reisepartners

Gemeinsam ein Abenteuer zu meistern ist ein starkes Gefühl. Das Sprichwort "Geteilte Freude ist doppelte Freunde" bewahrheitet sich auf Reisen sehr schnell. Doch es gibt auch praktische Vorteile, wenn man für längere Zeit mit dem selben Partner unterwegs ist. Es bietet dir die Möglichkeit viele Kosten zu teilen, die du sonst alleine tragen müsstest. Ihr könnt euch beispielsweise zusammen ein Fahrzeug kaufen und den Sprit teilen. Des Weiteren ist es sicherer gemeinsam zu reisen, da ihr euch zusammen Gefahrensituationen stellt oder diese gar nicht erst entstehen. Wenn du alleine reist, kann es häufig auch mal sehr einsam werden. Gemeinsam wirst du diese Phasen nur selten oder gar nicht erleben.

Auch wenn du deinen Reisepartner schon länger kennst, wirst du auf der gemeinsamen Reise neue Seiten an ihm kennenlernen, die dich vielleicht stören. Sei dir dessen bewusst und mache dir klar, dass es passieren kann, dass ihr ab einem gewissen Punkt besser getrennte Wege geht. Damit es in dem Fall zu keinem Streit oder Problemen kommt, bereitet euch entsprechend vor:

- **Verbringt getrennt eure Zeit**
  Ein Jahr ist lang und unterschiedliche Wünsche und Vorstellungen sind völlig normal. Bevor du dich darüber ärgerst, dass dein Partner nicht immer möchte was du willst, solltet ihr vorher vereinbaren dass ihr auch manchmal alleine etwas unternehmen könnt. Wenn du das im Voraus klärst gibt es keine Überraschungen wenn du dich für eine Zeit zurückziehst. Wir halten es bei einer so langen Reise für vernünftig, wenn du auch mal alleine etwas unternimmst. Egal ob es ein paar Stunden, Tage oder Wochen dauert.

- **Trennt eure Finanzen**
  In der Heimat mag es unproblematisch sein, wenn du für den Anderen mal das Bier oder den Kaffee bezahlst aber auf einer langen Reise kann es ein echtes Problem sein, wenn ihr unterschiedliche Vorstellungen davon habt, wie ihr euer Geld ausgebt. Außerdem habt ihr vielleicht unterschiedlich viel Geld zu Verfügung und unterscheidet euch entsprechend in euren Gewohnheiten. Prüfe das Sprichwort „bei Geld hört die Freundschaft auf" nicht auf Richtigkeit sondern trenne deine Finanzen von Anfang an.

- **Plant getrennt, reist gemeinsam**
  Wenn du stets den anderen Planen lässt kann die Reise anders verlaufen als du es dir vorgestellt hast. Wenn dir das nicht vollkommen egal ist solltest du grundsätzlich

ein Auge auf die Planung haben und dich selber ebenfalls über Ziele informieren. Unterscheiden eure Pläne sich, dann ist es kein Problem getrennte Aktionen zu unternehmen und sich anschließend wieder zu treffen. So erfüllt jeder seine Wünsche und wenn ihr euch wieder trefft gibt es viel zu berichten.

- **Verlasse dich nicht zu sehr auf den Partner**
  Es kann immer etwas passieren womit niemand rechnet. Was wenn dein Partner plötzlich seine Reise abbrechen muss oder du in Schwierigkeiten gerätst, weil du dich auf deinen Partner verlassen hast. Du solltest dich bestenfalls von gar nicht von ihm abhängig machen!

- **Was ist mit deinem Selbstvertrauen?**
  Machst du die Reise, um auf eigenen Füßen zu stehen und zu sehen, ob du in der neuen Situation zurecht kommst? Dann solltest du auf jeden Fall alleine Reisen! Die Überwindung alleine zu reisen ist zwar größer, nach deiner Reise weißt du aber was du alleine geschafft hast. Reist du nicht alleine hast du zwar eine schöne Zeit, nachher kannst du aber nicht ruhigen Gewissens behaupten, dass du das alleine geschafft hättest.

- **Neue Leute kennen lernen**
  Wir können mit Sicherheit sagen dass du weniger neue Bekanntschaften schließen wirst, wenn du nicht alleine reist. Das kommt einfach daher, dass du als allein Reisender viel offener für Smalltalk bist. Aus dem Smalltalk entstehen manchmal Möglichkeiten die niemals zustande gekommen wären, wenn du nicht alleine wärst.

Grundsätzlich ist es immer von Vorteil deine Erwartungen mit deinem Reisepartner vorab zu klären. So spart ihr euch später mögliche Diskussionen und Probleme.

Was wenn alles nicht klappt? Es wäre nicht das erste mal, dass Freunde gemeinsam verreisen und nach einem Jahr zerstritten zurück kehren. Sei dir von vornherein im Klaren darüber, dass es möglicherweise nicht passt. Auch wenn ihr als Pärchen unterwegs seid. Getrennte Wege zu gehen ist absolut nichts negatives und vielleicht ist genau das das Richtige, um eine Freundschaft zu erhalten.

Markus: *Ich bin längere Zeit mit einem langjährigen Kumpel verreist, bei dem ich erwartet hätte, dass keine Probleme gibt. Zu meiner Überraschung hat es überhaupt nicht funktioniert und wir sind am Schluss getrennte Wege gegangen.*

Es gibt nur wenig Möglichkeiten einen anderen Menschen so gut kennen zu lernen wie auf einer langen gemeinsamen Reise. Egal, ob du alleine oder mit einem Partner reist, beide Varianten haben Vor- und Nachteile und nur durch Ausprobieren findest du die für dich passende Reiseart.

Ich packe meine Tasche

Was immer du mitnehmen musst und was du unterwegs brauchen könntest, findest du in diesem Kapitel. Bedenke dass viele Reisende auf ihrer ersten großen Reise zu viel einpacken. Am Ende schleppst du unnötige Kilos mit herum, die dein Leben schwerer machen.

Markus: *Auf meiner letzten Weltreise bin ich mit nur einem Paar Sneaker losgezogen. Vor Ort habe ich mir Flip-Flops gekauft und bin die restliche Zeit mit denen rumgelaufen.*

Bei allem was wir dir nachfolgend erzählen, solltest du zwei Dinge im Hinterkopf bewahren: Du kannst immer etwas nachkaufen, sobald du es brauchst. Wenn du zu viel mitgenommen hast, kannst du es zurück lassen oder heim schicken. Deshalb empfehlen wir dir, lieber weniger mitzunehmen! Shoppen kann ja auch Spaß machen, hingegen 5kg zu viel mitschleppen ist eine Qual.

Rucksack, Taschen und Gepäck

Sind wir mal ehrlich: wenn du davon ausgehst als Backpacker unbedingt einen Rucksack mit auf die Reise nehmen zu müssen liegst du falsch. Damals, so in den 70er Jahren, waren Backpacker auf unwegsamen Gelände mit Rucksack unterwegs. Bei längeren Märschen durch die Wildnis ging es mit Koffer nunmal nicht. Die Backpacker-Pfade von früher sind mittlerweile aber gut ausgebaute Touristenhighways mit reichlich Hotels bzw. Hostels. Man kommt heutzutage auch mit Koffer wunderbar klar. Bezieh also den Koffer in deine Reiseplanung als Option mit ein. Für die Entscheidung ist es hilfreich dich zu fragen, wie du voraussichtlich unterwegs sein möchtest. Möchtest du viel sehen und bist in verschiedenen Verkehrsmitteln am reisen? Wechselst du oft den Ort und möchtest auch mal mehrtägige Wandertouren machen? Dann ist der Rucksack die richtige Wahl für dich. Wenn du dich jedoch hauptsächlich eher in Städten aufhalten möchtest und nicht oft den Standort wechseln willst, ist der Koffer die bessere Entscheidung.

Wenn du mit Rucksack reist

Du wirst schnell feststellen, dass es so etwas wie die optimale Bepackung nicht gibt. Wenn du eine Weile von Ort zu Ort gezogen bist, fängst du an dein Gepäck unsortiert in die Tasche zu werfen. Deshalb ein paar Ratschläge:

- **Packbeutel** können dein Leben vereinfachen. Damit kannst du das Durcheinander organisieren und deinen Rucksack schneller packen. Es gibt spezielle Beutel für diese Zwecke. Wenn du allerdings nur minimal viel Geld investieren willst, tun es sicherlich auch die Einkaufstaschen aus Stoff (Jutetasche) oder Plastik. Diese sind übrigens auch als Wäschesack für Schmutzwäsche geeignet.

- **Zu viel Gepäck** macht dein Leben schwerer. Überlege dir für jedes Teil genau ob du es überhaupt brauchen wirst. Kleidung kannst du immer unterwegs kaufen und Elektronik ist vor Ort möglicherweise sogar billiger als in Deutschland.

Markus: *Auf längeren Reisen packe ich Wäsche für etwa eine Woche ein.*

Maik: *Ich habe auf meiner Reise nach Kanada ein 5 Kilo schweres Filmstativ in meinem Rucksack transportiert. Im Nachhinein sehr ärgerlich, da es unnötiger Ballast war. Zum Wegschmeißen war es mir zu wertvoll und für den Rückversand zu teuer. Also musste ich es gezwungenermaßen mit mir herumschleppen. Ich kaufte mir dann noch ein Longboard, das ich auf wundersame Weise zusätzlich im Rucksack unterbringen konnte. Ich glaube ich habe letztlich rund 25 Kilo herum getragen. Dazu kam noch ein Day-Pack in der Hand! Bitte mache das nicht nach!*

- **Packe nicht Kleidung für jede Gelegenheit ein**, sondern Kleidungsstücke die du kombinieren kannst. An kalten Tagen ziehst du dann vier oder fünf Lagen an. Ist es wärmer reicht eine oder zwei Lagen. Ein dicker Wollpullover mag nicht viel wiegen, füllt aber vielleicht schon deinen halben Rucksack, diesen Platz kannst du besser für kombinierbare Kleidung verwenden.

Info: *Du kannst deine Kleidung knitterfrei transportieren, wenn du sie eng zusammen rollst. So kannst du beispielsweise ein Hemd für ein Vorstellungsgespräch mitnehmen.*

- Häufiger verwendete Gegenstände sollten leicht zugänglich sein. Entweder packst du sie in leicht zugängliche Fächer oder sogar in deinen Tagesrucksack. Reisepass und Kamera sind beispielsweise Dinge, die du griffbereit haben willst.

***Info:** Wertvolle und wichtige Dinge sollten nicht in deinem Reiserucksack, sondern in deinem Tagesrucksack verstaut werden. Niemand kann dir garantieren, dass dein Gepäckstück nicht doch mal aus dem Frachtraum verschwindet.*

- Du solltest nicht mehr als 20% deines Körpergewichtes mit dir herum tragen. Packe schwere Gegenstände so nah wie möglich an deinen Rücken und leichte Gegenstände wie z.B. Schlafsack und T-Shirts in den unteren Teil deines Rucksacks.

Rucksack bequem tragen

Hast du dich schonmal über die vielen Einstellmöglichkeiten deines Rucksacks gewundert? Wir empfehlen dir den Rucksack vor dem Kauf bereits getragen zu haben. Unabhängig vom Volumen gibt es unterschiedliche Größen und Formen für Männer und Frauen. Ein paar Dinge auf die du auf jeden Fall achten solltest:

- Das Gewicht des Rucksacks liegt auf deiner Hüfte, nicht auf deinen Schultern. Damit er passt muss der Rucksack die richtige Form und Größe für dich haben.

- Bei manchen Rucksäcken lässt sich die Größe justieren. Die Schulterriemen sollten zwischen deinen Schultern anfangen. Der Brustgurt hält die Riemen nur in einer angenehmen Position und sollte nicht zu stramm sein.

Der Rucksack sollte sich angenehm an deinen Rücken schmiegen. Tut er das nicht, hat er die falsche Größe.

Brauchst du einen Schlafsack?

Wir finden die Frage einen Schlafsack mitzunehmen wichtig, weil er teuer und groß sein kann. Wenn du ihn letztlich nicht benötigst ist es sehr ärgerlich ihn mit herumgetragen und Geld investiert zu haben.

Warum würdest du überhaupt einen Schlafsack brauchen? Klar, wenn du Campen gehen willst brauchst du ihn. Wir haben unsere Schlafsäcke aber auch beim Couchsurfing, bei Übernachtungen in Flughäfen und auf Busreisen benutzt.

Schlafsäcke sind entweder mit Daune oder Kunstfaser gefüllt. Das Füllmaterial bestimmt die Größe und Wärmeleistung des Schlafsacks. Daunen lassen sich besser komprimieren, deshalb haben gute Daunenschlafsäcke bei geringer Transportgröße und Gewicht die bessere Wärmeleistung als Kunstfaser, sind aber entsprechend teurer. Bei Schnäppchen musst du aufpassen, denn bevor du schlechte Daunen kaufst, bist du vielleicht mit einem Kunstfaser-Schlafsack besser beraten. Um das Leben deines Daunenschlafsacks zu verlängern solltest du ihn nach Möglichkeit immer unkomprimiert und aufgebauscht lagern.

Die angegebenen Temperaturbereiche von Schlafsäcken sind manchmal schon erstaunlich. Allerdings bedeutet der angegebene Extremwert, dass der Schlafende bei dieser Temperatur mit starkem Frieren bis hin zu gesundheitlichen Beeinträchtigungen (Erfrierungen) rechnen muss. Der Grenzwert hingegen besagt wann der Schlafende in zusammengerollter Haltung gerade eben nicht friert und der Komfortwert ermöglicht ein angenehmes Schlafen auf dem Rücken ohne zu frieren. Beim Kauf solltest du dich einzig am Komfortwert orientieren und falls du schnell frierst noch ein paar Grad Spielraum hinzurechnen.

Markus: *Wir waren irgendwo im Denali National Park, Alaska unterwegs und während Maik und ich Daunenschlafsäcke herum trugen, begnügte Isabel sich mit meinem Ersatzschlafsack. Maik und mir war in den Schlafsäcken echt warm, deshalb schliefen wir in Unterwäsche. Isabel zog sich all unsere übrige Kleidung an, um warm zu bleiben. Ihr Schlafsack war zusammengerollt außerdem größer als unsere kompakten Daunenschlafsäcke.*

Maik: *Auf dem sechstägigen West Coast Trail auf Vancouver Island hatte ich ebenfalls meinen dicken Schlafsack dabei. Während der Nächte im Zelt mit meinem Bekannten Ole, sammelte sich viel Wasser an der Zelt-Innenwand. Dadurch wurde natürlich auch mein Schlafsack feucht bis nass, weshalb ich diesen ständig trocknen musste. Bei Kunstfaser wäre es nicht so akut gewesen.*

Wenn der Schlafsack nicht passt verschenkst du viel Wärme, deshalb solltest du ihn im Geschäft anprobieren.

Ein Mumienschlafsack läuft zu den Beinen hin enger zu und erhöht damit die Wärmeleistung, während ein Deckenschlafsack Rechteckig ist und zu einer Decke geöffnet werden kann. Das ist im Sommer oder beim Übernachten im Auto praktisch. Über deinen Kopf verlierst du viel Wärme, dafür gibt es Schlafsäcke mit Wärmekragen und Kapuze. Zusätzlich kannst du eine Mütze tragen.

Reiseführer

Für Australien, Kanada und Neuseeland gibt es verschiedene Sorten von Reiseführern. Ein Teil von ihnen konzentriert sich auf Vorstellung von touristischen Zielen und gibt dir wenig praktische Informationen, die du zum Reisen brauchst. Der andere Teil deckt sämtliche Themen (z.B. Fahrpläne, Hotels und Restaurants) und geht dafür nur oberflächlich auf touristische Ziele ein.

Folgende Reiseführer bieten sich für dein Abenteuer an:

- **Lonely Planet**
  Standardwerk für Reisen mit kleinem Budget. Ausführliche Informationen über Kosten für Transport und Unterkünfte. Die Bücher enthalten ebenfalls die wichtigsten Karten für das Reiseland, Bilder sind jedoch kaum vorhanden.

- **Rough Guides**
  Wie Lonely Planet, jedoch weniger bekannt. Auch hier wirst du Hintergrundinformationen und Bilder vermissen aber praktische Informationen sind alle vorhanden.

- **DuMont**
  Dieser Reiseverlag stellt schöne Reiseführer her, die mit einer ausgewogenen Anzahl an Bildern Lust auf die Ziele machen. Es gibt viele grundlegende Informationen zu den Ländern. Die Empfehlungen der Unterkünfte und Restaurants sind nicht auf Backpacker ausgelegt.

- **Marco Polo**
  Verhältnismäßig kurze und oberflächliche Tipps für die schnelle Orientierung. Es werden hier die Landes-Highlights vorgestellt, welche absolut sehenswert sind.

- **ADAC Reiseführer**
  Kompakte Reiseführer, die im Einband Landkarten mit Markierungen der Highlights enthalten. Touristische Highlights sind gut und ausführlich beschrieben.

***Markus:** Reise ich mit Auto, ist ein ADAC Reiseführer mein absoluter Favorit. Benötige ich aber Informationen über Busverbindungen und Unterkünfte greife ich zum Lonely Planet oder Rough Guide.*

***Maik:** Bei Reiseführern scheiden sich die Geister. Ich schwöre auf die DuMont Bücher, da sie eine gute Mischung von Bildern und Texten haben. Ich mag es die Orte vorher schon auf einem Foto zu sehen. Das macht Lust zum Erkunden und lesen der dazugehörigen Texte. Bei Lonely Planet ist mir das zu viel reiner Text und überflüssige Informationen.*

Ein Reiseführer hilft dir für viele Orte die touristischen Highlights zu finden. Geheimtipps suchst du in diesen Büchern vergeblich. Die findest du eher durch Gespräche mit anderen Reisenden oder Einheimischen.

Bedenke, dass es in allen drei Ländern fast in jedem Ort gute Toursteninformationen gibt, wo du kostenlose Informationen, Broschüren und mit etwas Glück auch gute Karten bekommst. Die detaillierte Planung kannst du stets bei den Touristenzentren vor Ort bewerkstelligen.

***Maik:** Die Geheimtipps aus Reiseführern sind für mich nicht geheim, da sie ja durch die Veröffentlichung bekannt geworden sind. Ich liebe es Orte kennenzulernen, die mir empfohlen wurden und die sonst kaum von anderen Touristen besucht werden.*

Egal mit welchem Verkehrsmittel du unterwegs bist, eine Landkarte ist extrem hilfreich. Oft ist auch eine kleine Version bereits bei Reiseführern dabei. Eine Landkarte kann dir in vielen Lagen helfen den Überblick zu behalten und du kannst deine bisherige Reiseroute sowie weitere Ziele einzeichnen. Am Ende deiner Reise ist das ein tolles Andenken an dein Abenteuer!

Wir empfehlen dir für kostenlose Karten in einer ADAC Filiale vorbei zu gehen. Dort bekommst du Karten für verschiedene Teile des Landes, du musst nur fragen. Alternativ kannst du sie auch online kaufen oder wenn du vor Ort angekommen bist erhältst du sie auch an vielen Tankstellen.

Es gibt zusätzlich viele nützliche Apps, die dir bei deiner Reise helfen können. Ließ dazu einfach im Kapitel "Digitales Gepäck" weiter.

Sofern du sehr gerne wandern gehst, empfehlen wir dir den Kauf eines topografischen Wanderführers für das Gebiet in dem dich aufhalten möchtest.

Was für Elektronik brauchst du?

Auf Technik wirst du sicher nicht verzichten wollen. Manch Reisender nimmt nur sein Smartphone mit, ein anderer reist mit Notebook und drei Kameras. Uns ist klar, dass du selber über den Sinn deiner Geräte Bescheid weisst und sicherlich eine grobe Idee hast was du alles einpacken möchtest. Deshalb zeigen wir dir nur grob auf, welche Dinge unterwegs dein Leben erleichtern und ob sich die Mitnahme lohnt.

***Tipp**: Bedenke, dass die Netzspannung in Kanada geringer ist als in Deutschland. Dein Fön wird nicht vernünftig funktionieren. Kaufe dir lieber vor Ort einen neuen Fön für kleines Geld. Den kannst du bei Abreise zurücklassen. Das gilt auch für andere Geräte die von der Netzspannung direkt abhängen. Ladegeräte werden vielleicht etwas langsamer arbeiten als du es gewohnt bist. Es gibt jedoch auch Geräte die man auf die entsprechende Spannung umschalten kann.*

***Markus:** Ich reise mit Smartphone, Notebook und diversen Kameras. Auf meinem Smartphone habe ich mein Navi, E-Mail Programm und verschiedene Social Media Apps. Außerdem ist es zum telefonieren* *notwendig. Mit meinem Notebook nehme ich meine Buchungen vor, schreibe an meinem Blog und schneide meine Videos, die ich mit den Kameras aufnehme.*

Du wirst sicher ungefähr wissen was du mitnehmen willst. Deshalb nur ein kurzer Überblick was wir für sinnvoll erachten.

- **Smartphone**
  Nimm dein Smartphone mit! Diverse Apps vereinfachen dein Leben und es ist essenziell, um mit Leuten (inkl. potentiellen Arbeitgebern) in Kontakt zu treten.

- **Notebook**
  Ein Computer kann auf Reisen hilfreich sein. Du kannst darauf deine Bewerbungen schreiben, Buchungen tätigen und Fotos sichern. Überlege dir jedoch, ob nicht vielleicht dein Smartphone ausreicht.

- **Kameras für Foto und Video**
  Überlege dir, ob dir Schnappschüsse mit deinem Smartphone reichen oder du bessere Bilder und Videos aufnehmen willst. Dann solltest du eine entsprechende Kamera mitnehmen.

- **Kopfhörer oder Bluetooth Lautsprecher**
  Bei Flug- oder Busreisen ist Musik dein bester Reisebegleiter. Kompakte Ohrhörer brauchen quasi keinen Platz und können immer mit. Auch ein kleiner Bluetooth Lautsprecher findet Platz in deinem Gepäck wenn du großer Musikfan bist.

- **Reiseadapter oder Steckerleiste**
  Stecker vor Ort sind anders gebaut als in Deutschland. Es gibt universelle Reiseadapter, die außerdem USB Ladegeräte beinhalten und an denen du deine Netzteile anschließen kannst. Wir finden die Idee, eine deutsche Steckerleiste mit lokalem Stecker mitzunehmen, ebenfalls interessant. Bedenke dass ein Adapter nur die Form des Steckers ändert aber nicht die Spannung. Reist du in ein Land mit anderer Spannung, dann lass deinen Fön oder Elektrorasierer auf jeden Fall zu Hause!

- **eReader**
  Wenn du auf Reisen gerne liest empfehlen wird dir einen kleinen eReader mitzunehmen. Er spart dir das Gewicht von vielen Büchern und er kostet heutzutage unter hundert Euro. Den Reiseführer als eBook zu kaufen können wir dir nicht empfehlen, weil die Möglichkeit einfach mal durchzublättern schmerzlich vermisst wird.

Die richtige Kamera

Fast jeder Reisende möchte seine Erlebnisse und Eindrücke festhalten und mit anderen teilen. Die Ansprüche gehen dabei jedoch auseinander und du solltest dich fragen, welche Kamera die passende für dich ist.

Smartphone

Die am häufigsten benutzen Kameras sind Smartphones. Der Vorteil liegt auf der Hand: Man hat es immer dabei und es nimmt keinen zusätzlichen Platz weg. Der Nachteil ist der fehlende optische Zoom. Da der Sensor von Smartphones sehr klein ist, sind diese oft im Dunklen nicht so stark wie andere Kameras. Je nach Handy ist der Speicher nicht erweiterbar. Wenn euer Handy voll ist, könnt ihr keine Bilder mehr machen. Foto- und Videobearbeitung ist direkt auf dem Gerät möglich.

Maik: *Ich habe mich auf meiner Kanada Reise 119 Tage selbst gefilmt und einen Videoblog daraus zusammen geschnitten. Fans haben mehrmals bei YouTube gefragt, welche Kamera ich verwende, da die Qualität so gut ist. Jedes Mal konnte ich belustigt antworten: Alle Filmaufnahmen habe ich mit meinem Smartphone gemacht.*

Action Kamera

Vor allem die geringe Größe und ein wasserdichtes Gehäuse ermöglichen Action Kameras Aufnahmen zu machen, die mit anderen Geräten nicht möglich wären. Sie besitzen in der Regel ein Weitwinkelobjektiv und keine Zoomfunktion, weshalb sie kein guter Ersatz für normale Digitalkameras sind.

Maik: *Ich habe mir während meiner Neuseelandreise eine GoPro gekauft. Das war eine tolle Ergänzung zu meiner Spiegelreflexkamera. Zusammen mit meinem Begleiter Marian haben wir coole Momente aufgenommen. Von Wagenrennen im Supermarkt, übers Baden unter Wasserfällen und wandern in den Bergen.*

Fotoapparat

Die Bildqualität ist besser also jene vom Smartphone aber die Bedienung ist entsprechend komplexer. Du solltest dich zum einen mit der Bedienung auseinandersetzten und zum anderen muss dir klar sein, dass die Kamera ein weiteres Gepäckstück ist. Systemkameras sind unserer Meinung nach von der Größe her gut zum Reisen geeignet. Du kannst bei ihnen, genau wie bei Spiegelreflexkameras, Objektive wechseln. Spiegelreflexkameras werden jedoch deine professionellen Ansprüche stärker befriedigen, wohingegen die Kompaktkamera für Anfänger geeignet ist.

Markus: *Ich reise nur noch mit meiner Systemkamera. Die Ergebnisse sind sehr gut und ich habe die Vorteile einer Spiegelreflexkamera bei kompakter Größe. Einem Neuling würde ich ohne zu zögern eine gute Systemkamera ans Herz legen.*

Entscheidungshilfen für deine Elektronik

Je größer deine technische Ausrüstung ist, desto störender wird sie. Ob du ein Smartphone mitnimmst wird für dich wahrscheinlich nicht zur Diskussion stehen. Stelle dir die folgenden Fragen zu deinen übrigen technischen Geräten:

- Brauche ich es?
- Habe ich Gelegenheit es zu benutzen?
- Werde ich es oft benutzen?
- Habe ich Alternativen?
- Reise ich mit jemandem, der so ein Gerät mitnimmt?
- Ist es schlimm, falls es kaputt geht?
- Habe ich Angst vor Diebstahl?
- Kann ich es vor Ort kaufen?

Markus: *Ich hatte sowohl eine Spiegelreflexkamera (DSLR), als auch eine Kompaktkamera auf einer längeren Reise dabei. Natürlich macht die DSLR die besseren Bilder. Sie ist aber so sperrig, dass ich sie oft nicht mitgenommen und meine Bilder trotzdem mit der kompakten Kamera gemacht habe.*

Digitales Gepäck. Apps und Websites

Das Smartphone ist ein vielseitiger Reisebegleiter. Mit den Millionen Apps in den Stores können wir Routen berechnen, Kontakt zu Menschen halten, Unterkünfte buchen, Einheiten umrechnen und das Wetter vorhersagen. Im folgenden haben wir dir die wichtigsten Apps zum Reisen zusammen gestellt.

Info: *Wenn du im Ausland über Handys redest, wirst du schnell feststellen, dass niemand weiss wovon du sprichst. Im Englischen benutzt man nicht den Begriff Handy, sondern grundsätzlich Smartphone. Das Wort "handy" bedeutet übersetzt nämlich "praktisch" und "nützlich".*

Apps für Navigation im Offline Modus

Egal ob du mit Auto, Bus oder zu Fuß reist, ein gutes Navi sollte auf deinem Smartphone nicht fehlen. Das Kartenmaterial sollte außerdem offline verfügbar sein, so zehrt die App dein Datenvolumen nicht auf. Hast du kein mobiles Internet, ist dieses noch wichtiger. Per GPS kannst du weltweit überall geortet werden. Deinen Standort kannst du also immer bestimmen. Wir empfehlen an dieser Stelle die zwei beliebtesten Navigations-Apps:

- **maps.me**
  Du kannst Kartenmaterial für jedes Land der Welt herunterladen und später ohne Internetverbindung nutzen. Außerdem kannst du nach Kategorien wie beispielsweise Hotel, Restaurant oder Tankstelle suchen. Auch Wanderwege sind hier teilweise sehr präzise eingezeichnet.

- **Google Maps**
  Die bekannte App bietet detaillierte Karten für fast alle Orte auf der Welt. Neben genauen Stauinformationen kannst du auch Routen für Fahrradfahrten, zu Fuß und mit dem ÖPNV berechnen. Du kannst Karten offline verfügbar machen und dann ohne aktiven Internetzugang navigieren.

Apps für Übersetzungen und Fremdwörter-Lexika

Egal wie fit du in der englischen Sprache bist, hier und da wirst du schonmal eine Vokabel nachschauen müssen. Wir finden die folgenden beiden Apps empfehlenswert:

- **dict.cc App**
  Die Datenbank kann für die offline-Benutzung heruntergeladen werden und ist sehr umfangreich. Du kannst in beide Richtungen übersetzen und andere Sprachen sind optional auch verfügbar.

- **Google Translator**
  Neben der Eingabe von zu übersetzenden Wörtern kannst du auch deine Kamera aktivieren. Der fremdsprachige Text wird live auf deinem Bildschirm übersetzt!

Apps für Sprachtraining

Während deiner Reise kannst du deine Sprachkenntnisse mit den zwei folgenden Apps verbessern:

- **Babbel**
  Babbel hilft dir schnell eine neue Sprache zu lernen. Es ist nicht kostenlos aber wenn du ein Abo abschließt solltest du auf jeden Fall die Augen nach Angeboten

offen halten, so kannst du bis 75% sparen. Babbel bietet dir beim lernen Lektionen die nach Themen gruppiert sind und du kannst es auch offline verwenden.

- **Duo Lingo**

  Genau wie bei Babbel kannst du hier Lektionen in deiner gewünschten Sprache durcharbeiten und lernen. Der große Unterschied ist, dass Duo Lingo kostenlos ist. Leider ist die Funktionalität offline sehr eingeschränkt, es sei denn du schließt ein Abo ab.

Apps für Wettervorhersagen

Du kennst das von bisherigen Reisen vielleicht nicht, aber es lohnt sich deine Reise nach dem Wetter zu planen. In manchen Regionen ist Regen nämlich so hartnäckig, dass es sich von vornherein nicht lohnt dort hin zu reisen. Eine gute Vorhersage bietet sicher schon die vorinstallierte App auf deinem Smartphone. Für eine tiefgehende Vorhersage empfehlen wir dir:

- **The Weather Channel**

  Bietet eine stündliche Vorschau für den Tag und eine tägliche Vorhersage für bis zu zwei Wochen. Der Regenradar ist hilfreich, um abzuschätzen, ob Regen auf dich zukommt und weitere Informationen wie Sonnenaufgang und Untergang sind nützlich, um deinen Tag zu planen.

- **Weather Radar**

  Bietet die gleichen Informationen wie The Weather Channel und unterscheidet sich in seiner Nützlichkeit nicht groß.

- **WeatherPro**
  Die App gibt es kostenfrei. Wer jedoch keine Werbung sehen möchte, kann sich für ca. einen Euro die Pro Version kaufen. Weather Pro bietet eine sehr verlässliche und detaillierte Vorhersage. Neben Windgeschwindigkeiten und Niederschlagsmenge gibt es viele weitere meteorologische Informationen.

Apps für Kommunikation

Du wirst feststellen, dass Facebook auf Reisen die wichtigste App ist. Egal was du sonst noch verwendest, einen Facebook Account solltest du haben. Abgesehen vom Messenger sind Gruppen sehr wichtig, um mit anderen Reisenden Kontakt aufzunehmen. Das geht mit keinem anderen Netzwerk so einfach wie mit Facebook.

Markus: *Ich habe fast immer meine Mitreisenden über Facebook gefunden. Einen Teil meiner Skiausrüstung habe ich über Facebook organisiert und auch lange nach meiner Reise halte ich noch Kontakt mit Leuten aus Vietnam, Australien, Kanada, Neuseeland und Zentralamerika über Facebook.*

Was ist außerdem wichtig?

- **WhatsApp**
  Der meistbenutzte Messenger kann auch für Videotelefonate und normale Gespräche genutzt werden.

- **Facebook Messenger**
  Der Messenger verzichtet auf den manchmal lästigen News Stream. Chat, Telefonie und auch Videotelefonie sind möglich.

Es gibt natürlich noch zahllose weitere Apps um in Kontakt zu bleiben wie beispielsweise WeChat, Telegram, Signal oder Threema.

***Markus:** Auf Reisen ist Facebook das wichtigste Kommunikationsmittel. Daheim nutze ich zwar auch andere Apps aber Facebook scheint wirklich jeder zu haben.*

Apps für Sehenswürdigkeiten

Folgende Apps kennen die örtlichen Sehenswürdigkeiten und zeigen dir den Weg dort hin:

- **Trip Advisor**
  Ein sehr großer Dienst, der Reiseziele und Highlights nach Beliebtheit sortiert und dir weiterführende Informationen liefert. Teilweise auch offline. In der App findest du alles, was es in deiner Umgebung zu entdecken gibt. Vom Restaurant bis zum Wahrzeichen ist alles eingetragen und du kannst deine Ziele auch speichern. Deutlicher Nachteil ist, dass die App leider sehr viel Werbung enthält.

- **Google Maps**
  Mit Maps kannst du dich über Reiseziele in deiner Nähe informieren. Die Kategorien sind übersichtlich und du findest quasi für alles Benutzerbewertungen.

- **Komoot**
  Diese App ist im Store als Reiseführer empfohlen. Sie nimmt dir die Routenplanung ab, allerdings musst du die Regionen kaufen. Sie eignet sich auch für die Suche nach Wander- und Fahrradrouten.

***Maik:** Ich schaue bei Google Maps in Städten nach den gelben Bereichen. Diese markieren in der Regel die lohnenswerten Zentren. Ich laufe dann gerne einfach durch die Straßen und lasse mich überraschen, was es zu entdecken gibt.*

Apps für Unterkünfte

Wenn du unterwegs eine Unterkunft buchen möchtest, kannst du die folgenden Apps verwenden:

- **booking.com**
  Dies ist die größte Platform zum buchen von Hotels und Hostels. Oft ist keine Vorauszahlung notwendig. Die Liste vertretener Hotels ist sehr umfangreich. Es lohnt sich allerdings auch auf der Homepage der Unterkunft nochmal die Preise zu checken bevor du buchst, denn manchmal kannst du dann noch etwas sparen.

- **hostelworld.com**
  Dies ist die größte Platform, um ausschließlich Hostels zu buchen. Bei der Reservierung musst du immer einen Teilbetrag an Hostelworld zahlen, der vor Ort zu zahlende Betrag verringert sich entsprechend.

- **Couchsurfing**
  ist ein großes Netzwerk von aufgeschlossenen Leuten, die ihre Schlafmöglichkeiten Reisenden zu Verfügung stellen. Kostenlos. Die Idee dahinter ist, dass Host und Gast gemeinsam die Umgebung erkunden und voneinander lernen. Wie es letztlich genutzt wird ist jedem selber überlassen. Wichtig: Du besuchst Privatpersonen. Lies dir die Bewertungen und Beschreibungen vorher durch! Couchsurfing ist eine Community. Abgesehen von Unterkünften kannst du hier

auch Leute, Veranstaltungen und Antworten auf mögliche Fragen finden.

Markus: *Ich habe mehrere Anzeigen gesehen, die vom Gast erwartet haben, dass er die ganze Zeit nackt rumläuft oder sexuell aufgeschlossen ist. So etwas sollte man vorher wissen!*

- **Airbnb**

  Locals vermieten ihren privaten Wohnraum. Je nach Angebot kannst du ein einzelnes Zimmer oder sogar eine ganze Wohnung anmieten. Die Gastgeber können dir darüber hinaus mit lokalen Tipps helfen und du kannst erfahren, wie die Einheimischen ihre eigenen vier Wände einrichten. Die Plattform übernimmt die Zahlungsabwicklung und du bist abgesichert für den Fall, dass dir ein Host absagen sollte.

Apps für Flüge

Unsere bevorzugten Websites aus dem Kapitel "Günstige Flüge finden" bieten dir auch jeweils eine App:

- www.kiwi.com
- www.skyscanner.de
- www.momondo.de

Zusätzlich empfiehlt es sich die App der Airline herunterzuladen mit der du in dein Work & Travel Land fliegst. So kannst du deine Bordkarte mobil dabei haben und auch den Flugstatus checken.

Weitere Apps

Es gibt noch weitere hilfreiche Apps für deine Reise:

- **Währungsrechner**
  Empfehlenswert ist die App **Reise + Geld** vom Bundesverband Deutscher Banken für iPhone und Android.

- **Rome 2 Rio**
  Mit dieser App findest du eine Verbindung von A nach B per beliebigem Verkehrsmittel oder über eine Kombination von Verkehrsmitteln. Wir haben diese App oft verwendet, um Busverbindungen zu finden.

Bloggen

Du kannst deine ganzen Eindrücke in einem Blog festhalten und mit deiner Familie, Freunden, Bekannten und anderen Reiseinteressierten teilen. Die bekanntesten Seiten sind:

- tumblr.com
- blogger.com
- wordpress.com

Es erfordert viel Zeit deine Erlebnisse zu verschriftlichen, doch im Nachhinein werden sie dich immer an deine tolle Zeit erinnern.

Maik: *In Neuseeland habe ich mit blogger.com eine Art Tagebuch geschrieben: www.kiwi-foto.blogspot.co.nz*

Markus: *Ich blogge seit Jahren mit Wordpress bei wanderdu.de*

Vloggen

Statt zu schreiben kannst du auch Videos von deinen Erlebnissen machen. Diese kannst du in Form von Vlogs (Kreuzung aus Video und Blog) veröffentlichen. Der Arbeitsaufwand ist je nach Anspruch recht hoch. Du kannst alles mit deinem Smartphone filmen und in einer App zusammenschneiden und direkt hochladen. YouTube ist der geeignete Ort für deine Reisevideos! Du kannst beliebig viel Zeit ins Vloggen investieren, um deine Videos besser zu machen. So kannst du verschiedene Kameras verwenden, am Notebook schneiden, Soundtracks integrieren und der Optik mit der richtigen Farbbearbeitung den letzten Schliff verpassen.

Also je nachdem wie viel Zeit du investieren möchtest kann dies auch eine tolle Möglichkeit sein Erinnerungen zu sammeln. Theoretisch kannst du mit deinem Kanal auch Geld verdienen, aber das erfordert einen erheblichen Aufwand!

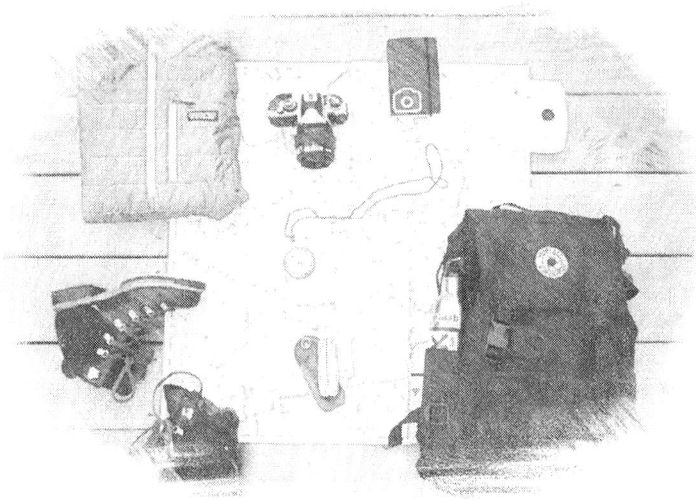

Packliste

So, wie sich Reisestile unterscheiden, unterscheiden sich auch Packlisten. Die meisten Dinge kannst auch vor Ort nachkaufen. Packe also nicht zu viel ein und überlege vor der Reise, was du wirklich benötigst.

***Tipp**: Beispielsweise Sonnencreme, Verhütungsmittel und Duschgel bekommst du vor Ort in jedem Drogeriemarkt. Statt normaler Packungen könntest du daher in Deutschland nur kleine Probierpackungen für die ersten Tage kaufen.*

***Maik**: Mein 5kg schweres Stativ war auf meiner Reise eher hinderlich…*

Diese Liste beschränkt sich auf eine Grundausstattung und kann von dir ergänzt werden. Du weißt selbst am besten, ob du noch spezielles Gepäck benötigst. Medikamente (z.B. für Diabetiker oder Allergiker) oder Ausrüstung für spezielle

Aktivitäten (z.B. Snowboarding oder Tauchen) sind individuell. Bedenke außerdem, welche Jahreszeit bei deiner Ankunft in deinem Reiseland herrscht.

Abhängig von deiner Planung für die ersten Wochen, solltest du möglicherweise noch Kleidung auf der Liste ergänzen. Willst du direkt mit einem Bürojob starten, könnte ein Hemd für ein Bewerbungsgespräch nützlich sein. Willst du direkt ein Auto kaufen, könntest du vielleicht auch noch ein paar Unterhosen mehr einpacken, da du auf einem Roadtrip seltener die Gelegenheit zum waschen hast.

Ergänze während deiner Vorbereitungsphase stetig die Liste, wenn dir etwas einfällt. Somit kannst du dich beim Packen darauf konzentrieren dein Gepäck optimal zu verstauen.

***Tipp**: Wir packen üblicherweise Klamotten für gut eine Woche ein. Das ist ein guter Richtwert, um nicht zu viel mitzunehmen.*

Packliste Taschen:

- ○ Reiserucksack oder Koffer
- ○ Tagesrucksack (kleiner Rucksack)
- ○ Regenhüllen für die Rucksäcke
- ○ Kulturbeutel für Hygieneartikel

Kleidung:

- ○ Regenjacke
- ○ Pullover mit Kapuze
- ○ T-Shirts (7 Stück)
- ○ Unterwäsche (9 Unterhosen, ggf. BHs)
- ○ Socken (7 Paar)
- ○ Kurze Hosen (2 für heisse Länder, sonst eine)
- ○ Lange Hosen (2 für kühlere Länder, sonst eine)
- ○ Badesachen
- ○ Leichte Schuhe (maximal 2 Paar)
- ○ Flip Flops (empfehlen wir vor Ort zu kaufen)
- ○ Optional: Wanderschuhe oder Treckingschuhe

Technische Ausrüstung:

- ○ Smartphone, Ladekabel und Hülle (evtl. Kopfhörer)
- ○ Kamera, Ladekabel, Speicherkarte(n) und Kameratasche

- Stirnlampe oder Taschenlampe (evtl. Ersatzbatterien)
- Optional: Tablet, Ladekabel und Hülle (evtl. e-Reader)
- Optional: Notebook, Ladekabel, Festplatten und Hülle
- Steckdosen-Adapter (für dein Land)

Kosmetika:

- Zahnbürste, Zahnpasta und Zahnseide
- Rasierer (evtl. Rasierpinsel und Rasierschaum)
- Duschgel und Shampoo (Probierpackungen)
- Sonnencreme (Probierpackung)
- Nagelknipser, Nagelfeile und Pinzette
- Handtuch (normal oder Mikrofaser)
- Medikamente (z.B. Kopfschmerzen und Übelkeit)
- Deodorant
- Hautcreme
- Pflaster

Wichtige Unterlagen:

- Reisepass
- Impfpass
- Nationaler & Internationaler Führerschein
- Ausdruck deiner Bestätigung für dein Visum

- O Eine oder besser zwei Kreditkarten
- O Bestätigung deiner Auslandskrankenversicherung
- O Kontoauszug, zum Nachweis deiner Finanzen
- O Optional: Buchungsbestätigung für die Flüge
- O Optional: Organspendeausweis (auf englisch)
- O Optional: Lebenslauf, Zeugnisse und Referenzen

Weiteres, was du vielleicht brauchst:

- O Taschenmesser (evtl. Multifunktionswerkzeug)
- O Sonnenbrille
- O Reiseführer
- O Ohropax
- O Wäscheleine
- O Reise-Nähzeug
- O Vorhängeschloss
- O Verhütungsmittel
- O Powerbank (und Ladekabel)
- O Kugelschreiber und Notizbuch
- O Bargeld in Landeswährung (max. 200€)
- O Bargeld in Euro für den Notfall (50€ bis 100€)

Falls du campen möchtest:

- ○ Zelt
- ○ Schlafsack
- ○ Isomatte oder Luftmatratze (selbstaufblasend)
- ○ Camping Besteck und Geschirr (Teller, Tasse)
- ○ Trecking Kocheraufsatz (Gas im Flieger nicht erlaubt!)
- ○ Feuerzeug (nur im Handgepäck mitzuführen)
- ○ Optional: Camping Töpfe, Pfanne mit Pfannenwender

Deine Ergänzungen:

- ○ ______________________________
- ○ ______________________________
- ○ ______________________________
- ○ ______________________________
- ○ ______________________________
- ○ ______________________________
- ○ ______________________________
- ○ ______________________________

Checkliste

Nach der Packliste auch noch eine Checkliste? Sie macht dein Leben leichter! Wenn du alle Punkte unserer Liste als erledigt betrachten kannst, bist du bereit für den Aufbruch!

- ○ Hast du dein **Visum**? Nimm die Bestätigung auch in ausgedruckter Form mit, um eventuelle Probleme bei der Einreise von vornherein auszuschließen. Es ist immer gut etwas in Papierform vorlegen zu können.

- ○ **Reisepass** eingepackt? Kopie vom Reisepass eingepackt und gescannt? Verlierst du deinen Reisepass, willst du dich noch ausweisen können. Denke also daran Kopien anzufertigen und vielleicht Scans bei deiner Familie oder in der Cloud aufzubewahren.

- ○ Hast du deinen **Internationalen Führerschein** zusammen mit deinem **nationalem Führerschein** eingepackt? Vergiss nicht, dass der internationale Führerschein nur eine Übersetzung ist und deshalb offiziell nur in Kombination mit deinem deutschen Dokument gültig ist.

- ○ **Auslandskrankenversicherung** für die gesamte Reise abgeschlossen? Die Versicherung musst du vor Reisebeginn gebucht haben, nach Abflug ist es hierfür zu spät. Zudem kann es vorkommen, dass du einen Nachweis über die Krankenversicherung bei der Einreise vorzeigen musst! Also drucke dir zur Sicherheit auch eine Bestätigung aus.

- ○ **Impfungen** erhalten? Denke daran, dass manche Impfungen einen gewissen zeitlichen Vorlauf benötigen, um zu wirken. Packe zur Sicherheit auch den **Impfpass** ein.

- ○ **Kreditkarte** und **Notgeld** eingepackt? Hast du eine Kreditkarte ist das gut, hast du zwei ist es noch besser. Bewahre sie immer am Körper an verschiedenen Stellen auf und gib sie auf keinen Fall mit deinem Gepäck auf. Weiß deine Bank von deiner Reise und sind die Karten im Ausland freigeschaltet? Hast du einen Dispositionsrahmen und weißt du, wo du in deinem Reiseland Geld abheben kannst?

- ○ **Reiseführer** gekauft? Jeder Zeitpunkt ist ein guter Zeitpunkt, um sich noch etwas genauer über das Land zu informieren. Auf einem langen Flug hast du genügend Zeit ein paar Seiten zu lesen.

- ○ Die erste **Unterkunft** gebucht? Weisst du wo du bleiben wirst, wenn du ankommst? Hast du die Adresse abgespeichert und weißt du wie du vom Flughafen dorthin gelangst?

- ○ **Bewerbungsunterlagen** vorbereitet? Du wirst später Zeit sparen, wenn du deinen Lebenslauf bereits in der Heimat fertig geschrieben hast.

- ○ **Daten geladen**? Wer weiß, wann du das nächste Mal schnelles Internet hast. Hast du dich für den Flug mit Musik, Filmen oder Serien versorgt? Hast du Offlinekarten geladen damit du dich vor Ort erst einmal ohne SIM Karte orientieren kannst?

- ○ Sachen gepackt und die **Packliste** abgearbeitet? Es ist hilfreich, aufzuschreiben, was du bereits eingepackt hast. So kannst du später prüfen, ob alles da ist, indem du einfach die Liste durchgehst.

- ○ Hast du schon eine Idee wie du wieder nach Deutschland kommst? Bei der Einreise kannst du gefragt werden, ob du bereits ein Rückflugticket hast. Statt einem Ticket kannst du auch mittels Kontoauszug nachweisen, dass du über genügend finanzielle Mittel für einen Rückflug verfügst.

Wenn die Checkliste erledigt ist, bist du bereit. Verabschiede dich von deinen Freunden und deiner Familie mit einer Abschiedsparty, die du am besten ein paar Tage vor Abflug und nicht am letzten Abend machst. Mach dir wegen deiner Planung keine Sorgen. Ist die Checkliste erledigt, so hast du an alles Wichtige gedacht. Jetzt kannst du dich deiner Vorfreude hingeben und auf dein Abenteuer gespannt sein! Wir freuen uns, dich begleiten zu dürfen!

Abflug ins Abenteuer

Nun sind es nur noch ein paar Stunden bis zu deiner Abreise. Damit du den langen Flug angenehm überstehst und möglichst entspannt ankommst, haben wir noch ein paar Tipps für dich:

- Checke online ein. Dadurch kannst du dir von Zuhause deinen Sitzplatz wählen. Für lange Reisen empfiehlt sich ein Gangplatz, da du hier mehr Platz hast, deine Beine auszustrecken. Zudem kannst du hier aufstehen ohne deine Sitznachbarn jeden Mal zu stören. Am Fenster sitzen ist zwar schön, aber auf Langstreckenflügen willst du lieber die Option haben öfter mal aufzustehen.

- Drucke dein Ticket aus oder habe es in der Wallet App von deinem Smartphone verfügbar.

- Sei rechtzeitig am Flughafen. Wenn du gestresst und vielleicht schon durchgeschwitzt deinen Flug antrittst ist deine Vorfreude gedämpft. Für eine so wichtige Reise schadet es nicht drei Stunden vor Abflug am Flughafen anzukommen. Du kannst dann in Ruhe dein Gepäck aufgeben, deine Freunde und Familie verabschieden und noch einen Kaffee trinken.

- Ziehe dir etwas entspanntes an. Du musst bei deiner Reise nicht gut aussehen. Hauptsache du trägst lockere Klamotten in denen du stundenlang gemütlich sitzen kannst. Fliegst du an einem heissen Tag, lohnt es sich trotzdem etwas wärmeres mit in den Flieger zu nehmen, da die Kabine künstlich temperiert und deshalb recht kühl sein wird.

- Wenn du eine dicke Jacke im Gepäck hast, nimm diese mit in die Kabine. Das spart dir Platz im Hauptgepäck und wenn dir nach paar Stunden Flug kalt werden sollte, hast du noch etwas zum anziehen.

- Packe dir auf jeden Fall genug Sachen für die Unterhaltung ein: Zeitungen, Bücher, Musik oder Filme. So ein Flug kann wirklich lange dauern. Du kannst dich auch informieren, ob du im Flugzeug einen Fernseher hast, also ein Display im Sitz des Vordermanns. Du kannst dir dann die angebotenen Filme ansehen, allerdings könnten sie kostenpflichtig sein. Bei verschiedenen Streaminganbietern kannst du dir temporär auch Inhalte auf dein Smartphone herunterladen.

- Wenn du Mitglied eines Vielfliegerprogramms bist, vergiss nicht deine Karte mitzunehmen. Du kannst die Meilen zwar nachtragen lassen aber das kostet Zeit und Nerven.

- Packe für den Flug eine Zahnbürste und andere einfache Kosmetika ein. Benutze keine Packungen die größer als 100ml sind. Diese dürfen nämlich nicht an Bord. Alle Flüssigkeiten musst du in einen durchsichtigen ZIP-Beutel verpacken. Es kann sehr angenehm sein sich während der Reise frisch machen zu können.

- Trinke genug während des Flugs. Kaufe dir am besten nach der Sicherheitskontrolle noch eine Wasserflasche und nimm sie mit ins Flugzeug. Du bekommst zwar an Bord auch Getränke angeboten aber aufgrund der trockenen Luft und des geänderten Umgebungsdrucks kannst du durstiger sein als sonst und im schlimmsten Fall Kopfschmerzen bekommen.

- Packe dir Kopfschmerztabletten ein. Es gibt nichts schlimmeres als stundenlang in einem engen Sitz Kopfschmerzen zu haben.

- Hast du manchmal Probleme mit trockenen Augen, dann packe dir auch Augentropfen ein. Besser als eine Flasche sind die portionsweise abgepackten Augentropfen, bei denen du maximal so viele mitnimmst wie du Einzelflüge hast. Der Rest kann ins Gepäck.

- Vergiss nicht Kopfhörer oder Ohrstöpsel einzupacken. Wenn du die Umgebungsgeräusche an Board unterdrücken kannst, ist es leichter einzuschlafen.

- Halte am Gate die Augen offen nach anderen Work & Travelern. Du wirst feststellen dass sie recht einfach zu erkennen sind. Vielleicht kommt ihr ins Gespräch und du findest bereits vor Ankunft einen Reisepartner.

Und zu guter letzt kannst du natürlich auch in der Super Bibel lesen und deine Reise weiter vorbereiten.

Wir wünschen dir einen guten Flug!

Emirates

Während der Reise

Angekommen, erste Schritte

Du bist nun also mit deinem Flieger gelandet. Was nun? Bei der Migration bekommst du einen Einreisestempel in deinen Reisepass und das Working Holiday Visum wird nun aktiviert. In Australien und Neuseeland bekommst du keine weiteren Papiere. In Kanada hingegen wird eine Arbeitserlaubnis in deinen Reisepass geheftet. Achte darauf, dass die richtigen Daten eingetragen sind und der Zeitraum genau ein Jahr abdeckt. Sollte es Probleme geben, so kannst du dir später zusätzliche Arbeit sparen indem du es sofort korrigieren lässt.

Wir gehen davon aus, dass du eine Unterkunft gebucht hast und dich nun dorthin auf den Weg machen wirst. Falls du dich vorab noch nicht über die Anreise informiert hast, kannst du nun das kostenlose WLAN nutzen, dass in den meisten Flughäfen vorhanden ist. Alternativ kannst du dich am Informationsschalter über Transportmöglichkeiten in die Stadt informieren.

Bedenke, dass möglicherweise die öffentlichen Verkehrsmittel nicht direkt an den Flughafen angebunden sind und man dir eine zu teure Verbindung vorschlagen wird. Normalerweise gibt es außerhalb jedes Flughafens eine öffentliche Bus- oder Metrostation. Dich durchzufragen kann dir in dem Fall ein paar Dollar sparen.

Halte an deiner Unterkunft deinen Reisepass bereit, man wird deine Daten aufnehmen. Wenn du eingecheckt hast kannst du dein Gepäck loswerden und erstmal deine Umgebung erkunden. Oder schlafen.

Hast du jetzt etwas Zeit übrig, ist dies eine gute Gelegenheit dich um die Punkte in den folgenden Kapiteln zu kümmern. Es sind noch ein paar Dinge zu regeln, bevor du offiziell arbeiten kannst. Erledige deine Behördengänge also direkt, dann musst du später keinen Gedanken mehr hieran verschwenden.

In Hostels findest du vielleicht andere Backpacker, die schon die nötigen Unterlagen beantragt haben. Wenn du also Hilfe benötigst, kannst du sie hier bekommen. Vielleicht kommt ja auch jemand mit zu deinem Termin bei der Bank und ihr könnt euch auf dem Weg kennenlernen?

Jetlag und Zeitverschiebung

Nach weiter Flugstrecke in ein fernes Land verschiebt sich dein Tag- und Nacht Rhythmus. Je nachdem wie weit die Zeitzonen auseinander liegen wird dein Jetlag mehr oder weniger stark sein. Es macht dabei einen Unterschied in welche Richtung du fliegst.

Langstreckenflüge Richtung Osten bedeuten du fliegst dem Sonnenuntergang entgegen. Die Tage an denen du sozusagen vorbei fliegst sind viel kürzer und du überspringst einen guten Teil des Tages und der Nacht. Wenn du nach Neuseeland oder Australien fliegst, wirst du vermutlich im

Morgengrauen fürchterlich müde und möchtest den ganzen Tag schlafen.

Langstreckenflüge Richtung Westen sind aus Sicht von Schlafforschern die angenehmeren Flüge. Da du dem Sonnenuntergang hinterher fliegst dauert der Tag und die Nacht ewig. Der Jetlag ist leichter zu überwinden, weil du nach deiner Ankunft mit hoher Wahrscheinlichkeit sofort schlafen gehen kannst und dich schnell an die Zeitverschiebung gewöhnst.

Maik: *Ich persönlich komme mit Flügen in Richtung Westen viel besser klar als in Richtung Osten. Das hängt natürlich auch von der Abflugs- und und Ankunftszeit ab. Allgemein ist das wohl unterschiedlich wie man den Jetlag verarbeitet. Nimm dir auf jeden Fall genug Zeit und Ruhe zum eingewöhnen.*

Um den Jetlag zu reduzieren musst du aktiv darauf achten wann du wach bist und wann du schlafen kannst. Am besten orientierst du dich spätestens bei Abflug an deiner neuen Zeitzone. Kommst du früh morgens an, ist es völlig in Ordnung zu versuchen im Flieger etwas zu schlafen. Wenn du spät abends ankommst, solltest du Schlaf vermeiden, da du sonst am Ziel nicht einschlafen kannst. Es kann helfen deine Uhren bereits im Flugzeug auf die neue lokale Uhrzeit einzustellen. Neben dem psychologischen Trick wird allgemein davon abgeraten Alkohol zu trinken oder Schlafmedikamente zu nehmen. Diese fördern nicht die Umstellung des Biorhythmus.

Es hilft außerdem dich sofort am Leben vor Ort zu beteiligen und dich im Sonnenlicht aufzuhalten, damit dein Körper mitbekommt, dass es noch Tag ist. Wenn du am Abend meinst noch viel zu wach zu sein, solltest du Sport treiben oder dich anders auspowern. Je länger du dich vor deiner Reise schon auf die neue Zeitzone einstellst, umso schneller überwindest du nachher den Unterschied. Steh einfach etwas früher auf oder geh später schlafen, je nachdem in welche Richtung du fliegst.

Markus: *Ich habe den Jetlag bei einem Flug von Deutschland nach Thailand nach zwei Tagen überwunden. Nach Neuseeland hat es ganze fünf Tage gedauert. Es hat sich so geäußert, dass ich morgens um 9:00 Uhr aufgestanden bin und um 16:00 Uhr wieder todmüde war. Nach einem Erholungsschlaf von etwa einer Stunde hielt ich dann aber noch bis abends durch.*

Dein Bankkonto eröffnen

Damit du ohne Gebühren im Land mit einer Karte bezahlen kannst und dein Arbeitgeber deinen Lohn überweisen kann, benötigst du ein innländisches Bankkonto. Da du dir sicher dein Erspartes aus Deutschland überweisen wirst, solltest du wissen, dass Auslandsüberweisungen rund eine Woche in Anspruch nehmen können. Die Eröffnung des Kontos solltest du also nicht zu lange vor dir herschieben. Um es zu eröffnen musst du zunächst die für dich richtige Bank aussuchen.

Da du nur vorübergehend ein möglichst günstiges Konto haben möchtest, solltest du hauptsächlich auf die anfallenden Kosten schauen. Achte auch auf die Standorte der Bankautomaten, denn zum einen möchtest du auch mal Geld abheben können und zum anderen ist es praktisch, wenn es eine Filiale in den Orten gibt, in denen du länger bleiben möchtest. Vor allem wenn du mehrere Monate an einem Ort verbringen willst, kann es von Vorteil sein, wenn deine Bank eine Filiale in der Nähe hat. Wir haben später in diesem

Kapitel eine Liste der wichtigsten Banken deines Landes zusammen gestellt.

Noch in Deutschland kannst du bereits auf den Webseiten nach guten Angeboten Ausschau halten. Die Eröffnung deines Kontos geht schnell auch wenn es ungewohnt sein mag alles auf englisch zu besprechen. Bist du unsicher, so kannst du auch mit einem Freund gemeinsam die Bank besuchen. Der Bankangestellte wird sich genug Zeit für dich nehmen und alle deine Fragen beantworten. Andere Backpacker haben auch Konten eröffnet, hör dich also um was aktuell empfehlenswert ist. Vielleicht bekommst du einen guten Tipp, denn Konditionen verändern sich manchmal.

Du solltest bei der Bank deiner Wahl im Voraus einen Termin für die Eröffnung deines Kontos vereinbaren. In großen Städten ist mit längeren Wartezeiten zu rechnen die du umgehen kannst, indem du dir eine Filiale in einem kleineren Vorort suchst. Bei der Eröffnung solltest du erwähnen, dass du als Work and Traveller im Land bist, die meisten Banken sind hierauf eingestellt. Bring zur Beantragung außerdem etwas Geld mit. Normalerweise musst du bei der Kontoeröffnung einen kleinen Betrag einzahlen, zum Beispiel 50$.

Markus: *Ich habe mich in Australien für WestPac entschieden, weil dies in dem Ort wo ich gearbeitet habe die einzige Bank war. WestPac ist in Australien das, was die Sparkassengruppe in Deutschland ist. Zu meinem Konto habe ich eine Kreditkarte bekommen. Bei einem Geldeingang auf dem Girokonto von mindestens 2000$ ist die monatliche Gebühr von 5$ entfallen. Geld vom Spar- auf das Girokonto zu verschieben wurde auch als Geldeingang bewertet und so konnte ich mir die monatliche Gebühr sparen.*

Zu deinem Konto wirst du eine Karte erhalten. Informiere dich, ob und wann zusätzliche Kosten entstehen. Zum Beispiel zahlst du extra, wenn du Geld an einem Automaten einer anderen Bank abhebst! Eine gute Abdeckung mit Automaten deiner Bank ist deshalb wichtig.

Solltest du am Ende deiner Reise viel Geld angespart haben, kannst du es auf dein deutsches Konto überweisen. Dafür benötigtst du die IBAN und BIC deines Kontos. Sollte man dich nach einem SWIFT Code fragen, dann gib hier deine BIC an. Die Nummern sind identisch.

Die Überweisung kostet dich eine einmalige Gebühr und dauert bis zu zehn Tage. Es ist auf jeden Fall sicherer, als das Geld bar mitzuführen. Überweise das Geld nicht auf den letzten Drücker. Sollte etwas schief gehen und das Geld zurück geschickt werden hast du ein Problem, wenn dein Konto bereits aufgelöst ist. Das Konto zu schließen geht in der Regel schnell und dauert nicht länger als 15 Minuten. Deine Karte kannst du normalerweise als Souvenir behalten.

Banken in Australien

Vier große Banken bilden in Australien gemeinsam die **Big Four** und wenn du eine dieser Banken mit den für dich besten Konditionen auswählst, kannst du nichts falsch machen. Dazu gehören:

- National Australia Bank (**nab**)
- Australian and New Zealand Banking Group (**ANZ**)
- **Westpac** Banking Corporation
- **Commonwealth** Bank

Bring für die Beantragung eines Kontos deinen Reisepass mit und habe deine Anschrift zur Hand. Deine Unterlagen werden dir dann nach wenigen Tagen postalisch zugeschickt. Alternativ kannst du angeben, dass du sie persönlich abholen möchtest. Zu den Unterlagen zählt auch deine neue australische Kreditkarte.

Deine Bank verwaltet zusätzlich ein Superannuation Konto, was einem deutschen Rentenkonto entspricht. Du kannst es eröffnen, musst es aber nicht. Spätestens beim erstem Gehaltsempfang ist dein Arbeitgeber verpflichtet dieses Konto für dich zu eröffnen und dort deine Rente einzuzahlen.

***Tipp**: Du kannst die vom Arbeitgeber eingezahlte Rente am Ende deines Abenteuers auszahlen lassen. Wie das geht erfährst du im Kapitel "Starter Guide Australien" unter dem Thema "Steuerrückzahlung".*

WestPac bietet ein Einwanderer Programm, über das du schon vor der Einreise online von zu Hause ein Konto eröffnen kannst. Kommst du in Australien an, so hast du sechs Wochen Zeit deine Karte abzuholen. Bring dafür deinen Reisepass und deine aktuelle Adresse mit. Bei anderen Banken ist es üblich zur Eröffnung bereits im Land zu sein.

Banken in Kanada

Es gibt hier fünf große Banken deren Angebote du vergleichen solltest:

- Bank of Montreal (**BMO**)
- Bank of Nova Scotia (**Scotiabank**)
- Canadian Imperial Bank of Commerce (**CIBC**)
- Royal Bank of Canada (**RBC**)

- Toronto–Dominion Bank (**TD**)

Die Beantragung eines Kontos ist schnell und unkompliziert. Bring dazu deinen Reisepass und deine SIN mit und habe eine Adresse zur Hand (zum Beispiel die Adresse deines Hostels). Nach der Beantragung kannst du deine Debitkarte direkt mitnehmen. Die Debitkarte ist vergleichbar mit einer deutschen Girokarte.

Eine Kreditkarte erhältst du nicht. Solltest du unbedingt eine Kreditkarte brauchen, frage nach einer Secured Credit Card. Bei dieser hinterlegst du eine bestimmte Summe als Sicherheit auf die die Bank zurückgreifen wird, falls du deine Karte nicht ausgleichen kannst. Die Überziehungszinsen sind bei diesen Karten sehr hoch! Wir raten dir, dich auf deine deutsche Kreditkarte zu verlassen!

Banken in Neuseeland

Tatsächlich dominiert Australien das Bankwesen in Neuseeland. Deshalb sind hier die gleichen Big Four zu finden:

- Australia and New Zealand Banking Group (**ANZ**)
- **ASB Bank**, die zur Commonwealth Bank gehört
- The Bank of New Zealand (**BNZ**)
- **Westpac** Banking Corporation

Obwohl dies die großen Banken sind, ist möglicherweise die **Kiwi Bank** trotzdem die Beste für dich. Sie ist nämlich bei jedem Post Office zu finden und gute Erreichbarkeit ist wichtig.

Bring zur Beantragung des Kontos deinen Reisepass, ein weiteres Ausweisdokument (zum Beispiel deinen deutschen Ausweis oder Führerschein) und deine bestätigte Anschrift mit. Hostels sind auf Reisende wie dich eingestellt und normalerweise sollte es kein Problem sein, eine Adressbestätigung zu bekommen. Ist das jedoch nicht möglich, musst du dir ein anderes Hostel suchen. Du erhältst deine EFTPOS (Electronic funds transfer at point of sale) Karte direkt im Anschluss und legst hierfür noch eine Pin fest. Die Karte ist mit einer deutschen Giro Karte vergleichbar. Eine Kreditkarte wirst du vermutlich nicht bekommen, da du dafür dauerhaft in Neuseeland leben und ein festes Einkommen nachweisen können musst.

Banken für die wir uns entschieden haben

Wir waren mit unseren Banken zufrieden und falls ihre Konditionen für dich stimmen, spricht nichts dagegen dort Kunde zu werden.

Maik: *In Neuseeland hatte ich mein Konto bei der Kiwi Bank. Die Filialen sind an die Postfilialen angeschlossen und damit im gesamten Land zu finden. Die Eröffnung des Kontos ging ohne Termin (in Auckland) und auch die Onlineverwaltung war super. Ich glaube ich habe jedoch vergessen das Konto vor der Ausreise zu schließen ... bis Heute habe ich jedoch keine Post bekommen, was daran liegen könnte, dass die Briefe zu meiner Hosteladresse gehen ...*

In Kanada war ich auf Empfehlung von einer Freundin bei der Scotia Bank. Das Konto habe ich in Toronto eröffnet. Dafür war ein Termin nötig, den ich zwei Tage zuvor beim Empfang in der Filiale vereinbart habe. Ich erinnere mich daran, dass ich die Karte bei meinem Trip in die USA nicht verwenden konnte. Für den Ausflug in die USA habe ich dann meine deutsche Kreditkarte verwendet, die ich dummerweise verloren habe. Die Abmeldung des Konto war easy und schnell erledigt.

***Markus**: In Australien habe ich mich für die WestPac entschieden. Abgesehen von den monatlichen Gebühren war ich zufrieden. Nach der Eröffnung wurden mir nach ein paar Tagen alle Karten und Unterlagen zugeschickt. Das Konto habe ich am Schluss von Deutschland aus telefonisch geschlossen.*

In Kanada habe ich mich für die TD Bank entschieden. Das Konto habe ich im Prinzip auf der Durchreise eröffnet und meine Unterlagen konnte ich sofort mitnehmen. Per Post wurde nichts verschickt. Nach ein paar Tagen hatte ich auch schon die ersten Gehaltseingänge. Am Schluss habe ich mein gespartes Geld komplett nach Deutschland zurück geschickt und, nachdem es dort einging, das Konto geschlossen. Die Schließung hat nur wenige Minuten gedauert.

Deine lokale Telefonkarte

Nach der Ankunft in deinem Reiseland wirst du dich wegen der sehr teuren Roaming-Gebühren schnell nach einer neuen SIM Karte umsehen wollen, um mit Freunden in Kontakt zu bleiben und dein Abenteuer zu organisieren. Auch bei der Suche nach Arbeit macht eine lokale Telefonnummer einen besseren Eindruck als eine von Übersee, da Arbeitgeber dich ohne zusätzliche Gebühren kontaktieren wollen.

***Markus:** Ich hatte in Kanada nur zwei Monate eine SIM Karte. In dieser Zeit wollte ich für Bewerbungsgespräche erreichbar sein. Den Rest der Zeit habe ich mein Smartphone nur mit WLAN verwendet.*

Bei der Wahl des Anbieters solltest du auf die Netzabdeckung achten. In Australien und Kanada kann es passieren, dass du wochenlang keinen Empfang hast. Prüfe deshalb vor Kauf deiner Telefonkarte, ob die Gebiete in die du reisen willst gut abgedeckt sind. Auch in Neuseeland variiert die

Netzabdeckung je nach Anbieter, was sich vor allem bei Wanderungen in der Wildnis bemerkbar macht.

Überlege dir gut, ob du lieber eine Prepaid oder eine Postpaid Karte haben willst. Postpaid entspricht dem deutschen Vertrag, bei dem du am Monatsende die angefallenen Kosten decken musst.

Zwischen den Ländern gibt es Unterschiede bei den Verträgen. In Kanada zahlst du anbieterabhängig auch für eingehende Anrufe, was in Neuseeland und Australien nicht der Fall ist.

Bedenke, dass Prepaid Karten nach 30 oder 45 Tagen ablaufen und das Guthaben verfällt. Lädst du sie wieder auf, so nimmst du dein vorhandenes Guthaben mit in die nächste Periode.

Es gibt zu viele Anbieter, um sie hier zu vergleichen. Bei deiner Suche solltest du danach filtern, welche Netzbetreiber alle Gebiete abdecken, in die du reisen möchtest. Hast du nur geplant in der Nähe von Städten zu bleiben sollte Netzabdeckung kein Problem sein und du kannst nach dem billigsten Angebot suchen.

Netzbetreiber in Australien

In Australien gibt es drei große Anbieter, die das Land unterschiedlich gut abdecken:

- **Telstra** ist der größte Netzbetreiber mit bester Abdeckung. Du zahlst für gute Netzabdeckung und Qualität etwas mehr, es lohnt sich also eher wenn du viel unterwegs bist.

- **Optus** ist nach Telstra der zweitgrößte Netzbetreiber mit weniger guter Abdeckung aber dafür günstigeren Preisen. Wir empfehlen dir Woolworth Mobile.

- **Vodafone** hat im Vergleich die geringste Abdeckung und ist geeignet, wenn du hauptsächlich in bewohnten Gebieten bleiben möchtest.

Jeder andere Anbieter greift auf die Infrastruktur der genannten Netzbetreiber zurück. Ähnlich wie in Deutschland, gibt es weitere Anbieter die günstigere Tarife als die Betreiber (Telekom, Vodafone und Telefonica) anbieten. Finde also zuerst den für dich passenden Netzbetreiber und vergleiche dann die dazugehörigen Tarife der verschiedenen Anbieter.

Netzbetreiber in Kanada

Es gibt in Kanada sehr viele Netzbetreiber und die Abdeckung ist je Anbieter sehr unterschiedlich. Bei jedem Anbieter solltest du dich informieren wo die **Extended Coverage** Bereiche liegen. In diesen Gebieten musst du eventuell Roaming aktiviert haben und solltest dich auf zusätzliche Kosten einstellen. Reist du in andere Provinzen musst du ebenfalls mit weiteren Kosten rechnen.

Achte auf Preise für eingehende Anrufe, denn anders als in den übrigen Ländern musst du tarifabhängig auch zahlen, wenn du angerufen wirst.

Drei Netzbetreiber bilden in Kanada das Monopol, der Rest sind entweder kleine Anbieter die sich auf einzelne Provinzen beschränken oder Drittanbieter. Die drei Großen sind:

- **Rogers** ist der größte Netzbetreiber Kanadas. Zwei beliebte Anbieter sind **Fido** und **Speak Out** von 7-Eleven.
- **Bell** ist der zweitgrößte Netzbetreiber. **Virgin Mobile** ist in diesem Netz ein beliebter Anbieter.
- **Telus** hält den letzten Platz der großen Betreiber. Hier ist **Koodo** ein beliebter Anbieter.

Netzbetreiber in Neuseeland

Auch in Neuseeland musst du außerhalb bewohnter Gebiete mit Empfangseinschränkungen rechnen. Die drei Großen sind:

- **Spark** ist einer der größten Netzbetreiber und deckt etwas abgelegenere Gegenden gut ab. **Skinny Mobile** hat gute Angebote in diesem Netz.
- **Vodafone** ist sehr gut, kann aber nicht mit der Abdeckung von Spark mithalten.
- **2 Degrees** teilt Sendemasten mit Vodafone und ist daher höchstens ebenso gut wie Vodafone.

Netzbetreiber für die wir und entschieden haben

Wie mit den Banken haben wir auch mit den Telefonkarten Erfahrungen gesammelt, allerdings gibt es immer wieder neue Angebote, weshalb ein Vergleich schwierig ist. Vielleicht geben dir unsere Erfahrungen dennoch eine Entscheidungsgrundlage.

***Maik**: Während meiner Neuseelandreise habe ich einen Prepaid Tarif bei Vodafone gewählt. Ich war mit der Netzabdeckung sehr zufrieden. Auch das Datenvolumen war zeitgemäß. Nachdem ich die SIM Karte aktiviert hatte, öffnete ich jedoch für drei Freunde einen Hotspot und mein gesamtes Datenvolumen war noch zwei Stunden aufgebraucht... anschließend war ich achtsamer was den Datenverbrauch anging!*

In Kanada entschied ich mich für Bell. Auch hier war ich sehr zufrieden und ich konnte ohne Zusatzgebühren meinen Tarif im ganzen Land verwenden. Die Abdeckung war jeder Zeit gut. Natürlich darf man in der tiefen Wildnis keinen Telefonempfang oder gar LTE erwarten.

***Markus**: Ich habe meine Woolworth Karte in Australien vor Ablauf des Monats immer wieder aufgeladen. Damit habe ich jedes mal die verbleibenden Gigabytes mit in den nächsten Monat übernommen. Am Schluss hatte ich so viel Daten über, dass ich das Volumen nicht mehr aufbrauchen konnte. Da Woolworth das Optus Netz nutzt hatte ich landesweit um Ortschaften herum immer ganz guten Empfang.*

Meine 7-eleven Speakout SIM Karte für Kanada war weder die Günstigste, noch hatte ich auf optimale Netzabdeckung geachtet. Ich habe sie im Wesentlichen gekauft, weil ich schnell eine Karte brauchte, um sie bei meinen Bewerbungen anzugeben. Nach nur zwei Monaten habe ich sie nicht mehr verlängert, weil ich bereits meinen Job sicher hatte und mich von da an sowieso außerhalb jeder Netzabdeckung aufgehalten habe.

Steuernummer beantragen

Bevor du offiziell die Arbeit aufnehmen darfst, benötigst du eine Steuernummer. Für die Beantragung solltest du die folgenden Unterlagen zum Amt mitnehmen: Reisepass, ein zweites Ausweisdokument, wie zum Beispiel deinen Führerschein und deine Postanschrift.

Australien

Hier heißt die Steuernummer Tax File Number (TFN). Die Nummer kann man in Australien online beantragen, allerdings musst du dich für die Beantragung auf australischem Boden befinden.

🔗 super-bibel.de/au-tfn

Alternativ kannst du zu einem Taxation Office gehen und erhältst deine Nummer nach bis zu drei Wochen per Post.

Kanada

Die Social Insurance Number (SIN) identifiziert dich im zweit- größten Land der Erde. Du bekommst sie bei jedem Service Canada Office. Bring zur Beantragung auch deine Arbeitserlaubnis mit. Diese Büros findest du in jeder größeren Ortschaft und du bekommst deine Steuernummer sofort.

***Tipp**: Nimm direkt am Flughafen vom nächsten Post Office oder Service Canada ein Formular mit und bring es zur Beantragung ausgefüllt mit.*

***Markus**: Ich war in Montreal im Office und wollte meine Steuernummer beantragen. Ich wurde nach einer Adresse gefragt, die ich nicht hatte. Ich habe kurz online die Adresse meines Hostels herausgesucht und diese angegeben. Das war vollkommen in Ordnung.*

Neuseeland

Die Kiwis reden von der Inland Revenue Department (IRD) Nummer. Diese kannst du ganz bequem in einem Post-Office beantragen.

***Hinweis**: Du benötigst neben den oben genannten Unterlagen zusätzlich deine deutsche Steueridentifikationsnummer und ein neuseeländisches Bankkonto. Bringe einen Kontoauszug zur Beantragung der IRD Nummer mit!*

Bei der Beantragung kannst du auswählen, ob du die Nummer per E-Mail (in der Regel innerhalb von 2 Arbeitstagen) oder per Post zugesandt bekommen möchtest. Wählst du den Postversand an eine deutsche Adresse, so kann der Versand sich sehr lange hinziehen.

Alternativ kannst du deine IRD Nummer auch online beantragen:

🔗 www.ird.govt.nz

Neue Kontakte knüpfen

Bei all den Vorbereitungen solltest du nicht vergessen Spaß zu haben, am besten mit neuen Freunden. Kontakte zu knüpfen ist auf Reisen das wichtigste überhaupt, denn über sie findest du Jobs, Freunde und Reisebegleiter. Die Chancen stehen gut, dass du bereits bei deiner Anreise Leute triffst, mit denen du die ersten Tage oder länger verbringen möchtest. Vielleicht entwickeln sich auch richtige Freundschaften, die nach deiner Reise weiter bestehen bleiben.

Neue Kontakte zu knüpfen ist nicht immer einfach. Es hängt natürlich von deiner Person ab, wie leicht es dir fällt, auf

Fremde zuzugehen. Mach dir jedoch nicht zu viele Gedanken. Das wichtigste ist, dass du den Dingen nachgehst die du gerne machst, dann wird sich der Rest ergeben. Wenn du dabei immer mal wieder jemand kennen lernst, hast du nach Wochen ein Netzwerk von Freunden im gesamten Land. Fang aber erst einmal klein an und komme mit deinem Arbeitskollegen oder Couchsurfing Host ins Gespräch.

Markus: *Ich habe in Banff, Kanada ein Gesuch für Mitfahrer nach Alaska aufgegeben. Daraufhin lernte ich Maik kennen. Mittlerweile haben wir zusammen dieses Buch geschrieben!*

Maik: *Ich habe in Banff, Kanada auf ein Gesuch geantwortet und musste plötzlich nach Alaska fahren. Jetzt schreiben wir auch noch ein Buch zusammen ... ich weiß nicht wie ich aus der Nummer wieder raus komme! ;-)*

Markus: *Moment, das war doch deine Idee!*

Maik: *Ähm ... zurück zum Thema!*

Nach einer Weile wird dir außerdem auffallen, dass die Themen von Reisenden sich oft wiederholen. Wo jemand her kommt und wo er hin reist ist irgendwann nicht mehr interessant, gehört aber zum üblichen Smalltalk.

Durch andere Reisende wirst du Tipps zu offenen Arbeitsstellen bekommen und lokale Sehenswürdigkeiten kennen lernen, die nicht im Reiseführer stehen. Gemeinsam kann man zu neuen Orten reisen, Wanderungen unternehmen und sich auch in Zeiten von Heimweh unterstützen.

Markus: *Einmal habe ich in Kanada einen Anhalter mitgenommen und zwei Tage später haben wir spontan eine dreitägige Wanderung durch die Wildnis unternommen. Das war überhaupt nicht absehbar und passiert nur auf Reisen.*

Wir wollen dir Möglichkeiten vorstellen, neue Leute kennen zu lernen.

Tritt Facebook-Gruppen bei

Themenbezogene Gruppen bieten dir Kontakt zu tausenden Leuten, die in der gleichen Situation sind wie du. Dies ist der direkteste Draht, den du zu einer großen Anzahl Reisender bekommen kannst. Du kannst Reisepläne teilen, an Plänen anderer teilnehmen oder nach allgemeinen Informationen fragen. In Gruppen mit tausenden Mitgliedern wird dir schnell geholfen.

Markus: *Ich habe auf meiner Reise eine Work & Travel Kanada Gruppe gegründet, die schon nach einem halben Jahr so groß war, dass ich nur noch in meiner eigenen Gruppe nach Reisepartnern gesucht habe. Manchmal hat es eine Weile gedauert aber letztlich fand ich immer Jemanden. So waren in meinem Auto immer alle Sitze vergeben und ich lernte immer wieder neue Leute kennen.*

Tipp: *Wenn du Work & Travel in Kanada machst, tritt der Gruppe von Markus bei:*

🔗 super-bibel.de/ca-fbwt

Facebook Gruppen sind ein sehr wichtiges Hilfsmittel auf deiner Reise. Tritt nicht nur einer sondern mehreren Gruppen bei. Formuliere Anfragen, Gesuche und Probleme als Post und veröffentliche ihn in deinen Gruppen. Erwarte jedoch nicht, dass du immer sofort eine Antwort erhältst.

Tipp: *Speichere deine Beiträge als Lesezeichen. Wenn ein relevanter Post im Feed bereits sehr weit nach unten gewandert ist, kannst du ihn kommentieren und so wieder nach oben bringen. Schreib zum Beispiel: "Ich habe noch 2 Plätze frei". Dadurch wird er wieder von mehr Leuten gesehen.*

Maik: *Ich hätte damals in Banff, als ich Markus das erste Mal getroffen habe, niemals gedacht, dass wir mal in Deutschland gemeinsam Podcasts aufnehmen und ein Buch schreiben würden. Wir haben uns nur kennengelernt, weil ich auf seine Frage geantwortet habe „ob jemand mit nach Alaska will".*

Übernachte in Hostels

Du bist in Hostels ständig von Leuten umgeben. Die Schlafsäle und Küche werden gemeinsam benutzt und auch in den Gemeinschaftsräumen trifft man auf andere Reisende. Oft gibt es eine Bar, die ebenfalls gut besucht ist.

Alleinreisende sind grundsätzlich sehr aufgeschlossen, da sie selber auf der Suche nach jemand sind, mit dem sie sich unterhalten und Zeit verbringen können. Mit Gruppen in Kontakt zu kommen ist schwieriger, da die Leute einander meist schon kennen und weniger nach neuen Kontakten Ausschau halten. Hast du mal kein Glück, dann kommen morgen neue Leute und du hast neue Chancen, die du nutzen kannst!

Wenn du dich nicht auf dein Glück verlassen willst und aktiv Leute suchst, kannst du auch in den Hostels Aushänge am schwarzen Brett machen. In Australien ist es ganz normal Aushänge für deinen geplanten Autoverkauf an das schwarze Brett zu pinnen und oft suchen Reisende über diese Möglichkeit Mitfahrer für einen Roadtrip.

Markus: *In Whitehorse habe ich einen Mitfahrer nach Vancouver gesucht. Ich saß im Aufenthaltsraum vom „Beez Kneez Bakpakers" und habe mit jemandem diskutiert, wie das Gesuch für einen Mitreisenden nach Vancouver aussehen sollte. Zufälligerweise hat Jan unser Gespräch mitgehört und kurze Zeit später hatte ich schon einen Mitfahrer. Ganz abgesehen davon haben wir am nächsten Morgen am Ortsausgang noch zwei Anhalterinnen mitgenommen und waren dann insgesamt zu viert unterwegs. Perfekt.*

Geh arbeiten

Wenn du arbeiten gehst lernst du zwangsläufig neue Leute kennen. Je nachdem wo und wie lange du arbeitest wird dein Freundeskreis entsprechend wachsen. Wenn du in der Gegend sonst niemanden kennst, frage deine Kollegen, ob sie nach der Arbeit etwas mit dir unternehmen wollen. Es mag seltsam sein die Kollegen den gesamten Tag um sich zu haben aber wenn du den Job nur vorübergehend machst werden aus den Kollegen anschließend vielleicht Freunde mit denen du eine gemeinsame Reise planen kannst.

Markus: *Ich habe bei meinem Job im Skigebiet Sunshine Village in Kanada auf einen Schlag etwa 150 neue Leute kennen gelernt. Das größte Problem war mir schnell alle Namen einzuprägen. Den ganzen Winter über haben wir gemeinsam Ausflüge unternommen und sind zusammen Ski* *gefahren. Da ich mit sehr vielen Leuten im Skigebiet gewohnt habe, war es kein Problem spontan bei irgendjemandem vorbei zu gehen und zu feiern.*

Bedenke, dass nicht jeder ein Backpacker ist. Mit der Wahl deines Jobs suchst du dir auch dein Umfeld aus. In einem Hostel arbeiten häufiger auch Reisende und du wirst andere Backpacker treffen. Bei zum Beispiel Bürojobs sind wahrscheinlich eher Locals tätig. Hier findest du vielleicht keine Mitreisenden, doch du kannst so Kontakte zu Einheimischen und deren Kultur erlangen. Sofern du die Freiheit hast, kannst du dir also überlegen was du mit deinem Job erreichen möchtest, abgesehen von Geld.

Probiere Couchsurfing

Das Prinzip vom Couchsurfing ist es, jemand aus der Gegend kennen zu lernen, mit ihm etwas zu unternehmen und bei ihm kostenfrei zu übernachten. So lernst du den Ort besser kennen und baust Kontakte auf. Außerdem kannst du deine Sprachkenntnisse verbessern, wenn du ständig die lokale Sprache sprechen musst. Couchsurfer veranstalten auch Events an denen du teilnehmen kannst. Hier treffen sich Leute, um gemeinsam etwas zu unternehmen oder einander kennen zu lernen.

Markus: *Mein erstes Mal Couchsurfing in Kanada war ein Glücksgriff, denn ich traf direkt jemanden, mit dem ich ein Auto gekauft und einen Roadtrip gestartet habe. Zu dem Zeitpunkt war ich gerade drei Tage im Land.*

Da Couchsurfing auf freiwilliger Basis funktioniert musst du, im Gegensatz zu Hotelbuchungen, Arbeit in Übernachtungsanfragen investieren und wahrscheinlich auch Misserfolge einstecken. Hast du erst einmal den Fuß in der

Tür, ist es einfacher von deinem Host an einen Freund vermittelt zu werden. So kannst du in einer Stadt oder vielleicht sogar im ganzen Land dein Netzwerk ausweiten und viele Leute kennen lernen.

Tritt meetup.com bei

Es gibt verschiedene Seiten, über die du Leute für Aktivitäten treffen kannst. Bei MeetUp teilt jemand seine Aktivität und weitere Mitglieder können teilnehmen.

Suche bei craigslist.org

Craigslist ist in Australien, Kanada und Neuseeland eine für Kleinanzeigen sehr verbreitete Seite. Unter Community/ Rideshare kannst du potenzielle Mitfahrer finden oder selber Artikel einstellen.

Habe eine Routine

Tue Dinge regelmäßig. Wenn du längere Zeit am gleichen Ort bleibst und eine Routine entwickelst, lernst du vielleicht Leute kennen die du immer wieder triffst; die Bedienung aus einem Café oder die Leute vom Empfang deines Hostels.

Mache Sport

Sport machen ist eine super Möglichkeit neue Leute zu treffen. Vor allem wenn du eine Mannschaftssportart machst triffst du schnell viele neue Leute. Oder du organisierst über ein soziales Netzwerk Leute für eine Sportart, die zwar keine Mannschaftssportart ist, die du aber gerne machst. Zum Klettern brauchst du einen Partner und beim Jogging kann man sich auch gut unterhalten.

Schau dir deine Umgebung an

Nimm deine Kamera und geh raus. Dafür bist du hier. Wenn du deine Pläne bei Facebook teilst oder neue Bekanntschaften fragst, ob sie dich begleiten möchten stehen die Chancen gut, dass du nicht alleine unterwegs sein wirst.

Kulturschock und Heimweh

Du bist endlich in deinem Traumland angekommen. Es ist ganz natürlich, dass dich die vielen neuen Eindrücke, wie z.B. Sprache, Mentalität oder Essen überwältigen. Du findest die vielen Unterschiede sicher anfangs total cool und spannend.

Leider gibt es bei einigen Leuten nach der Anfangsphase (Honeymoon Phase) eine Krise, den Kulturschock. Du beginnst festzustellen, dass nicht alles so toll ist und vielleicht nicht so läuft wie du es dir vorgestellt hast. Möglicherweise fühlst dich sogar fehl am Platz oder einsam. Es kommen Erinnerungen an die Heimat hoch, deine Freunde, gewohntes Essen und allgemein eben deine Kultur ist.

Das ist vollkommen normal. Du wirst langsam lernen, die neuen Gegebenheiten zu verstehen an- und sogar bald zu übernehmen. Es kann dich übrigens ein weiterer Kulturschock erwarten, wenn du wieder heim kehrst. Dann wirst du Dinge und Leute aus dem Land vermissen aus dem du gerade kommst. Es ist also alles relativ, denk daran!

Fehlende soziale Kontakte, schlechtes Wetter, Planlosigkeit, Geld-, Job- oder Wohnschwierigkeiten können ein Auslöser für Heimweh sein. Die Frage ist, was tut man dagegen?

- **Mach dir deine gute Situation bewusst!**
  Mache dir bewusst, dass du gerade an Heimweh leidest und das völlig ok ist. Lokalisiere woher die Gefühle kommen. Liegt es daran, dass du andere Vorstellungen von der Reise hattest? Ärgerst du dich über eine bestimmte Person? Ist dir etwas doofes passiert?

- **Sprich mit Freunden / Bekannten in deiner Umgebung!**
  Wenn du Menschen um dich herum hast, versuche dich ihnen zu öffnen. Erzähle ihnen, dass es dir gerade nicht gut geht. Sprechen wirkt in der Regel sehr befreiend und hilft zusätzlich sich Probleme bewusst zu machen. Außerdem wirst du feststellen, dass es anderen Leuten genau so geht wie dir.

- **Sprich mit Familie oder Freunden in deiner Heimat!**
Es ist ok wenn du dich nicht Menschen anvertrauen möchtest, die du gerade erst kennen gelernt hast. Nimm dann Kontakt zu deinen engsten Vertrauten in Deutschland auf. Mache ein Videotelefonat und rede über Alltägliches. Das beruhigt sicher und du merkst, dass auch in der Heimat nicht alles immer gut läuft. Sprich dich aus und rede dir mal alles von der Seele. Du wirst sicher auch hören, dass Menschen in Deutschland dich beneiden. Schließlich bist du auf einem Abenteuer und hängst nicht in einem Job fest, wo du die nächsten Jahre von Montag bis Freitag, jeden Tag 8 Stunden arbeiten musst!

- **Mache neue Pläne!**
Dir geht es jetzt hoffentlich schon besser! Mach nun neue Pläne. Du wirst sehen, dass die Aussicht darauf, dass es immer weiter geht, Hoffnung und positive Gefühle hervorruft. Du bist schlecht drauf wegen dem aktuellen Job? Dann überleg dir, wo du als nächstes arbeiten kannst. Du kommst mit der Fremdsprache noch nicht so klar? Dann könntest du beispielsweise anfangen Filme auf Englisch zu gucken und deutsche Untertitel aktivieren. Zudem legst du dir wie in der Schule ein Vokabelheft an, um Stück für Stück besser zu werden. Wichtig ist, dass du aktiv wirst. Hast du ein Problem, dann überlege dir, was du dagegen tun wirst.

- **Mach einfach weiter!**
Heimweh kann sich auch schnell wieder legen. Das wichtigste ist sich nicht unterkriegen zu lassen und die neuen Pläne umzusetzen. Du wirst sehen, dass sich die

Stimmung wieder hebt in dem du einfach weitermachst. Behalte im Kopf, dass du bestimmst, wie dein Leben aussieht und du auf deinem Abenteuer die Zügel in der Hand hältst!

Insgesamt solltest du aktiv und in Bewegung bleiben, damit du Heimweh vermeidest. Genug Gelegenheiten hast du sicherlich. Fällt dir nichts ein, dann blättere zu unseren Vorschlägen auf den kommenden Seiten.

Maik: *Ich hatte auf fast jeder längeren Reise eine Phase des Heimwehs. Am schlimmsten war es in Kanada als ich mit dem Auto tagelang alleine unterwegs war. Ich hatte den Besuch eines Nationalparks geplant doch das Wetter wurde extrem schlecht. Es sollte die nächsten Tage nur noch regnen und ich hatte keine Ahnung mehr was ich tun sollte. Ich spielte schon mit dem Gedanken wieder nach Hause zu fliegen. Ich saß dann irgendwann bei Burger King und surfte ewig im WLAN. Dann habe ich über Skype mit meiner Familie und anschließend zwei Freunden telefoniert. Sie gaben mir neuen Mut und ich fühlte mich bestärkt weiter zu fahren.*

Ich suchte mir einen Job, um meine Langeweile und Planlosigkeit durch Geld-verdienen zu ersetzen. Zudem konnte ich auf diese Weise noch Leute kennen lernen. Also bin ich los gefahren und habe meinen neuen Plan umgesetzt. Zudem habe ich auf Facebook nach anderen Reisenden gesucht und mich auch mit Einem auf ein Bier verabredet. Auf diese Weise habe ich Markus kennen gelernt. Ohne Heimweh würdest du also dieses Buch nicht lesen. Heimweh kann auch viel gutes nach sich ziehen. Keep going!

What to do? Allgemeine Anregungen!

Bei schlechtem Wetter oder bei Heimweh sitzt du vielleicht mal untätig in deinem Zimmer herum und weisst nichts mit dir anzufangen. Wir haben hier einige Anregungen was du alles mit deiner Freizeit anfangen kannst:

- Spazieren gehen. Einfach planlos die Gegend erkunden ohne nach Highlights zu suchen. Nimm deine Kamera mit und sauge die Atmosphäre auf.
- Die Sehenswürdigkeiten deines Ortes entdecken. Im Hostel kannst du dir Empfehlungen geben lassen, was du gesehen haben solltest.
- Wandern gehen. Einen oder mehrere Tage in der Natur unterwegs sein, vielleicht auch zelten.
- Gehe in eine Kletter- oder Boulderhalle.
- Ein Museum besuchen. Dies gibt dir oft tiefere Einblicke in die Geschichte des Ortes an dem du dich gerade aufhältst. Museen müssen nicht einmal etwas kosten, in vielen Städten sind sie sogar kostenfrei.

- Lies ein Buch. Wenn du auf andere Gedanken kommen möchtest, kannst du in eine Geschichte abtauchen. Bist du an einem schönen Ort an dem du dich eine Weile aufhalten möchtest ist das eine tolle Idee zum Zeitvertreib.
- Einen Film auf Englisch schauen. Geh am besten in ein Kino vor Ort, vielleicht kommt ja noch jemand aus deiner Unterkunft mit.
- Tauchen gehen. Wenn du es nicht kannst, dann lernst du es.
- Surfen gehen. Das geht auch in kaltem Wasser mit Anzug sehr gut und macht Laune. Alternativ kannst du auch "Stand up Paddling" (SUP) ausprobieren.
- Leih dir ein Fahrrad aus und erkunde die Umgebung. Wenn es extremer sein soll ist vielleicht auch "Down Hill Mountainbiking" etwas für dich.
- Fallschirmspringen
- Bungy Jumping
- Wildwater Rafting
- Auf Fototour gehen
- Weitere Reiseziele heraussuchen und markieren.
- An einem Couchsurfing Treffen in deiner Nähe teilnehmen. Die Couchsurfing Community ist sehr groß und du kannst auch Hosts anschreiben und nach Empfehlungen fragen. Auch ausgebuchte Hosts sind oft gerne bereit dir zu helfen.

- Ein neues Kochrezept ausprobieren oder eines erfinden.
- Eine (mehrtägige) Kanu Tour machen.
- Informiere dich über die Möglichkeiten von „Hand gegen Koje“ oder anderen „Unterkunft gegen Arbeit“ Angeboten. Vielleicht landest du auf diese Weise ja ein paar Tage später auf einem Segelschiff oder einem Bauernhof!
- In eine Bar gehen, Billiard oder Dart spielen und ein lokales Getränk ausprobieren.
- Ein neues Karten- oder Gesellschaftsspiel ausprobieren.
- Longboard oder Skateboard fahren (lernen).
- Kümmere dich um einen (neuen) Job.

All diese Dinge machen mit Leuten mehr Spaß. Frag in sozialen Netzwerken einfach nach, ob jemand Interesse an deiner Aktivität hat. Die Chancen stehen gut, denn du bist nicht der Einzige der etwas unternehmen möchte.

Unterkünfte

Du wirst für deine Unterkünfte sehr viel Geld ausgeben. Es wird vielleicht sogar der größte Kostenfaktor sein. Eine Unterkunft musst du in irgendeiner Form jede Nacht haben. Weil hier die meisten Kosten anfallen ist ein wenig Vorausplanung nötig. Das heißt nicht, dass du jede Nacht im Voraus buchen musst. Einen Überblick über die Möglichkeiten solltest du aber auf jeden Fall haben.

Von kostenlos bis unbezahlbar ist alles möglich aber wir konzentrieren uns auf Optionen, die du wahrscheinlich auch nutzen möchtest.

Hostels. Hotels und Gasthäuser

Bist du noch nicht viel gereist und hast keine Erfahrungen mit den verschiedenen Unterkünften solltest du einen Überblick haben, was du normal im Web buchen und was für einen Service du erwarten kannst.

Hotels und Gasthäuser

Was ein Gasthaus genau ausmacht unterscheidet sich von Land zu Land. Ganz grob gesagt ist der Unterschied zum Hotel gering und der Preis etwas niedriger.

Hotels bieten dir kurzzeitig eine Unterkunft mit gewissen Standards zum entsprechenden Preis. Die Anzahl Sterne eines Hotels beschreibt einen gewissen Komfort, wobei dieser sich von Land zu Land unterscheidet. Erwarten kannst du ein sauberes Zimmer mit bezogenem Bett, eventuell mit eigenem Badezimmer und Handtücher. Was genau dich in Wirklichkeit erwarten wird solltest du immer bei der Buchung prüfen.

Wichtiger als die Bewertung nach Sternen sind für uns ein paar praktische Aspekte. So ist es in Hotels eher unwahrscheinlich, dass du neue Leute treffen wirst, da du in deiner Wohneinheit isoliert bist und Hotels kaum junge Reisende sondern eher Familien, Dienstreisende und gut betuchte Besucher anzieht.

Wenn du zu zweit reist könnte ein Hotel für dich (euch) günstig sein, da du in Hotels hauptsächlich Doppelzimmer findest und der Preis nicht viel höher sein muss als für zwei Betten im Schlafsaal eines Hostels. Das sind dann allerdings die günstigsten Hotels der Stadt, im allgemeinen sind Hotels deutlich teurer. Reist du hingegen alleine ist ein Hotel sicher teuerer als ein Hostel.

Hostels und ihre Ausstattung

Hostels sind zweifellos die beliebtesten Unterkünfte von Backpackern, da sie günstig sind und du gute Chancen hast Leute kennen zu lernen. Du findest in Hostels auch Privatzimmer mit ein oder mehreren Betten, die im Prinzip so viel kosten wie ein Hotelzimmer. Am günstigsten kommst du weg, wenn du in einem Schlafsaal (Dorm) schläfst. In diesen Sälen stehen mehrere Betten, manchmal sogar über 20.

Es kann deshalb auch mal lauter werden und du solltest niemals Wertgegenstände unbeaufsichtigt herumliegen lassen. Je größer der Schlafsaal, desto geringer der Komfort und entsprechend niedriger der Preis.

Tipp: *Da in der Nacht andere Gäste das Zimmer betreten oder verlassen, empfehlen wir dir Ohrstöpsel gegen den Lärm und eine Schlafmaske gegen das Decken- oder Taschenlampenlicht.*

Weiterhin bietet dir ein Hostel normalerweise eine Küche mit kompletter Einrichtung, Geschirr, Herd, Ofen und Kühlschrank. Wenn du deine Vorräte in der Küche im Kühlschrank lassen möchtest ist es üblich ein Schild mit deinem Namen und dem Datum deines Auszugs auf deinen Besitz zu kleben. Andere Leute lassen dann hoffentlich die Finger von deinem Essen und wenn deine Tüte nach deinem Auszug noch im Kühlschrank ist, geht sie in den Allgemeinbesitz über. Entsprechend gibt es in der Küche oft eine Ecke mit free Stuff, Überbleibsel die andere Reisende aus welchem Grund auch immer zurück gelassen haben.

In den Aufenthaltsräumen von Hostels finden manchmal Parties statt, du kannst dein Essen hier verspeisen, einfach entspannen und neue Leute treffen. Bessere Hostels haben bessere Einrichtung, so können dich Sofas, Swimming Pools oder eine Fernsehecke erwarten. Wenn dir das wichtig ist solltest du vor der Buchung die Beschreibung des Hostels genau durchlesen. Wir empfehlen dir auf den folgenden Seiten Websites auf denen du dein Hostel finden und buchen kannst.

Abgesehen von der Einrichtung kannst du über dein Hostel auch Touren buchen, Fahrräder mieten oder dich schlichtweg am Empfang beraten lassen. Diese Punkte gelten allerdings unter Vorbehalt, denn kein Hostel ist wie das andere.

Worauf du bei der Buchung achten solltest

Wenn du dein Hostel oder Hotel buchst, solltest du auf ein paar Kriterien achten. Auf der Buchungsseite findest du eine Auflistung der Eigenschaften und Einrichtungen der Unterkunft. Wünsche wie einen Pool oder Strandnähe musst du natürlich individuell prüfen aber einige Dinge kannst du schon erwarten, zumal sie dein Leben leichter machen.

- **Lies Bewertungen deiner Unterkunft!**
  Reisende, die bereits hier waren, sind die zuverlässigsten Quellen zu der Qualität deiner Unterkunft. Vielleicht werden Luxusprobleme beklagt aber insgesamt macht es einen großen Unterschied, ob sich das Hostel im oberen oder im unteren Bewertungsbereich bewegt. Halte immer den Preis gegen das was du geboten bekommst.

- **Wie sind die Stornierungsregelungen?**
  Wenn deine Unterkunft dir erlaubt kurzfristig abzusagen bleibst du bei Planänderungen flexibel. Ist das wichtig für dich, dann achte darauf, ob und wie lange im Voraus es möglich ist abzusagen.

- **Hast du ein Schließfach in deinem Zimmer?**
  Gute Hostels bieten dir ein Schließfach in dem du deine Wertgegenstände lagern kannst, wenn du unterwegs bist. Dafür ist es außerdem eine gute Idee ein eigenes Schloss bei dir zu haben. Wenn du dir unsicher bist kannst du immer das Hostel kontaktieren und nachfragen wo du deine Wertgegenstände lagern kannst. Gibt es in den

Zimmern keine Schließfächer dann vielleicht an der Rezeption.

- **Ist Frühstück im Preis enthalten?**
  Es ist entspannter, wenn du am Morgen direkt im Hostel frühstücken kannst, vor allem wenn du die Umgebung nicht kennst und nicht weißt, wo du etwas zu essen bekommst. Vielleicht lernst du noch jemanden beim Frühstück kennen.

- **Was bietet dir die Unterkunft?**
  Kommen vielleicht weitere Kosten für selbstverständliche Dinge auf dich zu? Es gibt Hostels in denen du dein Bettzeug extra bezahlen musst. Dies kannst du vermeiden, wenn du eigene Sachen mitbringst. Außerdem ist es nicht ungewöhnlich, dass du einen geringen Aufschlag für bestimmte Abgaben zahlen musst. Das nennt sich manchmal Kurtaxe oder Tourismussteuer.

- **Bekommst du Zugang zum Internet?**
  Viele Hostels bieten freies WiFi an, das allerdings nicht besonders gut sein muss. Besondere Regelungen sind auch denkbar, beispielsweise kannst du einen Zugangscode bekommen der zeitlich oder im Volumen begrenzt ist.

Eine Mitgliedschaft, die sich lohnt

Eine Mitgliedschaft bei Hostelling International (kurz HI) lohnt sich. Dies ist ein weltweites Netzwerk von Hostels. Durch die Mitgliedschaft sind dir, abgesehen von Ermäßigungen auf deine Unterkunft, noch andere

Vergünstigungen zugänglich. Auf der Website findest du eine Übersicht deiner Vorteile die sich wirklich lohnen:

🔗 www.hihostels.com

Klicke dich dazu über die Membership Details zu deinem Reiseland durch. Als Beispiel kannst du in Kanada 25% am Preis einer Busreise mit dem Greyhound Bus sparen.

Websites auf denen du dein Hostel oder Hotel buchst

Der Gedanke spontan vor Ort die Unterkunft zu buchen ist manchmal eine schlechte Idee, denn vor allem in der Hochsaison kannst du davon ausgehen, dass viel (im schlimmsten Fall alles) ausgebucht ist und der Preis deutlich steigt. Natürlich empfehlen wir dir nicht deine gesamte Reise im Voraus zu buchen aber spätestens einen Tag vor Anreise solltest du deine Unterkunft fest machen. Zusätzlich ist es auch sehr sinnvoll schon länger ein Auge auf die Verfügbarkeit und den Preis zu haben, damit du ein Gefühl dafür bekommst wie sich Verfügbarkeit und Preis verändern. Wenn du auf der sicheren Seite sein willst buchst du natürlich früher. Auch mit einer frühen Buchung bist du flexibel! Schaue dir die Stornierungsbedingungen deiner Unterkunft an, oft kannst du bis zu wenigen Tagen vor Anreise deine Buchung noch kostenlos (oder mit geringen Kosten) stornieren.

Wir haben bevorzugt auf den folgenden Seiten unsere Unterkünfte gefunden. Wir sagen explizit gefunden, da wir für die Buchung erst einmal auf der Seite des Hostels oder des Hotels geprüft haben, ob es vielleicht noch günstigere Optionen gibt. Sollte es über deren Website günstiger sein, dann können wir direkt beim Anbieter buchen.

- **www.hostelworld.com**
  Dies ist der Standard um Hostels zu finden. Du kannst einzelne Betten im Schlafsaal oder ganze Zimmer buchen. Bei der Reservierung wird ein geringer Betrag als Kaution von deiner Kreditkarte abgezogen. Den restlichen Betrag zahlst du bei deiner Ankunft im Hostel.

- **www.booking.com**
  Dies ist eine sehr bekannte Website zum finden und buchen von Hotels und Hostels, wobei der Schwerpunkt auf Hotels liegt. Das bedeutet, wenn du hier kein Hostel an deinem Reiseziel findest, solltest du auf einer anderen Website suchen. Buchungen sind oft kostenlos und du zahlst erst bei Ankunft. Oft wirst du als Sicherheit deine Kreditkartendaten hinterlegen müssen.

- Prüfe auf jeden Fall die Regelungen für Stornierungen vor deiner Buchung, denn jede Unterkunft hat andere Bestimmungen.

Es gibt für Hotels und Hostels noch zahlreiche andere Websites zum buchen, wir haben aber die Erfahrung gemacht, dass die Preise sich meist nicht unterscheiden. Statt weitere Seiten zu durchsuchen ist es auch eine gute Idee mit Google nach *Accommodation* und dem Namen deines Reiseziels zu suchen. So findest du auf ganz anderen Seiten gute Angebote. Vergiss nicht direkt auf der Website deiner Unterkunft den Preis zu vergleichen. Oft gibt es direkt beim Anbieter weitere Angebote.

Airbnb und Couchsurfing

Gute Alternativen zu Hostels und Hotels gibt es aus privater Hand. Dank airbnb und Couchsurfing können Privatleute dich bei sich wohnen lassen. Dies ist allerdings kein Geheimtipp, deshalb sind Unterkünfte in größeren Städten in der Saison oft ausgebucht.

Airbnb

Airbnb ist ein Dienst bei dem Privatpersonen ihre eigene Wohnung oder einen Teil davon vermieten können. Hostels und Hotels können aber ebenfalls angeboten werden. Vom ungeheizten Gartenhaus bis zum edlen Hotel ist alles möglich. Was genau du zu erwarten hast, hängt von deiner Preisklasse ab. Schon bei der Suche bekommst du Optionen übersichtlich auf einer Karte präsentiert und zu jeder

Unterkunft findest du Bilder und eine genauere Beschreibung.

Markus: *In Amerika und Ozeanien habe ich airbnb zwar nicht benutzt aber in Europa habe ich monatelang jede Nacht nur über airbnb gebucht. Wenn du mit dem Auto unterwegs bist kannst auch abgelegenere und damit günstigere Unterkünfte erreichen.*

Die Anmeldung bis zur Verifikation ist umfangreich. Dadurch wird dem Vermieter aber für den Fall eines Schadens eine gewisse Sicherheit geboten. Bei einer Neuanmeldung solltest du deshalb ein paar Minuten einplanen und deinen Ausweis zur Hand haben, um ihn zu scannen. Außerdem kannst du dich werben lassen, was dir eine Gutschrift bringt. Der Werbende bekommt eine Provision.

Markus: *Bei airbnb habe ich von "Schlüssel unter der Fußmatte und es ist niemand zu Hause" bis "abends mit den Vermietern beim Tee zusammen sitzen und sich unterhalten" schon einiges erlebt. Die Privatsphäre wird immer respektiert, auch wenn man sich das Badezimmer teilt.*

Buchungsanfragen werden zum Teil sofort bestätigt, zum Teil müssen sie vom Vermieter erst akzeptiert werden. Wir haben die Erfahrung gemacht, dass sogar sehr kurzfristige Buchungen (am gleichen Tag) auch noch gut funktionieren, sicherer ist es aber mit etwas Vorlauf zu buchen. Nach der Buchung kannst du mit dem Vermieter chatten, Details zur Buchung klären und besprechen wann du einchecken kannst. Lies dir die Beschreibung deshalb immer genau durch.

Markus: *Mir wurden ein paar Buchungen abgesagt. Ich erhielt von airbnb mein Geld zurück und einen 10€ Gutschein. Absagen sind aber selten.*

Deine Rechte sind bei airbnb geschützt. Wenn der Vermieter deine Buchung storniert, bekommst du dein Geld zurück und eine Entschädigung oben drauf. Damit kannst du auf andere Unterkünfte ausweichen die ungefähr den gleichen Preis haben.

Maik: *Mir wurde einmal zwei Stunde vor Anreise eine Unterkunft storniert. Das war extrem ärgerlich, da meine einzige Alternative eine Übernachtung bei Regen im Zelt war. Dennoch mag ich die Plattform sehr gerne und vermiete in Deutschland mein eigenes Zimmer hin und wieder.*

Schütze dich vor Betrug, wickle Bezahlungen immer über airbnb ab! Wenn ein Vermieter dich bittet außerhalb von airbnb zu zahlen ist das zum einen unseriös, zum anderen ist deine Bezahlung nicht durch airbnb geschützt.

Kommst du an deiner Unterkunft an, so wird (hoffentlich) alles in dem Zustand vorzufinden sein, wie es zuvor beschrieben wurde. Verhalte dich respektvoll und hinterlasse alles sauber, denn zum einen hat dich jemand in sein privates Heim gelassen und zum anderen willst du keine schlechte Bewertung bekommen. Bei airbnb ist es nämlich üblich, dass Gast und Gastgeber sich gegenseitig bewerten.

Couchsurfing

Couchsurfing ist ein Dienst bei dem Privatpersonen ihre Couch Reisenden kostenlos zum übernachten zur Verfügung stellen. Die Idee dahinter ist ein kultureller Austausch bei dem dein Host dir als ortskundige Person die Gegend zeigt und die lokale Kultur näher bringt.

Markus: *Couchsurfing in größeren Städten ist kurzfristig ein Ding der Unmöglichkeit. Kurzfristig heißt ein oder zwei Tage im Voraus. Bei langfristiger Planung stehen die Chancen besser. Gute Erfolge hatte ich beim Buchen von Unterkünften in kleinen Ortschaften außerhalb der touristisch interessanten Gegenden. Hier ist die Nachfrage nicht so groß.*

Privatpersonen nehmen dich ohne finanzielle Gegenleistung in ihr Zuhause auf. Deine Hosts bieten dir einen Schlafplatz, weil sie oft Interesse daran haben Reisende zu treffen. Du solltest deshalb einplanen mit deinem Host Zeit zu verbringen. Prüfe schon bei deiner Anfrage, ob du der Meinung bist, dass du dich mit der Person verstehen wirst. Für reisende Frauen glauben wir, dass weibliche Hosts im Schnitt besser geeignet sind. Die Beschreibung und die Bewertungen geben dir einen guten Aufschluss was du zu erwarten hast. Lies deshalb auf jeden Fall die Beschreibung komplett und überfliege ein paar Bewertungen, um böse Überraschungen zu vermeiden.

Markus: *Ich bin bei meinen Suchen nach Unterkünften auf Nudisten und sexuell sehr aufgeschlossene Gastgeber gestoßen. Gleiches wird auch von den Gästen erwartet. Weil ich diese Art des kulturellen Austauschs nicht gesucht habe, kamen diese Gastgeber für mich nicht in Frage. Jedem das seine, jedenfalls ist es gut so etwas vorher zu wissen!*

Du musst einiges an Arbeit investieren, um dich auf eine Unterkunft zu bewerben. Normalerweise schreibst du den Host an, und schilderst ihm weshalb du gerne bei ihm übernachten würdest und was deine Pläne sind. In deiner Anfrage solltest du zeigen, dass du sein Inserat komplett gelesen hast und du ein wirkliches Interesse daran hast, den Host zu treffen. Kein Host stellt seine Couch einzig deswegen zu Verfügung, damit Reisende Geld sparen. Deinem Host steht es frei dein Gesuch abzulehnen oder dir zuzusagen. Schickst du jedem Gastgeber die selbe Nachricht, können wir dir schon jetzt sagen, dass deine Chancen schlecht stehen.

Markus: *Ich habe zum ersten mal Couchsurfing in Australien gemacht. Danach in Kanada und den USA. Dort auch mal in einem Trailer Park. Das sind gute Gelegenheiten mal etwas neues zu probieren.*

Ist deine Anfrage verschickt, heißt es abwarten. Weil der Prozess ein paar Tage dauern kann, solltest du schon ein paar Tage oder Wochen im Voraus deine Unterkunft organisieren. Mach dir nichts draus, wenn du eine Absage erhältst. Der Gastgeber kann aus allen möglichen Gründen absagen, die nicht einmal etwas mit deiner Anfrage zu tun haben. Der häufigste Grund ist aber, dass die Couch bereits belegt ist. Mache dir keine Gedanken weshalb dir abgesagt wurde, sondern schreibe direkt mehrere Anfragen parallel. Nimmst du ein Angebot wahr, dann sei auch so fair den anderen offenen Optionen abzusagen!

Maik: *Ich habe mit meinem Kumpel in Neuseeland mehrere Tage bei einer netten Dame gewohnt. Im Gegenzug zur Übernachtungsmöglichkeit halfen wir ihr einen Tag Rattenfallen in der Wildnis zu errichten, um die eingeschleppten Tiere zu fangen.*

Campen und Zelten

Wenn du die Natur liebst, dich nicht in Städten aufhalten möchtest oder einfach nur günstig übernachten möchtest, kannst du campen gehen. Was genau dein Plan ist solltest du dir überlegen bevor du losziehst, denn es ist eine gute Idee die richtige Ausrüstung mitzunehmen.

Crashkurs zum Thema Ausrüstung

Je häufiger du campen gehst, desto lohnenswerter ist der Kauf eines guten Zeltes. Das schlägt sich im Preis nieder. Je mehr du investierst, desto kompakter und leichter wird dein Zelt. Im folgenden stellen wir dir die verschiedenen Zelttypen vor.

- Der **Geodät** ist ein Leichtzelt das mit drei oder mehr Stangen eine halbkugelförmige Kuppel aufspannt. Dieses Zelt kann ohne Heringe aufgestellt werden und ist auch bei starkem Wind sehr stabil.

- **Kuppel- & Igluzelte** werden mit zwei gekreuzten Stangen zu einer Kuppel aufgespannt und können ebenfalls ohne Heringe stehen. Als Leichtzelt mit zwei Stangen wiegen sie weniger als ein Geodät, sind aber nicht ganz so stabil.

- **Tunnelzelte** werden durch parallele Gestängebögen aufgespannt. Sie sind weniger stabil als ein Kuppelzelte aber auch leichter und kompakter.

- Das altmodische **Firstzelt** besteht aus senkrechten Stangen und einer Plane die mit Schnüren und Heringen gehalten werden. Von vorn gesehen ist es dreieckig und wegen seiner Form bei Wind nicht so stabil wie obige Zelte. Außerdem werde Heringe zwingend benötigt.

Es gibt natürlich noch mehr Bauarten, doch diese Zelttypen decken den Großteil aller Formen ab.

***Maik**: Ich habe schon so viele Nächte in schlechten Zelten verbracht. Rückblickend sind die Erfahrungen alle witzig, doch ich bin froh, dass ich mir inzwischen ein vernünftiges Modell zugelegt habe. Ich habe jetzt ein "Nallo 2" von Hilleberg. Es ist sturm-, regen- und schneefest und zudem sehr leicht und kompakt. Perfekt für meine mehrtägigen Wanderungen in der Natur. Angefangen habe ich allerdings auch mit einem 30$ Walmart Zelt, das bei gutem Wetter auch super funktioniert hat und welches ich noch heute mit auf Festivals nehme. Bei Regen schwamm jedoch meine Isomatte im Zelt.*

Wenn du jetzt anfängst verschiedene Modelle zu vergleichen, achte auch auf folgende Eigenschaften und Gebrauchsweisen:

- **Konstruktion und Material**
  Moderne Trekkingzelte sind doppelwandig. Feuchtigkeit sammelt sich am Außenzelt und bei guter Belüftung bleibt das Innenzelt trocken. Die Außenhaut ist meist aus Polyester und das atmungsaktive Innenzelt besteht aus Nylon. Das Innenzelt sollte komplett verschließbar sein, sodass Insekten nicht hinein gelangen können. Achte beim Aufbau darauf, dass dein Zelt einen guten Stand hat und sich Innen- und Außenzelt nicht berühren.

- **Vorraum (Apsis) deines Zelts**
  Die Außenhaut sollte ein oder mehrere Vorräume bieten unter denen du deinen Rucksack, Schuhe und Kocher abstellen kannst. So kannst du dein Gepäck außerhalb des Innenzelts trocken lagern.

- **Eingänge**
  Es ist praktisch wenn man ein Zelt mit zwei Personen bewohnt, auch zwei Öffnungen zu haben. An heißen Morgen kannst du beide Eingänge öffnen, Durchzug erzeugen und jeder kann stets ungehindert ein- und aussteigen.

- **Lüftungsöffnungen**
  Das Zelt sollte mehrere Lüftungsöffnungen haben, damit der Zwischenraum belüftet wird und trocken bleibt. Optimal ist es, wenn die Öffnungen aus dem Zeltinneren geöffnet und geschlossen werden können.

- **Sturmleinen und Gestänge**
  Für den festen Stand auch bei starkem Wind sollten Sturmleinen am besten direkt am Gestänge zu befestigen sein. Das Gestänge sollte aus Aluminium bestehen und über Gummizüge miteinander verbunden sein.

- **Haken & Heringe**
  Bei dem Kauf eines Zeltes ist es empfehlenswert auch einen Blick auf die Haken, beziehungsweise Heringe zu werfen. Du kennst sicher die Situation in der man versucht einen Zelthering in einen trockenen oder steinigen Boden zu treten und das Material verbiegt. Wir empfehlen den Kauf von gebogenen Aluminiumheringen, da sie sehr leicht und durch ihre Form sehr stabil sind. Je nach Untergrund und Verwendungsart kannst du jedoch auf auf Kunststoff- oder Stahlhaken zurückgreifen.

- **Solider Boden**
  Der Boden sollte aus festem Nylon bestehen und ringsherum etwa 8 cm hoch gezogen sein damit Wasser nicht so leicht eintreten kann. Um die Isolation zum Boden noch zu verbessern kannst du eine Zeltunterlage verwenden.

Die Wasserdichtigkeit deines Zeltmaterials wird in der Einheit “Wassersäule” gemessen. Die Angabe gibt an, ab wie viel Millimetern sich Wasser tröpfchenweise beginnt durch das Material zu drücken. Ab 1.500mm gilt das Material als wasserdicht.

Lagerst du dein Zelt, sollte es grundsätzlich trocken und sauber sein. Schäden beseitigst du idealerweise bevor du dein Zelt einlagerst. Ein trockener, luftiger Ort ist der beste Platz für das Zelt, welches du am besten locker zusammen rollst.

Isomatte & Luftmatratzen

Außer deinem Zelt benötigst du eine Isomatte und einen Schlafsack zum campen. Die Isomatte schirmt die Kälte vom Boden ab und bietet eine kleine weiche Knautschzone für deinen Rücken. Es gibt auch hier verschiedene Typen von Matten, die sich jedoch nur in der Dicke und Faltbarkeit unterscheiden. Neben Isomatten gibt es natürlich auch noch die Luftmatratzen die zwar etwas gemütlicher aber auch sperriger sind und durch ein Loch im Material unbrauchbar werden.

Schlafsack

Einen Schlafsack solltest du sogar in sehr heiße Gebieten mitnehmen. In kälteren Regionen ist er unablässig und hier solltest du nicht sparen. Alle Informationen zu den verschiedenen Typen gibt es im Abschnitt “Vor der Reise” im Kapitel “Brauchst du einen Schlafsack?”

Kopfkissen

Natürlich willst du nachts gemütlich schlafen und dazu benötigt man auch ein Kopfkissen. Das brauchst du allerdings nicht extra kaufen und mittragen. Du kannst dir aus Gepäck ein Kissen zusammenrollen. Am besten funktioniert das mit Kleidungsstücken mit Kapuzen. Dafür legst du die Ärmel deines Kleidungsstücks auf die Vorderseite und beginnst den Stoff in Richtung Kapuze zusammenzurollen. Oben angekommen stopfst alles in die Kapuze und fertig ist dein Kissen!

***Tipp:** Diese Rolltechnik eignet sich auch für platzsparendes Packen deines Rucksacks!*

Damit dein Campingtrip gelingt, benötigst du natürlich auch noch eine Kochgelegenheit. Sollte dein Campingplatz keine Küche haben, brauchst du eigenes Equipment. Informationen zu Kochern gibt es im Kapitel “Wie und wo kochst du auf Reisen?”

Im Auto schlafen, das Bett und die Einrichtung

Du hast keine Lust jede Nacht ein Zelt aufzustellen? Dann kannst du (sofern vorhanden) in deinem Auto die Sitze zurück klappen und versuchen dort zu schlafen. Das ist aber nicht bequem und sicher keine Lösung für längere Zeit. Du solltest schon beim Kauf auf die richtige Größe deines Autos achten und für den gemütlichen Schlaf überlegen, wie du ein komfortables Bett installierst.

Du solltest zumindest in der Größenordnung eines Kombis (Station Wagon) oder Mini Vans suchen. Ab diesen Größen haben Personen im Kofferraum genug Platz, um ausgestreckt zu schlafen. Bei größeren Fahrzeugen kannst du mit dem Innenrum kreativ werden und Schränke oder vielleicht sogar eine Dusche einbauen.

Kaufst du ein fertig eingerichtetes Auto ist das prima. Dies sollte dir auch paar Dollar mehr wert sein, je nachdem wie gut die Einrichtung ist. Ist das Auto hingegen leer, hast du alle Freiheiten es nach deiner Vorstellung einzurichten. Wir wollen hier nur das Bett analysieren, alles weitere überlassen wir deiner Kreativität.

Dass du nicht viel Stauraum in einem Auto hast ist klar. Vor allem wenn du Mitfahrer mitnimmst wird der Platz auf jeden Fall knapp. Um den wertvollen Platz nicht komplett für

Schlafraum zu vergeuden, empfehlen wir dir ein Bettgestell so in dein Auto einzubauen, dass du unter dem Bett dein Gepäck gut verstauen kannst. Besorge dir Boxen für die Organisation. Deine Lebensmittel bewahrst du am besten in einer Kühlbox auf.

Um nur wenig Platz zu verlieren, empfiehlt sich eine Betten-Konstruktion, die du verkleinern kannst. Herausnehmbare Teile oder Umklappvorrichtungen kannst du mit Scharnieren oder Flügelschrauben fixieren.

***Markus**: Ich habe vor einem Baumarkt geparkt in dem ich mir Hammer, Säge und eine Tüte Nägel besorgt habe. Mit einer sehr groben Skizze habe ich geplant, wie das Bett aussehen soll. Nach ein paar Stunden war es fertig eingebaut und hat mich treu begleitet.*

***Maik**: Ich bin mit zwei verschiedenen Fahrzeugtypen gereist und jeder war auf seine Art aufregend und passend. Die Organisation des Stauraums war jedes Mal anderes und hat irgendwie funktioniert. Auch in meinem kleinen Auto habe ich alle Sachen gut verstauen können. Grundsätzlich ist natürlich ein größeres Fahrzeug viel entspannter, da man hier nicht so viel hin und her räumen muss.*

Camping Bestimmungen und Gesetze

Du hast also deine Ausrüstung zusammen und möchtest nun dein Lager aufschlagen. Dafür solltest du aber die lokalen Gesetze kennen. Verstößt du gegen die Regeln, läufst du Gefahr Strafe zahlen zu müssen. Deshalb musst du die Regeln überhaupt erstmal kennen.

Freedom Camping

Freedom Camping bedeutet abseits von ausgewiesenen Campingplätzen im Zelt oder Fahrzeug zu übernachten. Sei es in der Natur oder auch in der Stadt. An manchen Orten haben Generationen von Campern ihren Müll hinterlassen und bewirkt, dass Freedom Camping heutzutage nicht überall erlaubt und auch nicht gern gesehen ist. Denke bei deiner Übernachtung also grundsätzlich an die Umwelt und die nächste Generation von Abenteurern nach dem Motto:

"Take only photos, leave only footprints."

Auf den folgenden Seiten gehen wir auf die länderspezifischen Regelungen ein.

Campen in Australien

In Australien sind die Regelungen, wo du campen darfst und wo nicht, sehr strikt. Für Camping in hierfür nicht zugelassenen Gebieten (z.B. Parkplätze und Strände) werden scharfe Strafen verteilt, die bis zu 1000$ betragen können. Die Verbotsschilder sind meist nicht zu übersehen. Nutze deshalb offizielle Möglichkeiten zum übernachten.

Bist du dir unsicher wo du deine nächste Nacht verbringen kannst und darfst, solltest du dich bei einer Tourist Information informieren. Dort bekommst du Informationen über mögliche Campingplätze sowie Prospekte und Karten aus der Gegend. Wir raten dir außerdem die letzte Ausgabe von Camps Australia Wide zu besorgen, da dieses Buch eine komplette Zusammenstellung aller Campingplätze Australiens enthält. Die Beschreibungen, Kostenangaben, GPS Koordinaten und Übersicht der Einrichtungen sind Gold wert. Es sind auch viele kostenfreie Plätze gelistet.

🔗 www.campsaustraliawide.com

Markus: *Ich hatte mir den damals aktuellen Camps 7 besorgt und mit ihm alle meine Schlafplätze auf längeren Reisen geplant. Reist man mit eigenem Auto zahlt sich die Investition für das Buch auf jeden Fall aus. Eine App gibt es auch.*

Wo kannst du generell mit deinem Auto übernachten? Private Caravan Parks und Campingplätze bieten dir Komfort für ein oder mehrere Nächte, haben aber auch ihren Preis. Dies ist eine gute Möglichkeit in der Natur zu sein und dich gleichzeitig um deine Wäsche zu kümmern, Geräte zu laden und am Pool zu sitzen, je nach Einrichtung.

Unsere Empfehlung ist es auf Campingplätzen in Nationalparks zu übernachten. Hier bist du so nah an der Natur wie es nur geht. Üblicherweise ist die Ausstattung in Nationalparks weniger komfortabel, das bedeutet auf den einfachsten Campingplätzen steht dir nichts außer dem Platz selbst und normalerweise einem Plumpsklo zu Verfügung.

Gibt es eine Dusche, so funktioniert sie mit gesammeltem Regenwasser und zahlen musst du häufig an einer Honesty Box, für die du deine Gebühr in einem Umschlag eintütest und einwirfst. Bring daher immer die passende Menge Wechselgeld mit. Informiere dich vor deiner Reise am besten immer bei einer Tourist Information oder im Internet über den jeweiligen Platz. Bei manchen Campingplätzen in Nationalparks ist eine Buchung nämlich obligatorisch. Zuletzt sei erwähnt, dass du neben den Übernachtungskosten eine einmalige Eintrittsgebühr für den Park zahlen musst. Da es unwahrscheinlich ist, in Nationalparks einen Geldautomaten zu finden, solltest du stets genug Bargeld bei dir haben.

Markus: *Man sollte sich in Nationalparks auch darauf einstellen mit der Tierwelt zusammen zu treffen. Dass Spinnen und Schlangen auf dem Campingplatz im Outback unterwegs sind, ist recht wahrscheinlich.*

Designated Rest Areas findest du an Highways außerhalb von Ortschaften im Abstand von etwa 100km zu einandern. Diese Plätze haben außer Mülltonnen keinerlei Einrichtung und dienen für eine Ruhepause bis maximal 24 Stunden. An diesen Orten kannst du schlafen, solltest dich aber nicht wohnlich einrichten, denn das ist nicht erwünscht.

Markus: *Wenn wir völlig allein auf abgelegenen Rest Areas übernachtet haben, waren wir schon immer etwas um unsere Sicherheit besorgt. Natürlich geht man immer davon aus, dass nichts passieren wird aber durchstöbert man die Nachrichten findet man heraus, dass manchmal etwas passiert.*

Freedom Camping ist in Australien weder üblich noch erwünscht. In vielen Ortschaften fährt ein Ranger Patrouille und verteilt Strafzettel mit Beträgen bis 1000$. An den meisten Orten, an denen es eine wirklich schlechte Idee ist zu campen, stehen gut sichtbare Schilder die über das Verbot und die zu erwartende Strafe aufklären.

Markus: *In Australien hat mich netterweise die Polizei mal vor dem wachsamen Ranger gewarnt, da er wohl ohne mit der Wimper zu zucken Strafen verteilt. Letztlich empfahl mir die Polizei mindestens 20km außerhalb der Ortschaft zu übernachten, da dies außerhalb des Gebiets ist, in dem der Ranger patrouilliert.*

Klopft ein Ranger mal an deine Tür, weil du unerlaubt gecampt hast, dann solltest du ihm erklären können warum du das getan hast. Normalerweise kannst du außerhalb von Ortschaften auf Fatigue Management hinweisen. Es ist gefährlich müde zu fahren und somit Unfälle zu provozieren. Stattdessen hast du das Recht anzuhalten, um zu ruhen. Dass man dir diese Erklärung nicht abkaufen wird, wenn du noch Campingstühle und deinen BBQ vom Vorabend aufgestellt hast, sollte dir wohl bewusst sein. Bevor du schlafen gehst solltest du also grundsätzlich alles wegräumen und nicht nach gemütlichem Camping aussehen. Innerhalb von Ortschaften wird diese Erklärung auf taube Ohren stoßen, da es dort immer Unterkünfte gibt, in denen du hättest bleiben können. Grundsätzlich bist du der Laune des Rangers ausgesetzt und solltest dich deshalb gar nicht erst in solch eine Situation bringen. Bist du dir unsicher solltest du wieder bei einer Tourist Information nachfragen was erlaubt ist.

Markus: *Ich habe auf einem Schotterplatz neben einem Highway in meinem Van übernachtet und morgens einen Zettel an meiner Windschutzscheibe entdeckt. 220$ Strafe für Camping auf einem hierfür nicht freigegebenen Gelände. Ich habe die angegebene Adresse kontaktiert und erklärt, dass ich nach Mitternacht angekommen bin, keinen Campingplatz finden konnte und vor 6 Uhr morgens weiter reisen wollte. Die Strafe wurde daraufhin ohne weitere Diskussion fallen gelassen.*

Campen in Kanada

Bevor wir auf die Regelungen zum Campen eingehen ist es wichtig über deine Sicherheit zu sprechen. Vor allem Bären können eine gefährliche bis tödliche Gefahr darstellen, wobei das sehr selten ist. Wenn du dich richtig verhältst besteht kaum Gefahr, dass etwas passiert. Etwas Grundwissen ist also nicht verkehrt.

Markus: *Mir sind Bären auf Campingplätzen begegnet. Die sind aber zum Glück direkt desinteressiert weiter gezogen. Ich weiss nicht wie ich reagieren würde, wenn mir ein Grizzly Bär begegnet. Dazu kam es zum Glück nie. Zumindest nicht beim Campen.*

Bären und Menschen können friedlich miteinander leben. Die Regeln für das Campen im Bear Country laufen alle darauf hinaus, dass du dein Essen außerhalb der Reichweite von Bären und gleichzeitig weit genug von deinem Schlafplatz entfernt lagerst. Glaube nicht, dass es bei diesen Maßnahmen nur um deine Sicherheit geht! Für Bären ist dies auch überlebenswichtig. Sollte ein Bär lernen, dass er bei Menschen oft Nahrung findet, wird er seine Scheu verlieren, öfter die Nähe von Menschen suchen und damit zu einer Bedrohung. Solche Bären werden entweder getötet oder aus ihrer Heimat ins entlegene Hinterland deportiert. Die Regeln sind also doppelt wichtig! Deshalb:

1. Gerüche ziehen Bären an. Sammle deshalb alles, was Geruch verströmt auf und tüte es doppelt ein. Das umfasst dein Essen, Duschgel, Zahnpasta, Besteck, Müll und alles was mit Nahrung in Berührung gekommen ist.

2. Lagere diese Dinge an einem sicheren Ort. An manchen Campingplätzen gibt es sichere Schränke (Bear Locker) in denen du dein Essen einschließt. Gibt es so etwas nicht, ist es üblich, dein Essen zwischen zwei Bäumen in ungefähr vier Metern Höhe aufzuhängen. Auf mehrtägigen Wanderungen in Nationalparks bekommst du bei Bedarf Bear Barrels (kleine, schwarze Fässer) gestellt, in denen du dein Essen lagerst und die von Bären nicht geöffnet werden können.

3. Wo auch immer du dein Essen und alles was riecht aufbewahrst, lagere es in Windrichtung etwa 100m vom Zelt entfernt. Der Wind trägt den Geruch dann vom Zelt weg, nicht zu ihm hin!

4. Hast du irgendwo Überreste von Tieren gefunden, dann ist es kein guter Ort zum Verweilen. Ein Bär könnte zurück kommen, um sich noch etwas mehr von seiner Beute zu holen. Entferne dich möglichst weit von diesem Ort.

5. Informiere dich bei einer Tourist Information, ob es in einem Gebiet sicher ist zu zelten. Werden vermehrt Bären gesichtet, kann es sein, dass die Gebiete temporär gesperrt werden.

Lies weitere Verhaltensregeln zu Bären in einem späteren Kapitel. Vergiss nicht, dass Bären wilde Tiere sind. Auch wenn sie zunächst zahm erscheinen, können sie dich spontan angreifen. Gesunder Menschenverstand schützt dich.

Maik: *Beim Campen auf einem offiziellen Campingplatz ging ich beim Zähne putzen vom Wagen weg. Der Kofferraum war noch geöffnet und als ich nach wenigen Minuten zurück kam stand ich plötzlich einem kleinen Bären gegenüber. Ich war total geschockt, da um mich herum auch andere Menschen waren, ich das Tier nicht erwartet hatte und nicht wusste wie ich mich verhalten sollte. Instinktiv fing ich an den Bären anzuschreien und er lief langsam weg. Die Begegnung hätte auch anderes ausgehen können. Also kann ich nur raten auch bei kurzem Verlassen von Auto oder Zelt alle Sachen wegzuschließen!*

In Kanada kannst du, genau so wie in Australien, auf privaten Campingplätzen und Caravan Parks übernachten. Je nach Preis kannst du bessere Einrichtung erwarten und dich um deine Wäsche kümmern, Geräte laden und mit anderen Reisenden ins Gespräch kommen.

Interessantere Gegenden zum Campen sind Nationalparks. Für Nationalparks musst du Eintritt bezahlen. Bist du viel Unterwegs lohnt sich der Discovery Pass für Parks Canada mit dem du ein Jahr lang Eintritt in alle Parks Kanadas erhältst. Du kannst ihn am Eingang eines Parks kaufen.

Tipp: *Ab zwei Personen bietet es sich der Family Pass an, der für ein Fahrzeug mit maximal sieben Leuten gültig ist. Das Ticket zahlt sich bereits nach wenigen Besuchen aus.*

In vielen Nationalparks kannst du Campingplätze im Voraus buchen. In der Hauptsaison ist das sehr empfehlenswert.

Am Haupteingang bekommst du eine Campsite zugewiesen und Informationen zum Park. Die Plätze haben unterschiedliche Standards:

1. **Serviced Campsites**
   Strom und fließend Wasser können zu Verfügung stehen. Der Preis bewegt sich mit dem gebotenen Service nach oben. Die Hauptbesucher solcher Plätze sind größere Fahrzeuge (RVs) und der Platz ist möglicherweise für Zelte gar nicht geeignet. Im Zweifelsfall solltest du vorher nachfragen.

Markus: *Ich bin ein mal spät auf einem Campingplatz angekommen und habe mein Zelt aufgestellt. Morgens hat man mich belehrt, dass der Platz nicht für Zelte sondern Caravans gedacht ist. Das war mir zu dem Zeitpunkt allerdings nicht klar.*

2. **Unserviced Campsites**
   Diese Kategorie ist optimal, wenn du mit Zelt unterwegs bist und einfachen Luxus wie Dusche, Toilette und Trinkwasser haben möchtest. Am Platz gibt es keine Anschlüsse für Strom, Abwasser oder Trinkwasser, weshalb diese Plätze für manche RVs nicht geeignet sind.

3. **Walk-in Campsites**
   Üblicherweise stellst du dein Auto irgendwo ab und gehst zu Fuß zu deinem Campingplatz. Befahren ist unmöglich. Hier gibt es wiederum etwas weniger oder gar keinen Luxus- und etwas mehr Abenteuerfeeling. Optimal für Zelte.

Hast du geplant in Nationalparks in die Wildnis zu wandern, wo es keine Campingplätze gibt, solltest du dich grundsätzlich vorher bei einer Tourist Information genau informieren. Du benötigst eine Backcountry Permit, um im Hinterland campen zu dürfen. Außerdem solltest du deine Pläne einem Freund mitteilen bevor du dich auf den Weg machst. Sollte dir in der Wildnis etwas passieren kann er die Suche nach dir in die Wege leiten, wenn er zu einem ausgemachten Zeitpunkt nichts von dir hört. Dies kann dir das Leben retten.

Markus: *Am häufigsten habe ich im Kluane National Park im Hinterland gecampt. Neben dem Permit bekommt man noch eine Bear Barrel, um alle Nahrungsmittel darin zu verstauen. Solche Kleinigkeiten erinnern mich immer wieder daran, dass das Campen in solchen Gegenden nicht ungefährlich ist.*

Ein Phänomen in Nordamerika ist Camping bei Walmart. Die Walmart Kette duldet Camper häufig auf seinem Parkplatz, wobei die einzelnen Filialen aber auch Mitspracherecht haben. Das bedeutet Camping ist nicht bei jedem Walmart erlaubt. Willst du es genau wissen solltest du vorher anrufen und dich informieren. Denke wie immer daran keinen Müll zu hinterlassen und parke so, dass niemand gestört wird. Zukünftige Camper möchten ebenfalls dieses Privileg nutzen dürfen.

Markus: *Ich habe häufig bei Walmart gecampt. In den USA haben Leute sogar ihren Anhänger mit Yacht drauf bei Walmart geparkt und darin geschlafen. Trucks haben ein dutzend Parkplätze gleichzeitig belegt und die ganze Nacht den Motor laufen lassen (Ich vermute die Ladung musste gekühlt werden). Ich konnte irgendwann Camper ganz gut vom restlichen Volk unterscheiden. Vor allem in den USA, wo viele Geschäfte permanent geöffnet sind ist es praktisch, immer eine Toilette in der Nähe zu haben und immer einkaufen zu können. Campen war meist unproblematisch.*

Maik: *Anfangs war ich skeptisch auf einem Supermarktparkplatz zu übernachten. Nachdem ich ein paar Nächte im Auto verbracht hatte, stelle ich aber auch irgendwann mein Zelt auf der Betonfläche auf.*

Wildes Campen wird in Kanada Random Camping genannt. Wie immer mit kostenlosen Dingen ist es schwierig hier genaue Informationen zu bekommen. Grundsätzlich ist es möglich auf öffentlichem Land zu campen. Die Regelungen können sich aber von Provinz zu Provinz unterscheiden, informiere dich deshalb vorher hierüber bei einer Tourist Information.

Campen in Neuseeland

Neuseeland ist beim Tourismus sehr entgegenkommend und gut auf Camper eingestellt. Die luxuriösen Plätze heißen Holiday Parks aber es gibt auch die klassischen Campingplätze. Auf den meisten Plätzen findest du eine

Küche, Duschen, Waschmaschinen, einen Mini Mart und manchmal auch einen Swimming Pool.

DOC (Department Of Conservation) Campsites sind über ganz Neuseeland verteilt und liegen meist abgelegen in der Natur. Die Ausstattung ist teils sehr simpel und oft genug ist kein Manager vor Ort, weshalb die Plätze sehr günstig und manchmal sogar kostenlos sind. Insgesamt gibt es drei Kategorien, in die man DOC Campsites einordnen kann.

- **Basic Campsites**
  Stell dich auf einfache Toiletten (Plumpsklos) und Wasser aus einem Fluss, Regenbecken oder See ein.

- **Standard Campsites**
  Hier erwarten dich einfache Toiletten, fließend Wasser, Feuerstellen, kalte Duschen, Tische und Mülltonnen.

- **Serviced Campsites**
  Toiletten mit Spülung, Leitungswasser, Kochstellen, heiße Duschen, Mülltonnen und Waschküchen stehen dir hier zu Verfügung.

Ist kein Personal vor Ort, dann musst du deine Gebühren an einer Honesty Box bezahlen. Du packst die Gebühren für deine Campsite in einen Briefumschlag und wirfst ihn am Eingang in die Honesty Box (auch Iron Ranger genannt). Vor Ort solltest du darauf achten keinen Müll zu hinterlassen, Seifen und Waschmittel von Flüssen fern halten und andere Camper respektieren.

Die Basic und Standard Varianten kannst du nicht reservieren, wer zuerst kommt, zahlt zuerst (First come, first served). Die Serviced Campsites kannst und solltest du vor allem in der Hochsaison vorab reservieren. Das geht entweder auf der Website oder beim nächsten DOC Office. Kommst du beim Office vorbei, dann nimm am besten auch eine kostenlose Karte aller DOC Campsites mit.

🔗 super-bibel.de/nz-doc-camp

Willst du einen Great Walk machen, dann musst du auf jeden Fall deine Unterkünfte, oft Campingwiesen, für jede Nacht im Voraus buchen. Great Walks sind Neuseelands beliebteste mehrtägige Wanderrouten und in der Saison grundsätzlich ausgebucht.

Maik: *Ich habe vier Great Walks in Neuseeland gemacht und kann nur gutes berichten. Die Wege sind sehr lohnenswert und gut angelegt. Sie bieten einen guten Einstieg in mehrtägige Wanderungen.*

Ebenso wirst du Campingplätze und Back Country Hütten auf vielen anderen Wanderungen finden. Informiere dich vor deiner Wanderung darüber, ob du eine Reservierung benötigst.

Freedom Camping oder Wild Campen ist in Neuseeland ein schwieriges Thema. Für genauere Informationen zu Freedom Camping kannst du den Freedom Camping Act 2011 online lesen.

Grundsätzlich ist es vom Gesetz her erlaubt an beliebigen öffentlichen Orten zu parken und dort über Nacht zu bleiben. Allerdings haben viele lokalen Stadtverwaltungen für ihre Bereiche Sonderregelungen erlassen, die genau das unterbinden sollen.

Hinweis: *Ob diese Regelungen zulässig sind oder nicht ist umstritten. Eigentlich sind Sonderregelungen nur zulässig, wenn die Umgebung oder die Gesundheit der Besucher geschützt werden muss. Freedom Camping kann eigentlich nur unterbunden werden, wenn es ansonsten zu Problemen führen würde. Von Diskussionen hierüber mit Gesetzeshütern raten wir aber in jedem Fall ab.*

Gründe dafür sind zum einen die Angst vor eine Schwemme von Campern, die die Umwelt verdrecken, und zum anderen politisch motivierter Druck von Holiday Park Besitzern, die Angst um ihr Geschäft haben. Die Regulierungen führen zu Verboten (eindeutig und leicht erkennbar durch Schilder markiert) und Einschränkungen (an vielen Orten ist nur Self Contained Vehikeln das Campen gestattet).

Hinweis: *Self Contained sind Fahrzeuge, die für mindestens drei Tage genügend Frisch- und Abwasser bereithalten, bevor eine Entsorgungsstation angefahren werden muss. Ebenso muss eine Toilette vorhanden sein, die bestimmte Voraussetzungen erfüllt. Ein blauer Aufkleber auf dem Fahrzeug markiert das Einhalten dieser Regeln. Der wiederum wird nur von einem entsprechenden Prüfer ausgegeben.*

Das ganze wird von einem Officer durchgesetzt, der in den Gebieten Patrouille fährt und Camper bittet ihr Lager abzubrechen oder sofort Strafen verteilt.

Maik: *Ich wurde in Neuseeland einmal beim illegalen campen erwischt und musste 200$ Strafe zahlen. Im Vergleich mit den ganzen kostenfreien Nächten hat sich das aber voll gerechnet. In einer anderen Nacht hat jemand an unser Autofenster geklopft und wollte uns wohl wegschicken. Wir hatten glücklicherweise Vorhänge und haben uns nicht bewegt. Zum Glück ist nichts passiert und wir haben keinen Strafzettel erhalten. Es ist immer ein Risiko Freedom Camping zu machen.*

Queenstown ist besonders notorisch für das Durchsetzen von Strafen für Freedom Camper. Das sinnvollste ist es hier dich genau zu informieren oder völlig auf Freedom Camping zu verzichten.

Wenn du dir nicht sicher bist, ob du in der Gegend campen darfst, informiere dich bei einer i-Site oder einem DOC Office. Am besten lässt du dir eine Karte von möglichen Plätzen geben. Bist du mit einem Fahrzeug unterwegs, das nicht Self Contained ist, dann bleibe entweder auf Campingplätzen oder campe in der Nähe von öffentlichen Toiletten.

Grundsätzlich solltest du deinen Platz sauber hinterlassen. Müll anderer Leute solltest du auch entsorgen, wenn du etwas für zukünftige Generationen von Campern bewirken möchtest. Wichtig ist, dass die Umwelt nicht belastet oder beschädigt wird.

Besorge dir am besten die Rankers Camping NZ App für dein Smartphone, sie listet alle Campingplätze des Landes auf. Schau dir für mehr hilfreiche Apps unser Kapitel bezüglich Apps an!

Stealth Camping

Es mag vorkommen, dass du dein Zelt an Orten aufstellen willst oder musst, an denen du es eigentlich nicht aufstellen solltest. In dem Fall willst du nicht auffallen wie Leuchtreklame, sondern möglichst unentdeckt bleiben. Gründe gibt es genügend: Du reist mit dem Fahrrad und hast die Distanz bis zum nächsten Campingplatz unterschätzt; Du wolltest per Anhalter fahren aber dich hat niemand mitgenommen; Du willst flexibel sein, Geld sparen oder allein in der Natur sein. Bedenke, dass du dich auch in der

Not an Regeln zu halten hast. Campe also niemals an Orten, wo das Campen verboten ist! Bevor du in eine Gegend reist solltest du dir deshalb Informationen einholen, wo Camping erlaubt ist und wo du auf jeden Fall nicht übernachten solltest.

Markus: *Nach Wochen in der Wüste sind wir in Adelaide angekommen. Tim, unser Mitfahrer, wollte für die Nacht an einem Hostel abgesetzt werden für das er keine Reservierung hatte. Wir haben ihn also abgesetzt und uns außerhalb der Stadt einen Platz für die Nacht gesucht. Dummerweise war Tims Hostel ausgebucht und er fand auch keine Alternativen. Es gab für ihn keine andere Möglichkeit als sein Zelt zwei Straßen von der Hauptstraße entfernt aufzustellen und mitten in der Stadt zu campen. Das ist absolut unerwünscht aber in dem Fall ging es halt nicht anders. Wir hatten übrigens keine Möglichkeit zu kommunizieren, falls du dich fragst weshalb wir ihn nicht abgeholt haben.*

Wie bleibst du also unbemerkt?

- **Benutze unauffällige Farben**
  Dein Zelt sollte sich farblich nicht von deiner Umgebung absetzen und bunte Dinge nimmst du auf jeden Fall mit ins Zelt. Deine Taschenlampe solltest du nicht benutzen oder sie möglichst dunkel einstellen.

- **Gehe sofort schlafen**
  Suche deinen Campingplatz nur zum schlafen auf. Wenn du isst, dich bettfertig machst und an deinem Campingplatz direkt schlafen gehst, ziehst du am wenigsten Aufmerksamkeit auf dich.

- **Reise bei Tageslicht an und bei Dunkelheit wieder ab**
  Bei Tageslicht kannst du besser entscheiden, ob ein Platz gut gelegen ist. Fang deshalb nicht zu spät mit der Suche an. Je früher du abreist, desto besser. So störst du

niemand und wenn du dich richtig verhältst wird man nicht mal merken, dass du überhaupt hier warst.

Maik: *Wir haben in Neuseeland eine Nacht keinen guten Stellplatz für unseren Van gefunden. Also sind wir auf dunklen Schotterpisten gefahren bis wir gefühlt im Nirgendwo waren. Hier haben wir am Straßenrand das Fahrzeug geparkt und geschlafen. Am nächsten Tag fuhren dann recht viele Autos an uns vorbei und wir merkten, dass wir an einer normalen Durchfahrtsstraße gecampt haben. Zum Glück haben wir keine Probleme bekommen!*

- **Campe abseits der Wege**
  Du solltest mindestens 50 Meter zwischen dich und die Straße bzw. den Wanderweg bringen, wenn du nicht von einem Wanderer geweckt werden möchtest. Außerdem ist es in hügeligem Gelände besser dein Zelt oberhalb von Straßen aufzuschlagen, da du unterhalb wesentlich leichter zu sehen bist.

- **Halte dich von Gewässern fern**
  In der Nähe von Wasser kannst du nachts schonmal von einem neugiereigen Tier geweckt werden. Wesentlich ärgerlicher sind aber die vielen Insekten, die sich in der Nähe von Wasser aufhalten. Denke bei Regen auch an steigende Wasserpegel!

- **Lege dir deine Argumente zurecht**
  Falls du trotz aller Vorbereitungen in Erklärungsnot kommst, ist es eine gute Idee, schon vorher mal darüber nachgedacht zu haben weshalb du hier campen musst. Ranger lassen mit sich reden, wenn du vernünftige Gründe vorbringen kannst und dich an No Camping Hinweise gehalten hast.

- **Kaufe ein unauffälliges Auto**
  Falls du mit deinem Auto unentdeckt campen möchtest, solltest du ein Auto kaufen, das nicht offensichtlich ein Camper ist. Ein Van ist potenziell immer ein Camping Fahrzeug, ein kleiner Kombi hingegen nicht.

Markus: *Freunde von mir haben sich einen Wicked Camper gekauft. Das bedeutet auffälliges Graffiti auf dem Van. Es ist sofort klar das dies ein Camper ist. Für eine Nacht haben sie sich bei einer Wicked Filiale in die Reihe der ebenfalls bemalten Leihwagen vor dem Gebäude gestellt und waren damit perfekt getarnt.*

Wie immer solltest du keine Spuren hinterlassen. Wenn du schon außerhalb der offiziell markierten Campingplätze bist, sollte auch nach deiner Abreise niemand sehen können, dass du jemals hier warst. Hinterlässt du Müll oder bist auffällig, so kann es zum einen eine Strafe geben, zum anderen wirkt es sich negativ auf spätere Generationen von Reisenden aus. Leave no trace!

Generelle Tipps

Führe immer genügend Wechselgeld mit, um für deinen Platz zahlen zu können. Oft sind die schönsten Plätze sehr abgelegen und ohne Personal geführt. Eine ATM (Geldautomat) suchst du dann vergeblich.

Achte auf deine Sicherheit. Taschendiebe, Tiere und Unwetter können beim Camping zu einem Problem werden. Informiere dich also immer in Voraus, schau dir die Wettervorhersage an und lerne den richtigen Umgang mit Tieren. Bei Sturm oder im strömenden Regen zu zelten ist kein Spaß. Du solltest dann über Alternativen nachdenken. Ebenso sollte dir klar sein, dass manche Tiere sich durch deine Anwesenheit oder

Handlungen bedroht fühlten oder sich aus Neugierde nähern können.

***Tipp**: Du kannst auf privatem Grundstück campen, wenn der Eigentümer dir das erlaubt. In der entsprechenden Situation solltest du einfach mal nachfragen.*

Bist du dir mit etwas nicht sicher, dann frage immer bei der Tourist Information nach. Dort bekommst du aktuelle Informationen aus erster Hand.

***Markus**: Ich konnte in einer Nacht beim besten Willen keinen Campingplatz finden und habe mich kurzer Hand auf den großen, leeren Parkplatz eines Hotels gestellt. Im Hotel habe ich gefragt, ob es in Ordnung wäre, wenn ich über Nacht hier in meinem Auto schlafe und man hat mir sogar erlaubt Dusche und Toilette vom Hotel kostenlos zu benutzen.*

Arbeit für Kost und Logis

Du kannst für deine Unterkunft arbeiten. Zum einen lernst du neue Leute kennen und zum anderen tauscht du deine Arbeitsleistung und nicht dein Geld gegen Kost und Logis ein. Geld ist nie im Spiel, deshalb ist dies eine Möglichkeit in Ländern zu arbeiten für die du kein Arbeitsvisum hast.

Es gibt verschiedene Portale über die du Kontakt mit Arbeitgebern aufnehmen kannst. Letztlich ist es natürlich an dir einen Arbeitgeber zu finden und alles weitere zu organisieren. Denke daran, dass es keine Garantie für Erfolg gibt. Gib dir also entsprechend Mühe, wenn du Kontakt aufnimmst und vor Ort deine Arbeit verrichtest.

Mit WWOOFing auf Farmen arbeiten

WWOOFing steht für World Wide Opportunities on Organic Farms. Es ist ein Dienst, bei dem Bauern nach helfenden Händen für ihre Farm suchen und die Arbeit mit Kost und Logis entlohnen. Du wirst etwa den halben Tag arbeiten, um dir eine Unterkunft für die Nacht zu verdienen. Die Website gibt dir die Möglichkeit mit Farmern Kontakt aufzunehmen, alles weitere musst du natürlich selber organisieren.

Markus: *Bei meinem ersten WWOOFing Erlebnis durfte direkt am ersten Tag Hühner schlachten und ausnehmen. Darüber war ich aber schon informiert bevor ich angefangen habe. Die Farmer bei denen ich gearbeitet habe waren sehr nett und meine Unterkunft war ein Wohnwagen auf dem Hof. Ich durfte mich um Schweine, Hühner, Schafe und Hunde kümmern. Dafür wurde ich mit drei Mahlzeiten am Tag entlohnt. Festen Aufgaben nachgehen war eine willkommene Abwechslung zum Reisen.*

Da es keine zentrale länderübergreifende Website gibt musst du dich je Land, das du besuchen willst, individuell anmelden. Wie lange du bleiben kannst und welche Arbeit du zu erledigen hast hängt von deiner Verhandlung mit der Farm ab.

Finde über die Hauptwebseite dein Reiseland und melde dich auf der länderspezifischen Seite als Volontär an. Die Anmeldung kostet dich in Australien 70$, in Kanada 50$ und in Neuseeland 40$ pro Jahr.

🔗 www.wwoof.net

Arbeite nicht ohne Krankenversicherung auf Farmen. Oft genug bitten Farmen dich ihnen schriftlich zu bestätigen, dass sie keine Haftung übernehmen, sollte dir etwas passieren. Das ist normal, sei darauf vorbereitet.

Maik: *Ich musste mich durch den neuseeländischen Busch kämpfen und habe dabei Rattenfallen aufgestellt. Im Gegenzug habe ich einen Schlafplatz und Essen bekommen.*

Mit Work Away in einem anderen Land arbeiten

Vergleichbar zu WWOOFing aber nicht auf Farmen spezialisiert. Die Idee ist ebenfalls für Kost und Logis zu arbeiten. Über die Website findest du potenzielle Arbeitgeber, die komplette weitere Organisation musst du selber in die Hand nehmen. Die Mitgliedschaft für ein Jahr kostet dich 32€ und gilt weltweit.

🔗 www.workaway.info

Achte auf deine Sicherheit! Die nächste Stadt wird eventuell ohne Auto für dich unerreichbar sein. Lies deshalb Bewertungen vorher genau durch und bewirb dich nur, wenn du ein gutes Gefühl hast. Auch vor Ort solltest du Arbeit ablehnen, wenn du das Gefühl hast ausgenutzt zu werden oder nicht vereinbarte Dinge von dir erwartet werden.

Markus: *Eine Freundin von mit ist mit Work Away im Yukon bei einem Reiseveranstalter gelandet, der Männer und Pärchen als Helfer grundsätzlich abgelehnt hat. Folglich waren nur Frauen vor Ort. Seltsamerweise gab es keinerlei Arbeit zu tun und es war entsprechend langweilig. Sie hat sich schnellstmöglich etwas neues gesucht.*

Staff Accommodation / Staff Housing

Je nachdem wer dein Arbeitgeber ist, hast du eventuell die Möglichkeit in der günstigen oder kostenlosen Unterkunft für Mitarbeiter zu wohnen. Üblicherweise sparst du so eine Menge Geld und wohnst nah bei deiner Arbeit. Erwarte jedoch keinen Luxus. Du sparst dir auf jeden Fall die Wohnungssuche.

Markus: *Staff Accommodation im kanadischen Skigebiet Sunshine Village war mit 140$ pro zwei Wochen (zweiwöchige Abrechnung ist in Kanada normal, es nennt sich fortnight) das billigste, was es überhaupt in Banff und Umgebung gab. Ich hatte so die Möglichkeit auf dem Berg zwischen den Liften zu wohnen. Die einzige Möglichkeit zur Unterkunft zu kommen war per Gondel, die nach 17Uhr jedoch nicht mehr lief. Die Zimmer waren grundsätzlich für zwei Personen ausgelegt. Mit einem vernünftigem Mitbewohner geht das klar. Glücklicherweise wurde außerdem die gesamte Einrichtung vor Beginn der Saison renoviert.*

Mit Hand gegen Koje auf den Meeren arbeiten

Falls du schonmal darüber nachgedacht, hast auf einem Boot anzuheuern, gibt es einige Websites, die dir für deine Mitarbeit im Gegenzug eine Koje bieten. Da kein Boot wie das nächste ist, wird deine Reise so sehr individuell. Kläre aber vorher genau ob und was für Kosten außerdem auf dich zukommen. Eine bekannte deutsche Plattform zu Kontaktaufnahme ist:

🔗 www.handgegenkoje.de

Reist du per Boot in ein neues Land, dann solltest du dich genau über die Einreisebestimmungen informieren. Du willst auf keinen Fall vergessen deinen Reisepass für deine offizielle Einreise stempeln zu lassen, sonst bist du illegal im Land. Üblicherweise kümmert der Skipper sich um die Einreise seiner Crew und besucht im Hafen das Immigrationsbüro. Eine sehr gute Quelle für Yachten auf denen du Arbeit mit internationaler Crew finden kannst ist:

🔗 www.findacrew.net

Da du mehrere Tage oder Wochen mit der Crew auf offenem Meer sein kannst, solltest du auf jeden Fall an deine Sicherheit denken. Die von uns erwähnten Plattformen geben an, ob der Bootsinhaber seine Identität bestätigt hat. Wie Verifikation abläuft erfährst du auf der jeweiligen Seite. Üblicherweise muss er seine Identität bestätigen, indem er eine Kopie seines Ausweises und Geld per Banküberweisung an den Betreiber der Website schickt.

Markus: *Ich habe mit meinem Skipper über Hand gegen Koje Kontakt aufgenommen. Er war Rentner, sein letzter Mitsegler war kürzlich heimgereist (Urlaub vorbei) und zu der Zeit war er gerade in der Karibik unterwegs. Alles klang gut, bis er mir etwa eine Woche vor meinem Abflug mitgeteilt hat, dass sein Schiff einen Motorschaden erlitten hat. Er fragte mich, ob er ein Ersatzteil zu mir nach Hause bestellen könnte, das ich dann im Flieger in die Karibik mitgenommen hätte. Da ich ihn nicht kannte, habe ich das abgelehnt. Ich wollte nicht am Flughafen für Schmuggel gestoppt werden. Ehrlich gesagt hatte ich plötzlich kein gutes Gefühl mehr bei der Sache. Nach etwas Recherche fand ich seine deutsche Nummer heraus und rief dort an. Seine Frau war zu Hause und bestätigte mir die ganze Geschichte, was im Gegensatz zum anonymen Kontakt per E-Mail sehr beruhigend war. Letztlich reiste ich wie geplant in die Karibik und segelte mit ihm. Das Ersatzteil haben wir aber vor Ort gekauft.*

Finde möglichst viel über das Boot heraus, lies die Bewertungen auf der Website und falls du nicht alleine dieses Abenteuer antrittst, gibt dir das noch mehr Sicherheit. Ist Geld im Spiel, dann zahle entweder über die Website (falls möglich) oder persönlich.

Weitere Plattformen

Es gibt weitere Plattformen die wir nicht zu sehr vertiefen wollen, da sie nicht so häufig von Work & Travellern genutzt werden. Für etwas Inspiration zur Gestaltung deiner Reise wollen wir sie dir aber nicht vorenthalten.

Das Konzept hinter HelpX ist ähnlich zu dem von WWOOFing und Work Away. Du arbeitest in allen möglichen Bereichen für Kost und Logis:

🔗 www.helpx.net

House Sitting ist eine großartige Idee falls du längere Zeit am selben Ort bleiben möchtest. Hausbesitzer die länger verreisen brauchen jemand der das Haus in seiner Abwesenheit in Schuss hält. Sei es, weil Haustiere daheim bleiben oder aus anderen Gründen. Es ist eine prima Möglichkeit ein ganzes Haus zur Verfügung gestellt zu bekommen. Der Wert den du im Gegenzug bietest ist die Instandhaltung des Hauses. Das bedeutet beheizen, trocken halten, reinigen und vielleicht auch Tiere versorgen. Es gibt zahlreiche Webseiten für dieses Angebot. Die folgenden Zwei kannst du zum Start deiner Recherche verwenden:

🔗 www.trustedhousesitters.com

🔗 www.housecarers.com

Unser letzter Vorschlag ist BeWelcome. Die Idee dahinter ist zu Couchsurfing sehr ähnlich, jedoch etwas allgemeiner gehalten. Es geht hier weniger darum dir eine Unterkunft zu Verfügung zu stellen (was aber nicht ausgeschlossen ist) und mehr um gegenseitiges Treffen und kulturellen Austausch:

🔗 www.bewelcome.org

Im Flughafen schlafen

Denkst du an Unterkünfte so kommen dir Flughäfen vermutlich nicht direkt in den Sinn aber in manchen Situation wirst du froh sein, dass es diese Option gibt. Es ist nur eine

Notlösung, zum Beispiel wenn du dort nachts nicht mehr weg kommst oder dein Flug sehr früh geht. Empfehlen können wir diese Option nicht.

Markus: *In Christchurch, Neuseeland wurde ich morgens um 5 Uhr geweckt, da es nur bis zu dieser Zeit geduldet ist im Flughafen zu schlafen. Danach kam das Wachpersonal alle 5 Minuten vorbei um sicherzustellen, dass man nicht wieder einschläft. Nachdem mein Flug erst um 2 Uhr morgens gelandet ist wurde es ein sehr anstrengender Vormittag.*

Du solltest gut informiert sein, wie du in einem Flughafen am besten schlafen kannst. Solltest du das Gefühl haben dass diese Option für dich relevant ist, empfehlen wir vorab zu prüfen, ob in deinem Zielflughafen die Möglichkeit zu Übernachten besteht:

🔗 www.sleepinginairports.net

Auf dieser Website bekommst du Tipps zu jedem Flughafen weltweit. Ob es überhaupt möglich ist und wo du schlafen kannst sind die wichtigsten Informationen. Manche Flughäfen machen nachts komplett dicht oder sind zu klein, als dass man eine ruhige Ecke finden könnte.

Markus: *Ich habe bisher in Australien, Kanada, Neuseeland, Costa Rica und Deutschland in Flughäfen übernachtet.*

Auch wenn es grundsätzlich möglich ist, solltest du dir über mögliche Risiken im Klaren sein. Flughäfen sind keine sicheren Orte und du kannst im Schlaf beklaut werden.

Markus: *Ich bin in Perth, Australien eingeflogen und habe im Flughafen angefangen meine Reise zu organisieren. Parallel habe ich nach einem Couchsurfing Host gesucht. Ich habe zwei Nächte im Flughafen geschlafen bis ich eine Couch gefunden habe.*

Bei meiner Ankunft in Costa Rica war mein Flieger so sehr verspätet, dass ich erst nach Mitternacht im Land war. Zu dieser Zeit fuhr kein Bus mehr in die Stadt. Ich habe mir im Flughafen eine ruhige Ecke gesucht, wo ich schlafen konnte.

Zuletzt noch einen Tipp, den wir nie angewandt haben. Machst du dir Sorgen um Taschendiebstahl, so kannst du probieren dein Gepäck an der Gepäckaufbewahrung abzugeben. Dies kann so teuer werden wie ein günstiges Hotelzimmer, ist aber trotzdem wesentlich besser als beklaut zu werden.

Arbeiten

Die Arbeitssituation in Australien, Kanada und Neuseeland ist für Backpacker gut, da regelmäßig Leute für saisonale Arbeit und als Aushilfen gesucht werden. Die meisten Reisenden arbeiten nur für wenige Wochen und ziehen dann weiter. Arbeitgebern ist das natürlich bekannt, weshalb sie nicht den Aufwand treiben wollen dich mehrere Wochen anzulernen. Deine Chancen einen Job zu finden stehen deshalb vor allem bei Gelegenheitsjobs gut. In der Regel erfordern diese saisonalen Arbeiten keine Vorausbildung.

Sprachkenntnisse benötigst du, um dich mit deinen Kollegen zu verständigen. Dafür muss dein Englisch nicht perfekt sein. Nimmst du hingegen einen Job mit Kundenkontakt (beispielsweise in der Gastronomie) an, solltest du bereits gut Englisch sprechen können.

Zum Arbeiten brauchst du eine Steuernummer, ein Bankkonto und eine Arbeitserlaubnis. Dank deinem Working

Holiday Visum hast du deine Arbeitserlaubnis bereits in der Tasche. Wie du an die Steuernummer und Bankkonto gelangst, erklären wir dir ausführlich in den dem Kapitel zur Ankunft in deinem Reiseland.

Je nach Branche gibt es unterschiedliche Arten der Vergütung. Zum einen kannst du einen vereinbarten Stundenlohn erhalten oder du wirst nach Leistung bezahlt. Gerade im Bereich der Landwirtschaft versuchen Arbeitgeber ihre Arbeitnehmer nach Leistung zu bezahlen. Da du zu Beginn des Jobs jedoch noch Erfahrung sammeln musst, wirst du in der Regel mit deiner Leistung nicht einmal den Mindestlohn erhalten. Hier musst du aufpassen, denn wie der Name schon sagt, muss dir immer zumindest der Mindestlohn gezahlt werden. Du hast bei der Bezahlung nach Leistung im Gegensatz zu einem festen Stundenlohn den Vorteil, dass du dich richtig reinhängen und deinen Verdienst steigern kannst.

Typische Backpacker Jobs

Gelegenheitsjobs, die du in jedem Land machen kannst sind sehr ähnlich. Wir geben dir einen Überblick über Casual Jobs, mit denen du deine Reisekasse auffüllen kannst.

Landwirtschaftliche Jobs

Auf Farmen solltest du dich auf harte körperliche Arbeit einstellen. Deine Hilfe wird für die Ernte (fruit picking), Bäume pflanzen (tree planting), Zäune aufstellen (fencing), Büsche zurückschneiden (pruning) oder zum Schafe scheren (sheep shearing) benötigt. Du solltest fit sein, keine Angst haben den einheimischen Tierarten zu begegnen und am besten Kleidung besitzen die dreckig werden darf.

Markus: *Ich bin grundsätzlich direkt zu den Farmen hin gefahren und habe nachgefragt ob Hilfe benötigt wird und ich mitarbeiten kann. Oft genug hatte ich bereits am nächsten Tag einen Job und verdiente Geld. Wenn man ein Auto hat, kann man leicht etwas abgelegenere Gebiete ansteuern, dort stehen die Chancen deutlich besser schnell Arbeit zu finden.*

Landwirtschaft, speziell Fruit Picking

So gut wie jeder Backpacker wird im Laufe seiner Reise einmal einen Fruit Picking Job ausüben. Zur Erntesaison wollen Bauern ihre Felder so schnell wie möglich abernten und auf die nächste Saison vorbereiten. Folglich brauchen die Arbeitgeber für kurze Zeit viele Erntehelfer. Die Chancen einen Job zu finden sind also sehr gut.

Beim Fruit Picking werden alle Sorten Obst und Gemüse gepflückt, zum Beispiel Weintrauben, Avocados, Kiwis, Äpfel oder Bananen. Nach der Ernte muss die Ware sortiert und verpackt werden. Außerdem werden die Pflanzen gepflegt und auf die nächste Saison vorbereitet.

Markus: *In meiner Laufbahn als Backpacker habe ich Melonen, Kürbisse, Weintrauben und Äpfel gepflückt. Zum Teil habe ich in Ti Tree, im Zentrum von Australien bei brütender Hitze gearbeitet. Kürbisse pflücken bestand von Sonnenaufgang bis Sonnenuntergang nur aus bücken, Kürbis abknipsen, Kürbis zum Pickup Truck werfen, wo er gefangen und auf die Ladefläche gelegt wurde. Die Arbeit war anstrengend und eintönig, brachte aber gutes Geld.*

Die Arbeit ist monoton und simpel und es wird kein Vorwissen benötigt, deshalb ist diese Sorte Arbeit unter Backpackern sehr verbreitet. Körperliche Fitness ist wichtig weil du den ganzen Tag dieselben Bewegungen machst und dabei deine Ernte herum trägst, die je nach Job schwer sein kann.

Maik: *Ich habe in Neuseeland Weintrauben, Kiwis und Äpfel geerntet. Die Arbeit war nicht wirklich erfüllend doch zusammen mit Freunden und Kollegen kann es auch sehr lustig werden. Rückblickend finde ich es auch cool solche Arbeiten in meinem Leben gemacht zu haben.*

***Markus:** Ich habe in Kanada Äpfel geerntet. Nach drei Tagen permanent der gleichen Handbewegung habe ich mir das Handgelenkt entzündet und musste den Job aufgeben.*

Tourismus Jobs

Die Jobs für den Tourismus sind je Saison unterschiedlich stark nachgefragt. In der Hochsaison sind mehr Besucher vor Ort und der Bedarf nach Mitarbeitern ist größer. Äußerst beliebt sind Jobs in Hotels zum Beispiel als Zimmermädchen (Housekeeper) und bei Reiseveranstaltern zum Beispiel Tour Guide und natürlich bei allem wo Touristen im Spiel sind.

***Maik:** Lustige Anekdote: Den Tag nach dem kanadischen Nationalfeiertag war ich morgens noch so derartig restalkoholisiert, dass ich meine Schuhe nicht finden konnte. Ich habe das ganze Haus abgesucht und schaute sogar auf der Straße nach. Da ich zu dem Zeitpunkt nur ein Paar besaß, überlegte ich mir schon wie ich auf der Arbeit rechtfertigen konnte, barfuß im Hotelservice zu arbeiten. Schließlich fand ich die Schuhe direkt unter meinem Bett. Ich kam am Ende nur 10 Minuten zu spät zur Arbeit. Die Moral von der Geschichte? Habt immer ein zweites Paar Schuhe bereit wenn ihr am Abend vor der Arbeit trinkt!*

Gastronomie Jobs

In der Gastronomie wird regelmäßig Hilfe benötigt. Besonders zur Sommer- und Ferienzeit kommen mehr Touristen und es gibt viele Jobangebote. Du kannst in Cafés, Restaurants, Kneipen oder Bars Arbeit finden. Die Jobmöglichkeiten sind, abhängig von deiner Vorerfahrungen, umfangreich. Du kannst beispielsweise als Kellner, Barkeeper, Tellerwäscher oder Koch dein Reisegeld verdienen.

Markus: *Ich habe in Australien erst in der Küche, dann als Kellner gearbeitet. Es ist tatsächlich schwierig Bestellungen aufzunehmen, wenn Australier zum einen sehr schnell reden und zum anderen Ausdrücke verwenden die man noch nie gehört hat. Es kam einige Male vor dass ich mir erklären lassen musste was gemeint ist wenn der Kunde ein sanger (Sandwich) oder dog's eye (Meat Pie) bestellt.*

Arbeit mit Fachkenntnis

Je nachdem, ob du bereits eine Ausbildung abgeschlossen hast, kannst du auch versuchen in deinem Fachbereich zu arbeiten. In dem Fall wäre dein Gehalt besser, da du einen professionellen Job ausübst. Du sammelst hilfreiche Erfahrungen im Ausland, was sich auf deinem Lebenslauf gut macht.

Wie finde ich einen Job?

Du musst bei der Suche nach Arbeit selber aktiv werden. Niemand wird dir einfach so einen Job anbieten. Gelegenheiten gibt es viele und wenn du nicht locker lässt sind wir absolut sicher, dass du in kürzester Zeit eine Beschäftigung findest und Geld ansparen kannst.

Wir präsentieren dir nachfolgend ein paar Möglichkeiten, die für uns gut funktioniert haben. Am besten nutzt du möglichst viele Wege gleichzeitig. Je mehr Leute du kontaktierst, desto mehr Möglichkeiten eröffnen sich und mit etwas Glück kannst du dir am Ende den besten Job aussuchen. Auf keinen Fall darfst du locker lassen oder dich durch Absagen unterkriegen lassen.

Schwarze Bretter in Hostels und Geschäften

In Hostels gibt es sehr oft ein schwarzes Brett mit verschiedenen Jobangeboten aus der Region. Schau hier regelmäßig nach. Du kannst auch an der Rezeption nach einem Tipp fragen. Vielleicht ist ja sogar in genau deinem Hostel gerade einen Job zu vergeben.

Facebook Gruppen

Jobangebote werden manchmal in Work & Travel Facebook-Gruppen gepostet. Vielleicht eröffnen sich so Möglichkeiten für dich. Du kannst auch selbst in den Gruppen nachfragen, ob jemand zufälligerweise einen Tipp für dich hat. Die Erfolgschancen dafür stehen recht gut.

Maik: *Ich habe über einige Facebook-Gruppen eine gute Orientierung bekommen, wo aktuell viele Jobs zu vergeben sind. Entsprechend habe ich manchmal meine Reisepläne den Saisonarbeiten und jobreichen Regionen angepasst.*

Persönlich vorbeigehen und nachfragen

Diese Art einen Job zu finden ist in Deutschland nicht üblich, in deinem Reiseland aber schon. Auch wenn in den Schaufenstern keine Gesucht-Schilder aushängen, kannst du im Laden direkt freundlich nachfragen, ob zufälligerweise gerade jemand gesucht wird.

Markus: *Ich habe in Banff, Kanada die Hotels abgeklappert und überall nach Jobs gefragt und meinen Lebenslauf abgegeben. Bis ich zum Gespräch eingeladen wurde vergingen nur ein paar Stunden und mir wurde noch am gleichen Tag ein Job angeboten.*

Bei solchen Gelegenheiten solltet du deinen Lebenslauf mit Kontaktdaten immer dabei haben. Du solltest ihn einem

Mitarbeiter geben und bestenfalls wird er zum Chef durchgereicht, der dich vielleicht kontaktiert und ein Vorstellungsgespräch vereinbart. Probiere dies in Restaurants, Bars, Hotels, Tankstellen und Geschäften.

In deinem Hostel kannst du fragen, ob du für deine Unterkunft arbeiten kannst, statt zu bezahlen. So verdienst du zwar nichts, du gibst aber weniger aus. Dies ist eine gängige Praxis im Ausland.

Maik: *In den Rocky Mountains habe ich einen Job als Housekeeper bekommen indem ich in rund zehn Hotels gegangen bin und an der Rezeption meinen Lebenslauf abgegeben habe. Nirgendwo hing ein Schild, dass derzeit eine Stelle zu vergeben ist. Nach kurzer Zeit meldete sich mein zukünftiger Supervisor telefonisch, lud mich zum Kennenlernen ein und gab mir sofort den Job.*

Beziehungen und Kontakte

Wie auch in deiner Heimat sind Beziehungen sehr wichtig. Halte Kontakt zu Reisenden, die du kennen gelernt hast und erkundige dich, wo sie arbeiten. Über sie kannst du Telefonnummern von Arbeitgebern bekommen. Bestenfalls empfehlen dich deine Bekannten und Freunde beim Chef und du erhältst einen einfachen Zugang zu dem Job. Außerdem kannst du deine Freunde wieder treffen und mit ihnen zusammen arbeiten gehen.

Markus: *Ich blieb mit Freunden, die ich auf einer Farm getroffen habe, in Kontakt. Während ich reiste arbeiteten sie auf einer anderen Farm und pflückten Weintrauben. Wir hatten die Idee für ein paar Tage zu tauschen. Ich arbeite ein paar Tage und sie fuhren ans Meer. Schon war der nächste Job und ein paar hundert Dollar gesichert.*

Agenturen und Jobcenter

Probiere dein Glück bei einem Jobcenter oder einer Agentur. Zwar wird es sehr viele Leute geben, die ebenfalls hier ihr Glück versuchen, trotzdem solltest du diese Möglichkeit nutzen und dich anmelden. Wenn ein Job frei wird, der zu deinem Profil passt, wird man dich kontaktieren und dir die Möglichkeit geben dich vorzustellen. Auch andere Behörden und Einrichtungen können Anlaufstellen sein. So kannst du dich bei der Ankunft an einem Ort auch im Besucherzentrum informieren, ob sie ein schwarzes Brett oder einen lokalen Tipp haben wo du fündig werden kannst.

Markus: *Ich war in Katherine, Australien im kleinen Jobcenter in der Innenstadt. Ich habe das Job Seeker Papier ausgefüllt und abgegeben und meine Kontaktdetails hinterlassen. Ich wurde ein paar Stunden später kontaktiert und mir wurde ein dreitägiger Job auf der RAAF Base Tindal (Flugplatz) angeboten: Kängurus zählen. Den Job habe ich natürlich angenommen!*

Suche in lokalen Zeitungen

Im Jobteil einer regionalen Tageszeitung findest du aktuelle Ausschreibungen auf die du dich umgehend bewerben kannst. Am schnellsten nimmst du telefonisch Kontakt auf und fragst nach einem Ansprechpartner an den du deine Unterlagen schicken kannst. Wenn die Stelle in der Nähe ist kannst du auch vorschlagen, dass du sofort vorbei kommst und dich persönlich vorstellst.

Online suchen

Suche auf Onlinebörsen nach Jobs. Grenze deine Suche auf Saisonarbeit (Seasonal) und Gelegenheitsarbeit (Casual) ein, um vorübergehend Arbeit zu finden für die du keine Vorkenntnisse brauchst.

Markus: *Die Suche nach Jobs in Skigebieten in Kanada läuft fast komplett online ab. Alle Resorts schreiben ihre Stellen auf ihrer Website aus und man bewirbt sich entweder per E-Mail oder über ein spezielles Bewerberportal.*

Alternativ solltest du die Website von deinem potenziellen Arbeitgeber auch nach Stellenausschreibungen durchsuchen. Ob dies nun ein Hotel, ein Skigebiet oder ein Geschäft ist in dem du arbeiten willst: oft genug werden die Stellen auf der eigenen Website ausgeschrieben. Du solltest deine Unterlagen immer bereit halten, so dass du sie jederzeit per E-Mail versenden kannst.

Quellen für Australien:

Plattform für jegliche Anzeigen, einschließlich Jobangebote:

🔗 www.gumtree.com.au

Jobboards, die sich speziell an Backpacker richten:

🔗 www.jobs4travellers.com.au

🔗 www.backpackerjobboard.com.au

Durch die Regierung angebotene Jobsuche:

🔗 www.jobsearch.gov.au

Quellen für Kanada:

Plattformen für jegliche Anzeigen, einschließlich Jobangebote:

🔗 www.kijiji.ca

🔗 www.craigslist.ca

Jobseite mit Angeboten aus dem ganzen Land:

🔗 www.ca.indeed.com

Durch die Regierung angebotene Jobsuche:

🔗 www.jobbank.gc.ca

Quellen für Neuseeland:

Pick NZ ist die beste Quelle, um heraus zu finden zu welcher Jahreszeit wo Erntehelfer gebraucht werden und was aktuell geerntet wird:

🔗 www.picknz.co.nz

Plattformen für jegliche Anzeigen, einschließlich Jobangebote:

🔗 www.trademe.co.nz

🔗 www.backpackerboard.co.nz

BBH ist ein Zusammenschluss von Hostels. Unter "Notice Boards" findest du aktuelle Gesuche:

🔗 www.bbh.co.nz

Wenn du professionelle Jobs suchst, helfen dir diese Seiten:

🔗 www.seek.co.nz

🔗 www.tradestaff.co.nz

Saisonale Jobangebote gibt es auf:

🔗 www.seasonaljobs.co.nz

Auf Glück vertrauen

Wenn du dich auf Jobsuche befindest, sei offen und neugierig, denn oft gelangt man in Situationen die einem helfen können eine Beschäftigung zu finden. Sprich mit Einheimischen und anderen Reisenden und erzähle von dir und deinen Plänen.

Markus: *Ich schlug neben einem Spielplatz mein Lager auf. Es gab dort, wie für Australien üblich, einen BBQ auf dem ich gerade mein Essen gekocht habe. Eine Familie mit Kindern kam vorbei und wir kamen ins Gespräch. Letztlich waren sie Farmer und boten mir einen Job als Rock Picker an. Steine müssen eingesammelt werden, weil die Saatmaschine das Feld durchpflügt und größere Felsen an die Oberfläche befördert. Diese würden die Erntemaschine ruinieren und müssen deshalb vom Feld gesammelt werden. Der Job brachte jeden Tag 150$ ein.*

Working Hostels

Es gibt Hostels, die dir versprechen mit Farmen in Verbindung zu stehen und dir schnell Arbeit zu vermitteln. Sie sind in Australien und Neuseeland verbreitet, in Kanada jedoch nicht.

Von Working Hostels in Australien kursieren Geschichten in denen Backpacker im wesentlichen ausgebeutet werden. Die Hintergründe sind folgende: Um vermittelt zu werden musst du im Hostel wohnen, das Hostel verdient also an dir. Gleichzeitig ist dir ein Job jedoch nicht garantiert. Während du also auf deinen potenziell unterbezahlten Job mit möglicherweise schlechten Bedingungen wartest, leert sich dein Konto. Wenn du in einem sehr gut besuchten Gebiet unterwegs bist und das Hostel komplett ausgebucht ist, solltest du dir gut überlegen wie die Chancen stehen schnell einen Job vermittelt zu bekommen. Dass dein Lohn deine laufenden Kosten nicht deckt kann ebenfalls passieren. Informiere dich deshalb vor Anreise ganz genau über dein gewähltes Hostel. Verlasse dich nicht auf andere sondern handle wenn dir etwas seltsam vorkommt und reise notfalls ab.

Hinweis: *Lass dich nicht von freundlichem Auftreten blenden sondern sei informiert. Unbezahlte Probearbeiten oder seltsame Angebote lehnst du grundsätzlich ab! Auch wenn man dir sagt, dass du in 4 bis 6 Wochen Arbeit bekommen wirst, in der Zwischenzeit trotzdem bleiben kannst, ist das verdächtig. Sprich mit anderen Backpackern im Hostel über die Zustände!*

Auf Reisebine findest du viele Bewertungen von Hostels. Lies sie dir vor deiner Anreise genau durch:

- super-bibel.de/au-ghd

***Tipp**: Neben den schwarzen Schafen gibt es viele gute Hostels in denen eine familiäre Atmosphäre herrscht. Machst du vor der Anreise deine Hausaufgaben, sollte einer guten Zeit also nichts im Weg stehen. Bevor du aber die Reise zu einem Working Hostel auf dich nimmst musst du auf jeden Fall in Erfahrung bringen, ob aktuell überhaupt Bedarf besteht. Informiere dich auf der Website des Hostels oder rufe dort an.*

Erntehelfer Jobs in Australien

Das Harvest Guide Buch enthält sehr genaue Aufstellungen zu welcher Jahreszeit wo welche Früchte geerntet werden. Neben Telefonnummern jeder lokalen Auskunft sind sogar mögliche Unterkünfte und Touristenattraktionen im Buch enthalten. Du kannst bei einer Tourist Information nach dem blauen Buch fragen oder dir eine digitale Version besorgen:

🔗 www.jobsearch.gov.au/harvest

***Tipp**: Wir haben die Erfahrung gemacht, dass Gebiete in denen Saison ist, förmlich von Backpackern überrannt werden. Es lohnt sich deshalb nicht der Erntezeit hinterher zu reisen. Stattdessen ist es eine gute Idee zuerst in deiner Gegend möglichst viele Farmen direkt zu kontaktieren bevor du extra weiter reist. Du hast außerdem oft in abgelegeneren Gebieten bessere Chancen einen Job mit besserer Bezahlung zu finden.*

Bewerbungen schreiben

Bewerbungen in Australien, Kanada und Neuseeland sehen anders aus als in Deutschland. In diesem Kapitel geben wir dir Tipps, wie du deine Unterlagen gestalten solltest und wie du einen Job finden kannst.

***Tipp**: Du sparst übrigens viel Zeit, wenn du deine Bewerbungsunterlagen schon zu Hause vorbereitest und in digitaler Form mitbringst oder in der Cloud lagerst.*

Um dich zu bewerben benötigst du einen Lebenslauf. Abhängig vom Job solltest du ihn in angemessenem Detail gestalten. Das Résumé ist eine kurze Zusammenfassung deines Lebenswegs und füllt nur eine Seite. Willst du deinen Lebenslauf hingegen sehr detailliert mit all deinen Fähigkeiten auf mehreren Seiten darstellen, dann fertigst du ein Curriculum Vitae (CV) an.

Für manche Ausschreibungen brauchst du ein Anschreiben. Das Anschreiben ist deine erste Vorstellung gegenüber dem Arbeitgeber. Es sollte aussagen, weshalb du ihn kontaktierst, warum du für den Job geeignet bist und welche Fähigkeiten du mitbringst. Sollte der Arbeitgeber Arbeitszeugnisse oder Zertifikate aus Deutschland sehen wollen, steht dies in der Ausschreibung. Deine Unterlagen reichst du normalerweise per E-Mail an. Schickst du deine Unterlagen per Post, dann wirst du sie normalerweise nicht zurück bekommen.

Bewirbst du dich bei einer Firma, dann kannst du sie kontaktieren, um herauszufinden, wer dein Ansprechpartner ist. Damit hinterlässt du einen ersten Eindruck und kannst deine Unterlagen direkt an den zuständigen Personalverantwortlichen senden.

***Tipp**: Treibe bei der Bewerbung einen dem Job angemessenen Aufwand. Wenn du persönlich bei einer Farm nach Arbeit fragst benötigst du kein Anschreiben oder Lebenslauf. Fragst du beispielsweise nach einem Aushilfsjob in einem Hotel, ist es hilfreich deinen ausgedrucktes Résumé an der Rezeption zu hinterlassen. Bewirbst du dich hingegen auf eine professionelle Stelle, ist ein gutes Curriculum Vitae mit vernünftigem Anschreiben wichtig.*

Deine Bewerbungsunterlagen verfasst du nicht handschriftlich und sie sollten keine Rechtschreib- oder Grammatikfehler enthalten!

Am Ende des Kapitels geben wir dir Beispiele zu Résumé und Anschreiben.

Das Anschreiben

Du benötigst ein Anschreiben (Cover Letter) nur für Bewerbungen per Brief oder E-Mail. Gehst du persönlich beim Arbeitgeber vorbei reicht üblicherweise der Lebenslauf.

Du solltest dich auf eine Seite beschränken. Kurz, selbstbewusst aber nicht überheblich willst du auftreten. Erkläre warum du dich bei genau diesem Unternehmen bewirbst und erzähl kurz, was du aktuell tust. Beschränke dich nicht darauf zu sagen, dass du lediglich Auslandserfahrungen sammeln möchtest. Aus dem Anschreiben sollte klar werden, dass du für den Job geeignet bist.

Strukturiere dein Anschreiben in drei Abschnitte:

Im ersten Abschnitt klärst du, auf welche Stelle du dich bewirbst. Wie bist du auf sie gestoßen, was weisst du über die Firma und warum möchtest du in dieser Position arbeiten? Es ist wichtig zu zeigen, dass du dich bereits über die Stelle informiert hast und keinen unpersönlichen Serienbrief verschickst.

Im zweiten Abschnitt gehst du auf deine Person ein. Hier solltest du dich so beschreiben, dass du bestens auf die Stelle passt. Wähle deshalb genau die Fähigkeiten, Stärken und

Interessen aus deinem Lebenslauf, die für die Stelle relevant sind. Du möchtest dem Leser suggerieren, dass du für die Stelle perfekt bist und wertvolle Arbeit leisten wirst.

Im dritten Abschnitt besprichst du bereits die nächsten Schritte. Da deine entscheidenden Fähigkeiten nun genannt sind, passt du perfekt auf die Stelle. Du freust dich deshalb auf ein persönliches Gespräch, um weitere Schritte zu besprechen. Du solltest in dem Abschnitt außerdem unterbringen was du aktuell machst und wann du die Stelle antreten kannst. Hast du besondere Wünsche, z.B. in Frühschicht, Spätschicht oder nur an bestimmten Tagen zu arbeiten, ist hier der richtige Platz die mitzuteilen. Vergiss nicht dich für die Zeit deines Lesers zu bedanken.

Wir fassen nochmal kurz zusammen: Wer das Anschreiben liest sollte sehen, dass du Wissen über die Firma hast, dass deine Fähigkeiten und Interessen zum Job passen und, ob du spezielle Vorstellungen oder Wünsche hast. Wenn du zum Beispiel nur halbtags arbeiten kannst, die Stelle aber Vollzeit besetzt werden muss, solltest du deinem Ansprechpartner diese Information vorher geben. Dann kann er entscheiden, ob es sich lohnt der Bewerbung weiter nachzugehen.

Der Lebenslauf

Du konzentrierst dich auf die Stelle die du haben möchtest und zeigst möglichst knapp, dass du auf den Job passt. Foto, Alter und Geschlecht anzugeben ist Tabu, da man dich aufgrund dieser Daten diskriminieren könnte. Hast du beispielsweise eine gut sichtbare Tätowierung, so musst du dir deswegen keine Sorgen machen nicht zu einem Gespräch eingeladen zu werden.

Der Aufbau deines Lebenslaufs erfolgt chronologisch von aktuellen zu älteren Erfahrungen. Wenn du bisher kaum gearbeitet hast, kannst du zusätzlich private Aktivitäten auflisten. Folgende Informationen sollten in deinem Lebenslauf enthalten sein:

- Anschrift und Kontaktdaten bilden den Kopf des Dokuments.
- Bisherige Berufstätigkeit (professional history)
- Abgeschlossene Ausbildung und Praktika (education)
- Außerberufliches Engagement (activities)
- Besondere (Sprach-) Kenntnisse (skills)
- Persönliche Interessen (interests)

***Hinweis**: Gibst du deinen Lebenslauf ohne Anschreiben ab, so ist es üblich als Einleitung einen kurzen Fließtext mit deiner Motivation zu schreiben.*

Orientiere dich außerdem an diesen Punkten:

- Verschwende keinen Platz in deinem Dokument. Bringe deine Informationen kurz auf den Punkt. Mach das Dokument mit einer gut lesbaren Schrift in angenehmer Größe klar lesbar.
- Übersetze Schulabschlüsse und Ausbildungen ins Englische. Weiter unten haben wir die Übersetzungen vorbereitet.
- Schneide den Lebenslauf auf deinen Job zu. Auch persönliche Interessen und Fähigkeiten solltest du unterbringen, wenn sie für den Job relevant sind.

- Es ist außerdem üblich, Referenzen anzugeben die dein neuer Arbeitgeber anrufen und sich dort über dich informieren kann. Dabei kannst du allerdings neben vergangenen Arbeitgebern auch private Kontakte angeben. Überlege dir drei Personen die du als Referenzen für dich angeben möchtest und stelle als Kontaktwege Telefonnummern und E-Mailadressen zu Verfügung. Für simple Gelegenheitsjobs brauchst du häufig keinen Lebenslauf und falls doch ist es sehr unwahrscheinlich, dass deine Referenzen kontaktiert werden. Dies könnte hingegen bei anspruchsvolleren Jobs durchaus passieren.

Auf den folgenden Seiten findest du Orientierungshilfen für ein Anschreiben, sowie den Lebenslauf. Du kannst die Dokumente auch online einsehen:

super-bibel.de/bewerbung

Orientierungshilfe für dein Anschreiben

Marcus Frey

306 Rue Drummond
Montreal, QC H1D 1H5
Phone: 555-1234-5678
E-Mail: mf@mail.com

Eileen Schneider
COMPANY LDT.
52 Rue du Fort
Montreal, QC E2B 4H2

April 20th, 2020

Application for a position as Game Tester

Wenn bekannt, z.B. : Dear Eileen Schneider,
Wenn unbekannt: To whom this may concern,

Um welchen Job, welche Position geht es? Wo hast du von der Ausschreibung gehört? Warum interessierst du dich dafür?

Wie kannst du der Firma helfen? Was leistest du hilfreiches? Stelle deine für den Job relevanten Leistungen heraus. Schneidere Punkte aus deinem Lebenslauf auf die Stelle zu.

Besprich, wie es nun weiter gehen soll. Das könnte so aussehen:
Thank you for taking the time to review my résumé. I'm looking forward to speaking with you soon about how I can contribute to your positive and exciting business. Since I am travelling right now I would love to receive your response via email at mf@mail.com to set up an appointment for a telephone interview as fast as possible.

Yours sincerely,
Marcus Frey

Orientierungshilfe für deinen Lebenslauf

Résumé

Marcus Frey
306 Rue Drummond
Montreal, QC H1D 1H5
Phone: 555-1234-5678
E-Mail: mf@mail.com

Objective (Einleitung & angestrebte Jobposition)
I am currently seeking a part/full time employment where I can put my skills to profitable use while developing professionally and personally. I am interested in a position as … and I am available from …

Employment History
- Zeitraum (Monat, Jahr), Firma, Jobtitel, Tätigkeitsbeschreibung
- 06/2020 WWOOFing, feeding animals, farm work in Canada
- 12/2019 Melon picking, farm work in Australia
- Nächster, zeitlich weiter zurück liegender Job, usw.

Education History
- Zeitraum (Monat, Jahr), Institut, Stadt, Land, Thema und ggf. Note
- Nächste, zeitlich weiter zurückliegende Station, usw.

Skills/Activities/Interests
- Friendly, professional and reliable worker
- Languages: German (native speaker), English (fluent)
- Drivers License: A, B, C1, B1, C1E
- Hiking: Love to hike, either with friends or alone
- Weiteres, persönliche Interessen und Fähigkeiten

References
- Name, company, position, phone number, E-Mail
- Weitere Kontakte

Englische Begriffe

Du musst deine Ausbildungsschritte ins Englische übersetzen. Die wichtigsten Begriffe sind:

- **Grundschule**
  elementary school
  primary school
- **Realschule**
  middle school
- **Gesamtschule**
  comprehensive school
- **Hauptschule**
  main school
- **Abitur**
  high-school diploma
  university-entrance diploma
  higher education entrance qualification
- **Berufsausbildung**
  apprenticeship
- **Studium**
  studies
- **Praktikum**
  internship
- **Meister**
  higher professional education

Arbeitsverhältnis und Gehalt

Neben der Erfahrung arbeitest du sicher hauptsächlich für dein Gehalt. Kläre, bevor du deinen Job antrittst, wann du bezahlt wirst und was du verdienst. Schließe einen Arbeitsvertrag, bevor du mit der Arbeit anfängst und kläre wie viele Stunden du am Tag arbeitest. Achte darauf, dass dein Stundenlohn nicht den Mindestlohn unterschreitet.

Es gibt zwei Arten der Bezahlung. Zum einen kannst du nach festem Stundensatz bezahlt werden. Entsprechend deiner gearbeiteten Zeit wirst du also vergütet. Zum anderen kannst du nach Leistung bezahlt werden (z.B. bekommst du pro Kilo gepflückter Äpfel 0,40$).

Beide Entlohnungsarten haben Vor- und Nachteile. Wirst du nach Leistung bezahlt und bist sehr schnell, dann kannst du mehr verdienen. Das setzt aber wirklich schnelle und anstrengende Arbeit voraus. Wenn du einen neuen Job lernst wirst du zunächst leistungsbasiert weniger verdienen als mit einem festen Stundensatz. Ein fairer Arbeitgeber wird dir zumindest immer den Mindestlohn zahlen, das ist aber nicht selbstverständlich.

***Tipp**: Lass dich in einem neuen Job nicht nach Leistung bezahlen.*

***Maik:** Ich habe auf der Südinsel Neuseelands Weintrauben gepflückt. Ursprünglich sollten wir nach Leistung bezahlt werden. In einem Bericht haben wir dann gesehen, dass wir demnach nur 8 NZD per Stunde verdient hätten. Glücklicherweise wurde auf den Mindestlohn aufgerundet. Ich habe aber auch von Leuten gehört, die nur die erarbeitete Summe ausgezahlt bekommen haben.*

Dein Gehalt wird in der Regel immer auf dein inländisches Bankkonto überwiesen. Dieses hast du ja bei Ankunft bereits eröffnet, oder? Leider kann es immer wieder zu Problemen mit der Bezahlung kommen. Wenn ein Arbeitgeber wegen irgendwelchen Ausreden nicht zahlen kann, solltest du dir ernsthafte Gedanken machen, die Arbeit zu beenden und weiter zu ziehen. Es kommt manchmal vor, dass Backpacker hingehalten und nie ausgezahlt werden. Sie sind in in der schwächeren Position und können sich nachträglich nicht wehren.

Behalte die Übersicht über deine geleisteten Stunden und achte darauf, dass dein Arbeitgeber dich korrekt bezahlt. Essen und Unterkunft sind kein Gehalt und dein Arbeitgeber hat nicht das Recht dir dies alternativ zu Geld anzubieten. Erkenne rechtzeitig ob etwas faul ist und brich notfalls die Arbeit ab!

Tipp: *Informiere dich bei Probearbeit im Voraus, wie viel du arbeiten musst, bevor du bezahlt wirst. Mehrere Tage oder Wochen unbezahlte Probearbeit sind nicht akzeptabel.*

Markus*: Ein Farmer im Zentrum Australiens, in der Nähe von Ti Tree, hat uns ein paar Wochen hingehalten und nicht gezahlt. Letztlich bekamen wir nur einen Bruchteil unseres Gehalts ausgezahlt, manche Kollegen bekamen gar nichts. Wenn man von dem Geld abhängt, kann das existenzbedrohend sein. Also lieber skeptisch bleiben, wenn es Probleme mit dem Gehalt gibt. Mach nicht den Fehler den wir gemacht haben, dem Arbeitgeber zu vertrauen. Seriöse Arbeitgeber zahlen rechtzeitig und ohne Ausreden!*

Glücklicherweise gibt es in allen drei Ländern gesetzlich festgelegte Mindestlöhne. Bedenke, dass die Umrechnung in Euro irrelevant ist und du den Lohn nicht mit einem Lohn in

Deutschland vergleichen solltest. Wichtig ist was du dir letztlich in dem Land in dem du arbeitest von deinem Verdienst leisten kannst. Deckt dein Gehalt deine laufenden Kosten? Kannst du dir Unterkunft und Verpflegung leisten und ist noch etwas für deine Reise über? In dem Fall bist du gut aufgestellt. Deckt dein Lohn deine laufenden Kosten nicht, musst du dir ernsthaft Gedanken machen weshalb du diesen Job machst!

Mindestlohn und Gehaltsgrenzen

Um dir einen Richtwert für Gehälter zu geben, findest du im folgenden die aktuellen (während das Buch geschrieben wurde) Mindestlöhne pro Stunde. Die Angaben werden fast jährlich von den Regierungen angepasst.

***Tipp**: Hast du zum Beispiel geplant nach Neuseeland und Australien zu reisen, so kannst du dein Reisegeld wegen den höheren Löhnen besser in Australien erwirtschaften und in Neuseeland hauptsächlich reisen.*

Löhne Australien 18,93 AUD pro Stunde für Personen ab 21 Jahren. Wer jünger ist, dem stehen hiervon nur 2/3 zu.

Löhne Neuseeland 14,16 NZD kannst du als Anfänger erwarten. Nach 6 Monaten erhöht sich der Mindestlohn auf 17,70 NZD.

Löhne Kanada In Kanada gibt es je nach Provinz unterschiedliche Gehälter. Die Stundenlöhne schwanken zwischen 11,05 CAD in Saskatchewan und 15 CAD in Alberta.

Kündigung einreichen

Möchtest du dein Arbeitsverhältnis beenden, dann solltest du deinem Arbeitgeber dies rechtzeitig mitteilen. Backpacker die nur Gelegenheitsarbeiten (casual work) machen, können fristlos gekündigt werden und auch selber fristlos kündigen. Arbeitest du auf dem Feld könnten ein oder mehrere Arbeitstage schlichtweg wegen schlechtem Wetter ausfallen. Andererseits kannst du auch jeder Zeit entscheiden die Arbeit aufzugeben und morgen weiter zu reisen. Wir finden, dass du hier fair sein und deinem Arbeitgeber auf jeden Fall ein paar Tage vorher Bescheid geben solltest, sodass er Ersatz für dich finden kann. Reisende, die von heute auf morgen einfach verschwinden hinterlassen ein schlechtes Bild und machen es für die nächste Generation Reisender schwierig Arbeit zu finden.

Markus: *Ich habe mich in Australien mit Franzosen unterhalten die größte Probleme hatten einen Job zu finden. Bei ihren Telefonaten hat der Arbeitgeber oft genug mitten im Satz sofort aufgelegt, als er erfahren hat, dass er mit Franzosen spricht. Deutsche sind zum Glück meist gern gesehen, da sie als zuverlässig und hart arbeitend gelten! Es wäre schön, wenn das auch so bleibt.*

Bei längerfristigen Jobs wird aus deinem Arbeitsvertrag eine Kündigungsfrist hervorgehen. Üblicherweise musst du zwei Wochen im voraus deine Kündigung einreichen. In einem vernünftigen Gespräch mit deinem Arbeitgeber kannst du vor deinem letzten Arbeitstag noch ein paar Dinge klären. Darfst du zum Beispiel nach deiner Anstellung noch ein paar Tage in der Mitarbeiter Unterkunft wohnen? Bekommst du einen Bonus ausgezahlt oder erhältst du eine Kaution zurück?

***Tipp**: Wenn du ein gutes Verhältnis wahrst, kann dein Arbeitgeber auch eine Referenz für deinen nächsten Job sein. Je nach Beschäftigung hilft dir das im Ausland oder in Deutschland bei deiner nächsten Anstellung.*

Bedanke dich für die gute Zusammenarbeit und gesammelten Erfahrungen und packe deine Sachen. Weiter gehts!

Transportmittel

Welches Transportmittel du wählst bestimmt deine Erlebnisse auf Reisen. Je nach Anspruch und Budget gibt es immer eine passende Möglichkeit an dein Ziel zu kommen. Im Folgenden konzentrieren wir uns auf den Transport über Land. Für Flugbuchungen beachte die Hinweise im Kapitel "Günstige Flüge finden".

Busreisen

Fernbusse sind eine günstigste Möglichkeit das Land zu bereisen. Du wirst jede größere Stadt mit einem Fernbus erreichen können. Innerhalb der Städte steht dir der öffentliche Personennahverkehr (ÖPNV) zu Verfügung. Hierfür bekommst du die aktuellsten Informationen online oder bei einer Tourist Information. Wir gehen daher nur auf Fernbusse ein.

Busse in Australien

Das Busnetz in Australien ist sehr gut ausgebaut, allerdings sind Busreisen nicht unbedingt billiger als Flüge. Wegen der großen Distanzen kann eine Busfahrt sehr anstrengend sein,

dafür gibt es aber normalerweise Klimaanlage, Toilette und WiFi an Bord.

"Greyhound Australia" ist eines der größten Busunternehmen des Landes, wobei es in Western Australia keine Busse betreibt. Wenn du viel reisen willst sparst du mit einem Greyhound Travel Pass gutes Geld.

***Tipp**: Du hast die Möglichkeit ein "Hop-On Hop-Off Ticket" für eine feste Route zu nutzen mit dem du beliebig häufig stoppen kannst. Ein alternatives Angebot ist ein Whimit Pass, der dir für ein festes Zeitfenster unbegrenztes Reisen erlaubt. Bist du außerdem YHA Mitglied (Gehört zu Hostelling International) kannst du 10% des Preises einer Direktverbindung einsparen.*

Zwischen Perth und Broome kannst du bei "Integrity Coach Lines" einsteigen. Die Busse bedienen Western Australia und halten an allen wichtigen Sehenswürdigkeiten.

Um die Strecke von Adelaide nach Perth zu überwinden kannst du dir Tickets für den “Nullarbor Traveller” besorgen, wobei er nur Mehrtagestouren anbietet die nicht billig sind.

An der Ostküste ist “Premier Motor Service” ein sehr großer Konkurrent von Greyhound.

Busse in Kanada

Kanada ist sehr gut per Bus zu bereisen. Wie in Australien sind die Distanzen groß und zum Glück sind Toilette, Klimaanlage und häufig WiFi im Bus verfügbar.

“Greyhound Canada” ist der größte Busbetreiber im Land. Du bekommst gute Sparangebote, wenn du im Voraus buchst. Wenn du eine Hostelling International (HI) Mitgliedschaft besitzt, kannst du bei online Buchungen weitere 25% sparen.

In den großen Städten im Osten Kanadas ist "megabus” ein sehr günstiger Konkurrent zu Greyhound, der dich in die USA befördert. Mit “Maritime Bus” kannst du den Osten von New Brunswick bis Neufundland bereisen, da Greyhound hier nicht fährt.

Busse in Neuseeland

Das Busnetz in Neuseeland ist gut ausgebaut. “InterCity” ist der größte Betreiber von Fernbussen im Land.

Es ist auf jeden Fall sinnvoll im Voraus einen Platz zu reservieren, da die Tickets dann günstiger sind. Vor allem in den Ferien und auf beliebten Routen solltest du frühzeitig planen.

Intercity bietet dir einen FlexiPass, mit dem du über ein Stundenkontingent deine einzelnen Busfahrten bezahlen kannst. Das Ticket ist 12 Monate gültig.

Alternativ kannst du dir einen TravelPass für eine der vorgegebenen Routen besorgen. Manche dieser Pässe umfassen auch die Fährfahrt zwischen den Inseln, eine Zugfahrt oder Tagestouren. Du kannst die vorgegebene Route an jeder Haltestelle auf der Tour beginnen. Das Ticket ist 12 Monate gültig.

Für Transporte in kleinere Ortschaften oder an spezielle Orte wie den Startpunkt einer Wanderung stehen Shuttles zu Verfügung. Schau dir die umfangreiche Liste online an:

🔗 super-bibel.de/nz-bacs

Zuletzt ist noch der Interislander erwähnenswert. Dies ist die Fähre zwischen Süd- und Nordinsel. Je nach Buspass deckt dieser eventuell die Fähre mit ab. Ansonsten kannst du online dein Ticket buchen, wobei du in diesem Fall nichts sparst, wenn du länger im Voraus buchst.

🔗 super-bibel.de/nz-ii

Zugreisen

Per Bahn zu reisen ist eine schöne Möglichkeit abseits der Straßen unterwegs zu sein. Erwarte aber keine deutschen Verhältnisse was den Transport angeht. Nirgends deckt das Bahnnetz das Land so gut ab wie in Deutschland. Auch eine schnelle Verbindung wie jene mit dem ICE wirst du vergeblich suchen, gehe eher davon aus dass die meisten Züge dich mit gemächlichen 80km/h durch das Land transportieren. Aber das ist ja sicher in Ordnung für dich, du bist ja auf Reisen, nicht auf der Flucht. Im Folgenden stellen wir dir die bekanntesten Fernzüge vor.

Züge in Australien

In Australien gibt es vier entscheidende Zugverbindungen.

Der "Ghan" verbindet Adelaide mit Alice Springs und Darwin. Die gesamte Strecke von etwa 2980 km legt er dabei in 54 Stunden zurück, wobei in Alice Springs 4 Stunden Pause eingelegt werden.

Der "Indian Pacific" verbindet Sydney auf der Pazifikseite mit Perth, auf der Seite vom indischen Ozean. Die 4350 km legt der Zug in etwa 70 Stunden zurück und passiert dabei den Nullabor. Mit 478 km ist der Abschnitt durch den Nullabor das längste geradlinige Stück Eisenbahnstrecke der Welt.

Der "Overlander" verbindet Melbourne mit Adelaide und der "Great Southern" verbindet Adelaide mit Brisbane.

Planst du einen dieser Züge zu nehmen, dann sparst du eine Menge, wenn du im Voraus buchst. In diesem Fall lohnt es sich sehr, denn längere Verbindungen können durchaus mehrere tausend Dollar kosten, solltest du sie kurzfristig buchen wollen:

🔗 www.greatsouthernrail.com.au

Züge in Kanada

Die berühmteste Bahnstrecke Kanadas wird vom "The Canadian" befahren, der Toronto mit Vancouver verbindet und für die Strecke vier Tage braucht. "The Ocean" verbindet Halifax mit Montreal und die 1346 km legt der Zug in etwa 21 Stunden zurück. "The Skeena" verbindet Jasper mit Prince Rupert und die Strecke ist 1160 km lang. Der Zug schafft das in etwas mehr als 12 Stunden. "The Hudson Bay" verbindet Winnipeg mit Churchill und in etwa 40 Stunden fährt die Bahn die 1697 km. "The Corridor" verbindet Québec City, Montreal, Toronto und Windsor und zuletzt dient der "Chaleur" als Verbindung zwischen Montreal und Gaspé.

Auf der offiziellen Bahnseite kann du Preise vergleichen und Tickets buchen. Je früher du buchst, desto günstiger sind die Tickets:

🔗 www.viarail.ca/en

Hinweis*: In den Zügen hast du normalerweise Steckdosen am Sitz. WiFi ist nicht üblich.*

Maik*: Ich bin mit dem Zug von Toronto nach Vancouver gefahren. Die Reise hat ganze 4 Tage gedauert, 367,36$ gekostet und ich habe auf normalen Sitzen geschlafen. Es gibt auch Schlafabteile, die mir jedoch zu teuer waren. Die Reise war dennoch eine empfehlenswerte Erfahrung, da ich die Natur und das Land auf mich wirken lassen konnte und tolle Bekanntschaften gemacht habe. Während der Fahrt habe ich jemanden kennengelernt, durch den ich nach der Zugreise für 12 Tage kostenfrei auf Vancouver Island wohnen konnte.*

Züge in Neuseeland

Du wirst in Neuseeland vermutlich nicht oft mit der Bahn fahren. Lediglich um Auckland gibt es ein gut ausgebautes Schienennetz für den Nahverkehr. Der Rest des Landes wird nur teilweise mit wenigen Bahnen verbunden.

Die Fernzüge kann man an einer Hand abzählen. Der "Northern Explorer" verbindet Auckland mit Wellington und braucht für die Strecke etwa 11 Stunden. Der "Coastal Pacific" verbindet mit einer Fahrzeit von etwas über 5 Stunden Picton mit Christchurch. Zuletzt fährt der "Tranz Alpine" von Christchurch nach Greymouth, was er in rund 15 Stunden schafft.

Es gibt in den Zügen offene Aussichtsplattformen auf denen du die Natur ohne Fenster anschauen kannst. Denk an warme

Kleidung, besonders im Winter. Deine Kamera sollte auch geladen sein, ist sie das nicht, gibt es Steckdosen an jedem Sitz.

Fahrzeiten, Preise und die Möglichkeit zu buchen findest du hier:

🔗 www.greatjourneysofnz.co.nz

Mietwagen

Wenn du gerne die Flexibilität eines Autos hättest aber zu kurz in einem Land bist, oder zwischendurch auch per Flugzeug oder Fernzug reisen möchtest, kannst du ein Auto leihen. In Australien, Kanada und Neuseeland hast du die Möglichkeit nicht nur Autos, sondern auch Campervans oder Wohnwagen zu mieten. Vermieter gibt es in jedem Land zahlreich, du musst lediglich das für dich beste Angebot finden. Damit dein Trip ein Erfolg wird erzählen wir dir, was du beim Mieten außerdem beachten solltest.

Angebote online finden

Es gibt zahlreiche Vergleichsportale im Internet, auf denen du gute Angebote findest. Du solltest auch auf den Seiten der Anbieter direkt Preise vergleichen. Wir finden zum Beispiel die folgenden Seiten empfehlenswert:

- **www.billiger-mietwagen.de**
  Die Platform findet Leihwagen von vielen Anbietern weltweit, ist übersichtlich und bietet sehr guten Support per Telefon. Wir haben hier bereits mehrmals zufrieden gemietet.

- **www.rhinocarhire.com**
  ermöglicht dir eine weltweite Suche nach Leihwagen verschiedener Anbieter, genau wie billiger-mietwagen.

- **www.hippiecamper.com**
  bietet Campervans in Australien und Neuseeland an. Achte auf Angebote, manchmal kannst du Relocs für 1$ am Tag buchen oder die One Way Fee entfällt! Wir haben hier gute Erfahrungen gemacht.

***Tipp**: Eine Relocation ist das Rückführen eines Fahrzeugs an einen anderen Standort, damit dort weiterhin genügend Fahrzeuge vorhanden sind, um die Nachfrage zu bedienen. Du musst dich allerdings an bestimmte Bedingungen halten, zum Beispiel hast du nur wenig Zeit für die Überführung.*

***Hinweis**: Die One Way Fee fällt an, wenn du dein Auto woanders zurück gibst, als du es ausgeliehen hast.*

- **www.rentalcarvillage.com**
  Dieser Geheimtipp bietet sehr günstig Microcamper und Campervans in Neuseeland an. Die Fahrzeuge sind mit Geschirr, Matratzen, Campingkocher und allem fürs Camping nötige ausgestattet. Wir haben hier mehrmals zufrieden gemietet.

- **www.jucy.com.au**
  Bieten in Australien und Neuseeland Campervans an und haben gute Angebote.

- **www.wickedcampers.com**
  Wicked macht sich durch seine bemalten Vans einen Namen. Sie vermieten weltweit Vans und auch 4WD Fahrzeuge.

Für Campingfahrzeuge und Campervans gibt es noch weitere Anbieter. Du kannst für alle Länder Preise vergleichen auf:

🔗 www.campers.vroomvroomvroom.com

Achte bei deiner Reservierung auf eingeschlossene Services. Vor allem Versicherungen sind ein wichtiger Kostenpunkt. Stelle deshalb vor der Reservierung fest, in wie weit du versichert bist und was weitere Versicherungen dich kosten würden.

Bezahlung deines Fahrzeugs

Anhängig vom Anbieter bezahlst dein Auto entweder schon bei der Online-Buchung oder erst bei der Abholung. Für die Anmietung ist stets eine Geldkarte nötig, üblicherweise eine Kreditkarte. Wir empfehlen dir immer mehrere Kreditkarten dabei zu haben, falls mal etwas nicht funktioniert. Solltest du bei einer Karte Probleme mit dem Kreditlimit haben, kannst du immer noch eine andere Karte probieren.

Die Kaution für dein Fahrzeug wird für die Dauer der Anmietung und etwas darüber hinaus auf deiner Karte gesperrt. Du solltest daher einplanen ohne das Geld auszukommen.

***Maik**: Für eine Kurzreise nach Mallorca habe ich online einen Mietwagen reserviert. Der war zunächst irre günstig. Ich habe jedoch überlesen, dass bei der Anmietung 1500€ Kaution auf meiner Kreditkarte gesperrt werden! Ich hatte auf keiner meiner Karten einen derartig hohen Kreditrahmen. Zwangsläufig bin ich dann am Flughafen zum nächsten Anbieter gegangen. Hier hat der Wagen inklusive der Kaution nur 400€ gekostet!*

Versichere dein Auto

Wenn dein Mietwagen beschädigt wird und du nicht versichert bist, kommen Kosten auf dich zu. Bist du in einen Unfall mit möglichen Personenschäden verwickelt kann es sehr teuer werden. Mittels einer Versicherung beugst du dem Risiko eines finanziellen Ruins im Schadensfall vor. Daher ist es wichtig, dass du dich bei der Anmietung über die verschiedenen Versicherungen informierst.

Stelle sicher, dass deine Anmietung eine Haftpflichtversicherung einschließt. Ein Deckungsbetrag bis 1 Million gilt als ausreichend. Blechschäden sicherst du mit einer Vollkaskoversicherung ab. Sie deckt Schäden, die durch selbstverschuldetes Verhalten des Fahrers verursacht worden sind.

***Hinweis**: Vollkaskoversicherungen werden bei Anmietungen als CDW (Collision Damage Waiver) oder VDI (Vehicle Damage Insurance) bezeichnet.*

Es gibt weitere Zusätze, die du buchen kannst. Überlege wo du mit dem Mietwagen hinreisen willst und welche Risiken entstehen können. Bist du beispielsweise viel in der Wüste Australiens unterwegs, ist die Gefahr eines Steinschlags recht hoch. Fährst du viel in Großstädten herum, ist die Gefahr einer Kollision und Schrammen am Fahrzeug erhöht. Du bist auch für Schäden haftbar, die du nicht verursacht hast. Wenn jemand beispielsweise einen Einkaufswagen gegen deine Seitentür rammt und verschwindet, musst du für den Schaden aufkommen.

Bei der Anmietung kannst du eventuell entscheiden, wie hoch deine Selbstbeteiligung im Schadensfall sein soll. Liegt deine

Selbstbeteiligung zum Beispiel bei 250$ und jemand dellt deine Tür ein, dann wird dir vermutlich dein gesamter Anteil für die Reparatur abgezogen. Was über die Kaution hinaus geht, wird von der Versicherung getragen. Durch höhere Versicherungskosten kannst du eine Selbstbeteiligung reduzieren oder auch komplett ausschließen. Wäge deshalb ab, welche Risiken auf dich zukommen und wie viel du im Schadensfall bereit bist zu zahlen.

***Markus**: Ich war in einer verregneten Nacht im australischen Outback mit meinem Leihwagen unterwegs und entgegenkommende Trucks haben Dreck hochgeschleudert, der auf meine Windschutzscheibe geklatscht ist. Weil es über Kilometer keine Ausfahrten gab, musste ich auf dem Highway bleiben, obwohl ich schon mehrere Steinschläge kassiert habe und die Frontscheibe bereits gesprungen war. Glück im Unglück: Für die defekte Scheibe musste ich nicht mehr zahlen, als für eine Vollkasko Versicherung ohne Eigenanteil. Theoretisch hätte ich also auch die Versicherung abschließen können und wäre vollkommen sorgenfrei unterwegs gewesen.*

***Hinweis**: Beispielsweise kann es dir untersagt sein auf unbefestigten Straßen zu fahren, wenn deine Reifen nicht versichert sind. Informiere dich daher, ob du Zusatzversicherungen benötigst.*

Mietwagen-Versicherungen können übrigens auch von fremden Anbietern übernommen werden. Wenn du beispielsweise über Drittanbieter buchst, werden dir oft Versicherungen angeboten, die deine Kaution schützen. Hast du so eine zusätzliche Versicherung, wird der Vermieter im Schadensfall zwar deine Kaution ganz oder teilweise einbehalten, das Geld holst du dir von der Drittanbieter-Versicherung aber wieder zurück.

Mindestalter und Under Age Fee

Manche Agenturen vermieten erst ab einem bestimmten Alter des Fahrers. Dieses variiert je nach Land und Firma. Das Mindestalter kann zwischen 18 und 25 Jahren liegen. In dieser Altersspanne kann eine Jungfahrergebühr (Under Age Fee) zusätzlich zum Miet- und Versicherungspreis erhoben werden. Hintergrund ist, dass junge Fahrer weniger Erfahrung haben und daher statistisch gesehen mehr Unfälle verursachen. Da sich diese Kosten je nach Vermieter unterscheiden lohnt sich der Vergleich von mehreren Anbietern!

***Maik**: Die Under Age Fee ist je nach Mietwagenfirma unterschiedlich hoch. Ich habe Beträge zwischen 5$ und 30$ pro Tag erlebt. Bei einem zweiwöchigen Urlaub in den USA musste ich einmal insgesamt 378$ zusätzlich zahlen, da ich erst 19 Jahre jung war.*

Bist du über dem Mindestalter, musst du eventuell vorweisen können, dass du bereits eine bestimmte Zeit (z.B. ein Jahr) im Besitz des Führerscheins bist. Informiere dich hierüber bevor du mietest.

Tankregelung

Die allgemein übliche Regelung ist, dass du den Wagen mit vollem Tank erhältst und auch so wieder so zurück gibst. Du bezahlst damit nur, was du tatsächlich verfahren hast.

Es kann sein, dass dein Anbieter eine komplette Tankfüllung ebenfalls auf deiner Kreditkarte sperrt. Dieser Wert ist für eine Tankfüllung wesentlich zu hoch und wird einbehalten, falls du das Auto nicht voll zurück bringst. Denke deshalb auf jeden Fall daran vor Rückgabe das Auto nochmals voll zu tanken und behalte die Quittung, bis du alle Kosten erstattet bekommen hast.

***Hinweis**: Es gibt Mietwagenfirmen, die bei Anmietung eine erste Tankfüllung verkaufen. Das Fahrzeug könnte leer zurück geben werden. Das ist jedoch schwer zu planen. Es wird also für nicht verfahrenen Sprit gezahlt.*

Inklusive Kilometer

Günstige Angebote können eine begrenzte Anzahl Kilometer enthalten, die du fahren darfst. Überschreitest du diese Grenze, sind die Kosten für jeden zusätzlich gefahrenen Kilometer unverhältnismäßig hoch. Abhängig von deiner Reiseplanung ist ein Angebot mit mehr oder unbeschränkt vielen Kilometern für dich vielleicht besser.

One Way Fee

Wenn du dein Mietwagen an einer anderen Station zurück gibst, als wo du ihn ausgeliehen hast, kann eine zusätzliche Gebühr (One Way Fee) anfallen. Besonders bei weiten Strecken zwischen Start und Ziel ist die One Way Fee sehr hoch.

***Tipp**: Überlege dir, ob es günstiger ist das Auto am Ende der Reise in kurzer Zeit zur Ausleihstation zurück zu fahren oder die One Way Fee zu zahlen.*

Grenzüberquerungen

In Neuseeland und Australien wirst du wohl kaum das Land mit deinem Leihwagen verlassen können. In Kanada hingegen schon.

Zunächst musst du mit deinem Vermieter besprechen, ob es dir erlaubt ist mit dem Wagen in die USA zu fahren. Du hast dich ganz an die Regeln zu halten, da die Reise in ein anderes Land auch von der Versicherung gedeckt sein muss.

***Markus**: Ich habe in Dublin, Irland einen Wagen gemietet und dem Vermieter Bescheid gegeben, dass ich auch nach Nordirland fahren möchte. Er hat es vermerkt und damit war die Sache erledigt.*

Außerdem hast du dich natürlich an die Straßenverkehrsordnung aus dem anderen Land zu halten. Bei einer Reise in die USA musst du zum Beispiel in Meilen umdenken.

***Markus**: Ich habe nicht dran gedacht, dass die Geschwindigkeit in den USA in Meilen angegeben ist. Nach der Grenzüberquerung habe ich alle Schilder in Kilometer pro Stunde interpretiert und wurde von jedem Verkehrsteilnehmer überholt.*

***Hinweis**: In Kanada darfst du an roten Ampeln rechts abbiegen. Auch in den USA gibt es diese Regelung. Beachte jedoch, dass diese Regelung in einigen Provinzen oder Städte nicht gilt. Bist du dir unsicher, dann fahre nur bei grün und informiere dich bei nächster Gelegenheit. Wenn du vor einer roten Ampel hältst kannst du keinen Unfall bauen.*

Übernahme des Wagens

Bei der Übernahme wird man dir weitere Extras verkaufen wollen. Wie für Verkäufer üblich wird man dir gute Gründe nennen eine bessere Versicherung, ein Navigationsgerät, ein größeres Auto oder andere Extras zu buchen. Dieses Vorgehen ist normal und wir hoffen, dass du dich bereits im Voraus für den richtigen Versicherungsschutz entschieden hast.

***Markus**: Ich habe in England ein Auto gemietet, genau wie die Frau am Schalter neben mir. Ihr wurde ein größeres Auto angeboten, das sie auch gerne angenommen hat. Fünf Minuten später war sie zurück von der Inspektion des Autos. Der Grund: Das Auto war zu groß!*

Hast du den Schlüssel erhalten und kommst bei deinem Auto an, musst du es auf weitere Schäden untersuchen. In deinen Unterlagen findest du immer eine Seite mit einer schematischen Abbildung deines Autos. Hier sind alle Vorschäden eingezeichnet. Findest du zusätzliche Schäden musst du dies melden und nachtragen lassen. Ebenso muss der Kilometerstand und die Betankung in deinen und den Unterlagen des Vermieters vermerkt sein. Hast du Fragen zur Handhaben deines Autos ist jetzt die Zeit sie zu stellen.

Bevor es auf die Straße geht überlege kurz:

- Musst du Benzin oder Diesel tanken?

- Wo kannst du bei Fragen oder Notfällen anrufen?
- Was hast du bei einem Unfall zu tun?
- Auf welcher Straßenseite musst du fahren?

Rückgabe des Wagens

Musst du das Auto außerhalb der Öffnungszeiten abgeben, dann informiere dich ob das möglich ist. Normalerweise gibt es eine Box, in die du deinen Schlüssel außerhalb der Öffnungszeiten einwirfst. Denke daran das Auto voll zu tanken! Ein paar Tage nach der Rückgabe wird das auf deinem Konto gesperrte Geld wieder freigegeben.

Per Anhalter fahren (Trampen)

An die Straße stellen und den Daumen raus halten in der Hoffnung, dass jemand anhält und dich mit nimmt ist vielleicht nicht für jeden das richtige. Die Meinungen gehen bei diesem Thema auseinander, denn zum einen schwören Reisende auf die netten Leute von denen sie mitgenommen wurden, zum anderen ist es nicht so sicher.

***Maik**: Ich habe ein Mädchen kennen gelernt, das nach dem Hitchhiken auch noch bei ihrem Fahrer übernachten konnte. Anschließend hat er uns eingeladen, da er gehört hatte, dass wir in der Umgebung sind. Mir erschien das anfangs alles total komisch. Trotzdem sind wir hingefahren und konnten dann dort schlafen und wurden sogar noch zum essen eingeladen. Eine derartige Gastfreundschaft habe ich in meinem gesamten Leben noch nie erlebt!*

Abgesehen davon, dass Hitchhiking kostenlos ist, lernst du noch nette Leute kennen und es ergeben sich neue

Möglichkeiten. Vielleicht bist du nur eine Armlänge von dem besten Abenteuer deines Lebens entfernt.

***Markus**: Nach einer Kanutour auf dem Yukon mussten wir von Carmack nach Whitehorse zurück. Das geht am besten per Anhalter. Hier habe ich Luan und ihre Familie kennen gelernt. Luan hat mich eingeladen und ich durfte meine Freunde mitbringen. Letztlich habe ich sieben Leute mitgebracht, die alle mit offenen Armen empfangen wurden. Anderen Freunden habe ich Monate später noch den Facebook Kontakt von Luan gegeben, so konnten diese sie auch noch besuchen. Ich wurde auch auf Familienfeiern eingeladen und bin zu Feiern bei Freunden mitgegangen. Sogar den Hund habe ich Gassi geführt. Kurz gesagt ich wurde schnell in die Familie integriert und es war phantastisch!*

***Maik**: Luan und ihre Familie waren wirklich super nett. Dank ihr konnte ich mit Markus und zwei Freunden mehrere Tage in einem Ferienhaus der Familie an einem See wohnen.*

Denke zu jeder Zeit an deine Sicherheit. Du bist sicherer, wenn du nicht alleine trampst. Plane genügend Zeit ein, um ein Auto zu finden, dass dich mitnimmt und reise nicht nachts.

***Hinweis**: In manchen Teilen Kanadas ist Hitchhiking verboten. Der Highway 16 zwischen Prince George und Prince Rupert in Kanada hat sich sogar den Namen "Highway of Tears" verdient, da hier beinahe 20 Frauen verschwunden sind.*

Es kann passieren, dass du beim trampen längere Zeit herumstehst oder letztlich gar nicht mitgenommen wirst. Für den Fall solltest du einen Plan B haben.

Fahrrad fahren

Reist du per Rad, so lernst du das Land aus einem ganz anderen Winkel kennen. Es gibt sehr viele Reisende, die auf den Geschmack gekommen sind und ein Land mit der Fahrrad bereisen. Allerdings solltest du ein paar Punkte berücksichtigen.

Das Klima kann dir zusetzen. In Australien ist es die Hitze, in Kanada die Kälte mit der du zurecht kommen musst. Du musst auf jeden Fall auf Regenzeiten und extremes Wetter Rücksicht nehmen. Sonnenschutz, Hut und lange Kleidung sind sehr wichtig. Auch ein guter Regenschutz ist essenziell, wenn du an verregneten Tagen Kilometer machen willst.

Normalerweise besteht Helmpflicht und zu deiner eigenen Sicherheit empfehlen wir dir immer mit Helm zu reisen. Es kann sogar harte Strafen nach sich ziehen auf einen Helm zu verzichten.

Willst du längere Strecken überbrücken, musst du dich mit Wasser und Nahrungsmitteln ausrüsten. Überschätze deine Kondition nicht denn du willst nicht irgendwo in der Wildnis feststellen, dass du dich übernommen hast und dein Wasser zur Neige geht.

***Markus**: Am Ortseingangsschild nach Alice Springs kam uns ein Fahrradfahrer entgegen, der Richtung Norden fuhr. Bei ca. 45°C Tagestemperatur und nichts als Wüste in seiner Richtung habe ich nur gehofft, dass er weiss was er tut.*

Zu Fuß

Nach all den Fortbewegungsmöglichkeiten solltest du nicht vergessen, dass es auch schön ist zu Fuß unterwegs zu sein. Sehenswürdigkeiten wirst du ohnehin zu Fuß besuchen wollen, es gibt aber auch Reisende, die Wochen oder Monate zu Fuß das ganze Land durchqueren.

Wenn du viel läufst, solltest du besonderen Wert auf ein gutes Schuhwerk legen. Du willst Schuhe haben, in denen du gut mehrere Stunden laufen kannst. Für Stadtbesuche oder kurze Wanderungen sind Walking- und Trecking-Schuhe ideal. Reichen dir noch leichtere Schuhe, so ist das sehr gut für dein Gepäck.

Knöchelhohe Wanderschuhe hingegen solltest du nur einpacken, wenn du viel durch matschiges, sumpfiges, felsiges und vor allem unebenes Gelände wandern willst. Ist das nicht der Fall, so landen sie schnell in deinem Rucksack und du musst sie herumtragen.

***Tipp**: In Australien, Kanada und Neuseeland gibt es jeweils lange Fernwanderwege, die teils mehrere hunderte bis tausende Kilometer lang sind. Man kann auch Teilabschnitte dieser Routen begehen.*

Fähre

Eine Fahrt mit der Fähre ist gemütlich und normalerweise nicht teuer. Zumindest für Fußgänger. Bist du mit Auto unterwegs wirst du für dein Auto bezahlen müssen. Die Kosten für das Auto kannst du mit anderen Reisenden teilen, wenn du nicht alleine reist.

Hast du eine Verbindung bei Nacht oder reist gar mehrere Tage solltest du dich entsprechend vorbereiten. Finde als erstes Zeiten heraus und prüfe, ob es Sinn macht Tickets im Voraus zu buchen. Auf manchen mehrtägigen Fährfahrten bist du verpflichtet ein Zimmer zu buchen.

Wir empfehlen dir Verpflegung vorher zu besorgen, da du auf großen Fähren zwar etwas zu essen kaufen kannst, das aber sehr teuer sein dürfte. Das Auto stellst du wahrscheinlich unter Deck ab und hast wahrscheinlich keinen Zugang, während das Schiff auf See ist. Nimm deshalb auch ein paar warme Sachen oder einen Schlafsack und deine Zahnbürste mit. Es passiert ganz gerne, dass die Klimaanlage zu stark eingestellt und die Temperatur folglich viel zu niedrig ist. Das gilt übrigens auch für Busse.

Auf langen Fahrten hast du viel Zeit. Nimm deinen Reiseführer und dein Smartphone mit und Ladegeräte, falls nötig. Auf Fähren sind oft Steckdosen vorhanden, vielleicht sogar Internet.

Dein eigenes Auto

Ein Auto zu kaufen ermöglicht dir große Freiheit auf deiner Reise. Die entscheidenden Vorteile liegen auf der Hand. Du kannst zu jeder Zeit überall hinfahren, musst dich nicht um Fahrpläne und Ticketbuchungen kümmern und kannst sogar in deinem Auto schlafen. Außerdem hast du dein gesamtes Gepäck, Nahrungsmittel und Campingausrüstung immer dabei. Vor allem in Nordamerika sind Spritkosten geringer als in Deutschland.

Markus: *In Australien habe ich mit meinem Van über 50.000km zurückgelegt und in Kanada waren es sogar über 85.000km. Ohne Auto hätte ich niemals so viel sehen können. Gleichzeitig sind meine Autos auch meine mobilen Häuser. Ich habe gewohnt, wo mein Auto steht. In Städten, an Stränden, in Nationalparks und gar nicht so selten auf Parkplätzen von Supermärkten. Meiner Meinung nach ist die Investition in ein Auto das Geld wert!*

Neben all den Vorteilen gibt es auch Nachteile. Du mußt dir die Anschaffung leisten können, das Gefährt registrieren und anfallende Reparaturkosten tragen. Dazu kommen viele weitere Kosten für Versicherung, Sprit und möglicherweise auch Maut.

***Maik**: Ich habe auch überwiegend positive Erfahrungen mit meinen Fahrzeugen gemacht. Auf meinen Reisen habe ich allerdings auch Leute getroffen die sehr hohe Ausgaben für Reparaturen hatten. Die Freiheit die man mit seinem eigenen Gefährt erhält ist jedoch jeden Cent wert.*

Du kannst die Kosten und die damit einhergehenden Risiken eines Autokaufs teilen, indem du dich mit Freunden oder Bekannten zusammen schließt. Möchtest du kein Auto kaufen kannst du dich einem Autobesitzer anzuschließen. Da in Australien, Kanada und Neuseeland sehr viele Reisende unterwegs sind ist das nicht schwierig.

Achte deshalb beim Kauf schon darauf, wie viele Leute in deinem Wagen Platz haben und falls du mal den Fahrer wechseln willst, ob deine Versicherung das abdeckt. Maximal mit zwei Leuten reisen zu können, kann eine Einschränkung darstellen, es sei denn du willst mit Freund(in) ungestört als Paar unterwegs sein

***Maik**: Ich habe mir mein erstes Auto gemeinsam mit einem alten Schulfreund gekauft obwohl er nicht einmal einen Führerschein hatte. Ich habe ihm dann in der Wildnis das Fahren beigebracht und wir sind Dank dem Auto an die allerschönsten Orte gelangt. Für uns war es die perfekte Art Neuseeland zu bereisen.*

Deine mobile Unterkunft

Schlafen kannst du in deinem Auto, falls es groß genug ist und du es entsprechend eingerichtet hast. Campen ist billiger

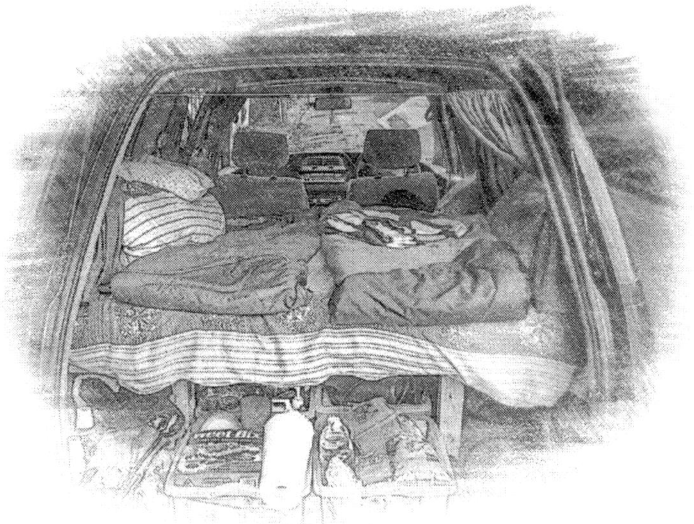

als in Hostels zu schlafen. Vor allem wenn du wild campst sparst du jede Nacht viel Geld. Halte dich dabei aber immer an die Regeln der Gemeinde in der du unterwegs bist. Fehlende Einrichtung, wie beispielsweise ein Bettgestell, kannst du dir gebraucht kaufen oder du wirst handwerklich aktiv und zimmerst dir zusammen, was du brauchst. Übernimm dich aber nicht mit der Raumauslastung und überlege dir vorher mit wie vielen Leuten du dich in dein Fahrzeug quetschen möchtest.

Markus: *In meinem Auto konnten im äußersten Notfall vier Leute schlafen. Es war großer Aufwand das Gepäck jede Nacht zur Seite zu räumen. Einfacher war es zu dritt und mit zwei Leuten hatten wir richtig viel Platz.*

In kälteren Jahreszeiten ist es selten eine Option im Auto zu schlafen. Vor allem wenn die Temperatur unter 0°C fällt, wird es hart. Im Norden Australiens wird es zwar niemals zu kalt sein, um im Auto zu schlafen, in Kanada hingegen solltest du auf keinen Fall im Winter im Auto übernachten.

***Markus**: Ich habe im Herbst in Banff, Kanada im Auto übernachtet. Trotz gefüttertem Pullover und Daunenschlafsack war es nachts fürchterlich kalt. Morgens waren meine Scheiben dick eingefroren. Tagsüber wurde es noch bis 10°C warm. Ich habe das nur zwei Nächte durchgehalten.*

Mache Großeinkäufe

Kaufe in großen Supermärkten ein und plane deinen Konsum voraus. Für die nächsten paar Tage kannst du verderbliche Lebensmittel kaufen und für die weitere Zukunft länger haltbares Essen wie zum Beispiel Dosen, Nudeln oder Eingelegtes.

***Markus**: Ich habe grundsätzlich einige Dosen bevorratet, gerade genug um bis zu einer Woche davon zu leben. Das war nützlich, wenn ich spontan entschieden habe doch ein paar Tage länger in der Wildnis zu bleiben, wo es keine Geschäfte gibt. Mit der Zeit sammeln sich allerdings die Dosen mit dem Essen, das man nicht so gerne isst. Bei mir war das Thunfisch.*

Zum Transport von Wasser besorgst du dir einen Kanister und hast so immer Trinkwasser. An Trinkwasserspendern kannst du deinen Kanister immer wieder nachfüllen oder, falls die Qualität des normalen Leitungswassers hinreichend ist, auch direkt aus der Leitung. Über Qualität und Ort von Wasserquellen informierst du dich am besten in der Tourist Information des jeweiligen Ortes. Erwarte keine deutsche Standards: Oftmals ist Leitungswasser als Trinkwasser ungeeignet. Die besten Chancen, Trinkwasser zu finden, hast du auf Campingplätzen.

Immer alles dabei?

Dass du deinen Besitz im Auto transportierst ist klar. Bist du aber nicht beim Auto ist es wichtig, dass du deine Wertgegenstände gut versteckst und sie nicht von außen sichtbar sind. Vor allem deine wichtigen Papiere oder teure Gegenstände solltest du niemals im Auto zurücklassen. Einbrüche passieren leider und am sichersten bist du, wenn es nichts zu klauen gibt.

Finde Mitreisende

Mit Leuten zu reisen macht nicht nur mehr Spaß, du kannst auch deine Kosten teilen. Es sind immer Leute auf der Suche nach einer Möglichkeit sich jemandem anzuschließen und gemeinsam zu reisen. Bevor du startest solltest du deinen Trip grob planen, damit du deine Absichten mitteilen kannst. Es reicht zu wissen durch welche Städte oder in welche Himmelsrichtung du reisen möchtest.

Wie du neue Leute findest haben wir dir im Kapitel Neue Kontakte knüpfen beschrieben. Um Mitfahrer zu finden gehst du zwar etwas anders vor, du kannst aber die gleichen Quellen nutzen.

- Facebook Gruppen sind eine gute Anlaufstelle. In Work & Travel Gruppen zu deinem Land stehen deine Chancen immer gut jemand zu finden.
- In Hostels triffst du Leute die auch irgendwann weiterreisen wollen. Statt alle Leute persönlich kennen zu lernen, kannst du auch einen Aushang am schwarzen Brett machen oder die Leute vom Empfang fragen, ob ein Reisender ihnen seine Pläne mitgeteilt hat.

Biete deine Reise auf den lokalen Websites an:

In Australien ist Gumtree die verbreitetste Seite, auf der du auch Rideshares & Travel Partners findest:

🔗 www.gumtree.com.au

Kijiji ist in Kanada sehr gebräuchlich. Es gibt dort eine Rideshare Kategorie, wo du Angebote einstellen kannst:

🔗 www.kijiji.ca

In Neuseeland kannst du auf Craigslist in der Kategorie Rideshare deine Fahrt anbieten und nach Mitfahrern suchen:

🔗 www.geo.craigslist.org/iso/nz

Schreibst du ein Gesuch zu deiner Reise, dann nimm mit auf, wie du deine Kosten teilen möchtest, wie du reist und wo du geplant hast zu übernachten. Je klarer deine Vorstellung ist, desto entspannter wird eure gemeinsame Tour.

Markus: *Ich habe meine Spritkosten immer durch die Anzahl Leute im Auto geteilt. Das fand ich fair, auch wenn meine Mitreisenden noch eine Menge Geld gespart haben, weil wir meist mit Auto wild (kostenlos) gecampt haben.*

Du solltest einplanen, dass die Suche nach Mitfahrern ein paar Tage dauern kann. Es ist eine gute Idee, ungefähr zwei Wochen vor deiner geplanten Abreise schonmal anzufangen nach Mitfahrern zu suchen.

Markus: *Ich habe häufig nach Leuten gesucht und oft war es frustrierend, weil es aussah als würde es nicht klappen. Letztlich hat es aber jedes mal funktioniert.*

Maik: *Ich habe mich durch die Suche nach Mitfahrern nicht so sehr einschränken wollen. Daher habe ich dann eine 3000 Kilometer Tour durch die USA alleine gemacht. Für mich war es eine gute Erfahrung mal für längere Zeit alleine zu sein. Die Kosten hielten sich dank der günstigen Spritpreise im Rahmen.*

Viele Mitfahrer mitzunehmen ist schwierig zu koordinieren, macht aber auch mehr Spaß. Wir haben festgestellt, dass bis vier Leute optimal zusammen reisen können. Stell dich darauf ein, dass sich die Wege jederzeit trennen können und du wieder neue Leute suchen musst. Vor allem wenn du mit vielen Leuten unterwegs bist.

Markus: *War ich mit vier Leuten unterwegs, wurde das Übernachten zu einer Herausforderung. Weil wir nicht alle ins Auto gepasst haben, mussten wir jede Nacht ein Zelt aufstellen. Da wir außerdem jede Nacht wild campten, haben wir die unmöglichsten Plätze gefunden. Aber es hat immer geklappt.*

Wie und wo findest du ein Auto?

Du hast verschiedene Optionen deinen Gebrauchtwagen zu finden. Wir empfehlen dir, deine Suche breit zu streuen, um Preise zu vergleichen und ein Gefühl dafür zu bekommen, was dich preislich erwartet. In allen drei Ländern stehen dir folgende Optionen zu Verfügung:

- **Beim Händler kaufen**
  Da in manchen Orten regelmäßige Inspektionen nicht notwendig sind, heißt beim Händler zu kaufen nicht automatisch Qualität zu kaufen. Der Papierkram wird dir beim Händler oft abgenommen, dafür sind die Preise relativ hoch.

- **Schwarze Bretter**
  An den schwarzen Brettern von Supermärkten und Hostels werden manchmal Fahrzeuge angeboten, die für deine Tour geeignet sein könnten.

- **Zeitungsanzeigen**
  Obwohl die Suche in Zeitungen veraltet erscheint, stehen die Chancen gut ein Schnäppchen zu ergattern. Die meisten Käufer suchen nämlich ausschließlich im Internet und stellen damit keine Konkurrenz dar.

- **Facebook Gruppen**
  Eine ausgezeichnete Möglichkeit Autos zu finden sind Facebook Gruppen. Hier wirst du viele Angebote finden und bekommst damit einen guten Preisüberblick. Einige Reisende stehen außerdem unter Zeitdruck und wollen schnell ihr Auto los werden, weshalb ihnen der Preis weniger wichtig ist, als das Auto schnell los zu werden.

***Markus**: Meinen Van in Australien habe ich in einer lokalen Zeitung gefunden. Ein älterer Herr hat seinen geliebten Mazda E2000 verkauft, weil er nicht mehr fit genug war, um campen zu gehen. Entsprechend liebevoll war das Auto auch eigerichtet und mit 5.000$ für den guten Zustand nicht zu teuer.*

Websites für die Autosuche in Australien

Gumtree ist die wichtigste Seite für den privaten Kauf- und Verkauf von Autos in Australien. Du kannst hier übrigens auch sonst noch alle möglichen Güter an- und verkaufen.

🔗 www.gumtree.com.au

Cars4Backpackers ist speziell auf Backpacker ausgerichtet. Verkäufer, die ihr Fahrzeug auf dem Sydney Travellers Car Market ausstellen, dürfen dieses kostenlos auf der Webseite inserieren. Man kann bereits von Deutschland aus mit Hilfe einer Kaution reservieren.

🔗 www.cars4backpackers.com.au

Du findest private, wie auch gewerbliche Angebot auf:

🔗 www.carsguide.com.au

Ähnliche Seiten auf denen du suchen kannst sind:

🔗 www.carsales.com.au

🔗 www.drive.com.au

Websites für die Autosuche in Kanada

Eine der größten Webseiten zum Kauf- und Verkauf von Autos ist Kijiji. Hier findest du passende Angebote für deine Region:

🔗 www.kijiji.ca

Auch auf Craigslist hast du eine gute Auswahl an Fahrzeugen. Hier kannst du ebenfalls nach Regionen filtern:

🔗 www.geo.craigslist.org/iso/ca

Gewerbetreibende aber auch private Anbieter inserieren bei:

🔗 www.autotrader.ca

Websites für die Autosuche in Neuseeland

Aufgrund der kleinen Bevölkerungszahl des Landes gibt es nur eine große Webseite für Autoangebote:

🔗 www.trademe.co.nz

Tipp*: In Neuseeland empfiehlt es sich unbedingt bei Händlern und Automärkten vorbeizuschauen. Diese konzentrieren sich auf die drei Städte Auckland, Wellington und Christchurch.*

Maik*: Ich habe mein neuseeländisches Auto bei einem Händler gefunden. Anfangs war ich an einem anderen Auto interessiert, doch der Zustand sagte mir nicht zu. Auf dem Hof des Händlers habe ich dann das für mich passende Fahrzeug gefunden.*

Besichtigungen bevor du kaufst

Auch wenn du keine Ahnung von Autos hast, solltest du es dir vor dem Kauf ganz genau anschauen. Große Roststellen und Löcher in der Karosserie erkennst du auch ohne Experte zu sein. Vertraue auf dein Gefühl oder bring das Auto zu einer Werkstatt, die für dich einen groben Blick auf das Fahrzeug wirft. Eine Probefahrt machst du auf jeden Fall und achtest genau darauf, wie das Fahrzeug sich verhält und anhört. Wenn du ein gutes Gefühl entwickelst, kannst du über den Kauf nachdenken.

***Markus**: Mein australischer Van hat einen sehr guten Eindruck gemacht und meine gesamte Reise durchgehalten. Trotzdem waren manche Schläuche hart und porös. Der Luftansaugschlauch hatte ein großes Loch und vermutlich viel Staub angesaugt, bevor es mir aufgefallen ist. Ich empfehle immer den Zustand aller Schläuche zu prüfen. Sie sollten flexibel und auf keinen Fall spröde sein. Der Ersatzreifen war mit Rissen übersät und über 20 Jahre alt. Wegen diversen Pannen musste ich ihn trotzdem mehrmals einsetzen, bevor ich ihn letztlich ersetzt habe.*

Die folgenden Punkte kannst du auch als Laie bei der Besichtigung checken:

- **Siehst du Rost am Auto?**
  Wenn du Rost am Auto findest, dann schau dir genau an wie groß der Rostschaden ist. Vergiss nicht die Unterseite des Fahrzeugs und den Motor genau anzusehen.

- **Ist der Ölstand in Ordnung?**
  Du findest die Messlatte in der Nähe des Motors. Ziehe ihn heraus, säubere ihn, setze ihn noch einmal ein und ziehe ihn wieder heraus. Der Pegel sollte zwischen der MIN und MAX Markierung stehen. Achte auch auf die Farbe des Öls. Sauberes Motoröl hat eine klare, goldene Farbe. Verbrauchtes Motorenöl ist schwarz oder braun. Wenn das Öl milchig oder schaumig aussieht, ist es wahrscheinlich mit Kühlflüssigkeit verunreinigt und sollte von einem Mechaniker überprüft werden. Diese Erscheinung könnte auf einen beschädigten Zylinderkopf oder andere ernsthafte Schäden hinweisen.

- **Motor und Schläuche prüfen.**
  Sieht der Motor feucht oder ölig aus, solltest du genauer hinschauen. Auch wenn der Ölstand in Ordnung ist sollten deine Alarmglocken angehen, wenn sich an der Unterseite des Motors viel Öl sammelt und vielleicht sogar tropft. Sieh dir auch die Schläuche um den Motor an und prüfe, ob sie noch elastisch sind und keine Löcher haben.

- **Prüfe Bremsflüssigkeit, Flüssigkeit für Servolenkung und Kühlflüssigkeit.**
  Auch hier sollte der Stand in der Markierung sein. Wenn du nicht weißt wie du den Stand überprüfen kannst schaue im Handbuch (vorhanden?) des Fahrzeugs nach. Prüfe die Kühlflüssigkeit auf keinen Fall wenn der Motor heiß ist! Die Flüssigkeit kann herausspritzen und dich verbrühen.

- **Mache eine Probefahrt.**
  Achte darauf wie das Auto sich verhält und was es für Geräusche macht. Mache einen Bremstest und beschleunige stark. Komische Geräusche deuten auf Probleme hin. Lass lieber Vorsicht als Nachsicht walten und wenn du Zweifel hast, nimmst du das Auto nicht. Sicher gibt es noch genügend Alternativen.

- **Schaue dir die Reifen an.**
  Das Profil sollte nicht zu stark abgefahren sein und spröde Reifen sind ganz schlecht. Das Alter des Reifens ist durch die vierstellige DOT Nummer (Department of Transportation) angegeben. Die ersten beiden Ziffern geben dabei die Kalenderwoche und die hinteren beiden das Jahr an. Beispielsweise ist 1408 in der 14. Woche im Jahr 2008 hergestellt worden. Ist die Nummer dreistellig, dann wurde der Reifen vor dem Jahr 2000 hergestellt. Als Richtwert sollten Reifen nicht älter als 10 Jahre sein. Sind die Reifen schlecht aber der Rest des Fahrzeugs ist in Ordnung kannst du versuchen den Preis zu drücken, da direkt Folgekosten für Reifenwechsel auf dich zukommen werden.

- **Sommer- oder Winterreifen?**
  M+S (Mud & Snow) Reifen mit Schneeflocke markieren Winterreifen. Fehlt die Schneeflocke, dann ist die Lauffläche etwas gröber gestaltet und der Reifen wird gerne als Ganzjahresreifen angesehen. Je nachdem, ob du mehr im Sommer oder Winter unterwegs sein willst, solltest du auf die richtige Bereifung achten.

- **Risse in der Frontscheibe?**
  Grundsätzlich sind Steinschläge keine Seltenheit. Diese können sich jedoch zu Rissen ausweiten und dadurch kann die Scheibe zum Austauschfall werden. Zudem sind Risse wertmindernd. Wenn du das Auto nicht unbedingt haben musst, solltest du besser weiter suchen.

***Hinweis**: Bei Weiterverkauf des Autos außerhalb der Kaufprovinz oder des Staates kann eine Sicherheitsprüfung anfallen, die die beschädigte Scheibe monieren wird!*

- **Prüfe die Elektronik im Auto**
  Ist etwas kaputt worauf du nicht verzichten kannst oder willst? Beispielsweise ist der Zigarettenanzünder extrem praktisch zum Laden deines Smartphones. Wenn du aus deinem Auto lebst wirst du nicht auf diese Stromquelle verzichten wollen. Ist ein Lautsprecher defekt? Nutze die Schwäche zum verhandeln, wenn dich der Mangel nicht stört.

- **Strafzettel und versteckte Kosten**
  Prüfe vor Kauf, ob es noch unbezahlte Strafzettel für das Auto gibt oder es im schlimmsten Fall vielleicht sogar gestohlen ist.

***Markus**: Ich habe mein kanadisches Auto von allen Seiten angesehen und eine Probefahrt gemacht. Das Auto hat einen guten Eindruck gemacht und der Verkäufer war ein scheinbar zuverlässiger Backpacker aus Deutschland. Wegen einem großen Loch im Auspuff hatte der Wagen einen satten Sound, was ich okay fand. Ich habe unterwegs alle Reifen wechseln lassen, die Zündkerzen ersetzt und die Bremsklötze mussten auch erneuert werden. Der Auspuff war top!*

Auch ein Profi kann das Auto nicht bis ins Letzte prüfen. Du kannst versuchen es in einer Werkstatt anschauen zu lassen, bevor du dich für den Kauf entscheidest. Wenn nichts auf Probleme hindeutet, hast du dein neues Auto gefunden. Wenn dir aber etwas komisch vorkommt solltest du lieber weiter suchen.

***Maik**: Ich habe meinen ersten Wagen bei einem Gebrauchtwagenhändler gekauft und mit ihm 14 Tage Garantie vereinbart. Nach einigen Tagen gab es ein Problem, welches er dann kostenfrei repartiert hat. Durch die Garantie hatte ich ein gutes Gefühl beim Kauf.*

Kaufen, anmelden und verlängern

Hast du dich für den Kauf entschieden, dann musst du das Auto nun in deinen Besitz überführen. Bedenke dass du auch beim Ummelden einen Betrag zahlen mußt, der verschiedene Gebühren beinhaltet. Manche Länder schließen schon bei der Registrierung deines Autos eine grundlegende Autoversicherung mit ein. Du zahlst Steuern für den Kauf deines Autos und natürlich eine Bearbeitungsgebühr. Um Überraschungen zu vermeiden solltest du dich vorher informieren welche Kosten genau auf dich zukommen. Der vorherige Besitzer kann dir einen guten Richtwert geben, wenn er dir sagt, was er gezahlt hat. Alternativ kannst du das Straßenverkehrsamt aus dem Staat oder der Provinz, in der du kaufen willst, kontaktieren. Auch andere Backpacker können dir mit Erfahrungsberichten helfen.

Bedenke, dass du Mehrkosten hast, wenn du dein Auto in eine andere Provinz oder einen anderen Staat überführen willst. Das Auto muss nämlich im einwandfreiem Zustand überführen werden. Kosten für Inspektion und Reparatur kommen in dem Fall auch auf dich zu.

Kaufen in Australien

Autos haben in Australien eine andere Lebenserwartung als in Deutschland. 300.000 km auf dem Tacho sind nicht ungewöhnlich und das warme Klima greift die Technik nicht so sehr an, weshalb auch ältere Autos noch sehr gut in Schuss sein können.

Favorisierst du ein Auto, dann solltest du zunächst ein paar Informationen darüber einholen. Strafen sind mit dem Auto und nicht mit dem Fahrer verbunden und werden beim Kauf auf dich übertragen! Bei dem Personal Property Securities Register (PPSR) kannst du herausfinden, ob das Auto Strafen hat oder gar als gestohlen gemeldet wurde.

Willst du das Fahrzeug kaufen, dann solltest du einen Kaufvertrag abschließen, die Fahrzeugpapiere und Inspektionsunterlagen vom Vorbesitzer im Original erhalten und das Fahrzeug innerhalb von 14 Tagen auf dich anmelden, sonst drohen Bußgelder.

Zur Ummeldung des Fahrzeugs benötigst du die Fahrzeugpapiere, Kaufvertrag, deinen Reisepass, internationalen Führerschein und einen Nachweis über deinen Wohnort. Als Nachweis reicht eine Bestätigung von deinem Hostel oder deiner Gastfamilie.

Mit diesen Unterlagen gehst du zu einer Verkehrsbehörde, erledigst alle Formalitäten und das Auto ist nach ein paar Minuten bereits auf dich angemeldet.

Nur Western Australia ist eine Ausnahme, da du die gesamte Ummeldung hier per Post oder Online abwickeln kannst.

Problematisch wird es, wenn du dich nicht in dem Staat befindest, in dem das Auto angemeldet wurde. Falls du auch nicht innerhalb der Frist in den anderen Staat reisen kannst, musst du das Fahrzeug per Interstate Transfer in einen anderen Staat überführen.

Bei so einem Transfer ist schwer absehbar welche Kosten auf dich zukommen und wie lange es dauern wird. Da ein Auto nur makellos in einen anderen Staat eingeführt werden darf, musst du zunächst eine Inspektion machen und anschließend alle Mängel reparieren lassen. Das kann ein paar hundert Dollar kosten und einige Wochen dauern. Wir empfehlen dir einen Interstate Transfer zu vermeiden und nach anderen Autos zu suchen.

Nach der Ummeldung bekommst du eine "Rego" auf deinen Namen. Dies ist die Anmeldung deines Fahrzeugs, die außerdem eine begrenzte Laufzeit von üblicherweise 3, 6 oder 12 Monaten hat. Kümmere dich rechtzeitig um eine Verlängerung, da du mit dem Fahrzeug sonst nicht mehr fahren darfst. Es darf dann nichtmal mehr an öffentlichen Straßen geparkt werden. Je länger die Rego bei Kauf noch gültig ist, desto besser.

Die Verlängerung der Rego läuft in jedem Staat etwas anders ab, denn du musst immer eine Grundversicherung vorweisen können, die man als Compulsary Third Party Insurance oder in New South Wales auch als Green Slip bezeichnet. In vielen Staaten ist sie bereits in der Anmeldung deines Fahrzeugs

enthalten. In New South Wales und Queensland musst du dich hingegen selber um eine Versicherung kümmern.

Zuletzt gibt es in Australien auch eine Art TÜV Untersuchung, wobei sie entweder regelmäßig oder bei der Anmeldung des Autos fällig wird. In Victoria und dem Australian Capital Territory benötigst du bei der Ummeldung ein Roadworthy Certificate und in Queenstown ein Safety Certificate. Bei der Ummeldung darf es nicht älter als 1 bis 2 Wochen sein.

In New South Wales muss dein Auto jedes Jahr zur Inspektion, im Northern Territory hingegen reicht es alle zwei Jahre und in Western Australia ist keine Inspektion notwendig, dafür musst du in deinem Auto aber eine Wegfahrsperre (Immobilizer) installiert haben. Im Rest des Landes sind keine Untersuchungen nötig.

Kaufen in Kanada

Je nach Provinz unterscheidet sich, welche Unterlagen zur Anmeldung mitgebracht werden müssen. Bringe deinen Führerschein, eine Bestätigung des Kaufs (der Kaufvertrag vom Verkäufer oder er kommt einfach mit) und die originale Zulassung mit ausgefülltem Transfer Teil mit. In Ontario brauchst du außerdem das sogenannte Used Vehicle Information Package. Du musst die Versicherung bei der Anmeldung des Fahrzeugs vorweisen können. Du darfst das Fahrzeug niemals ohne Versicherung bewegen! Ob du die Ergebnisse der Abgas- und Sicherheitsuntersuchung vorlegen musst, hängt auch von der jeweiligen Provinz ab. Diese Information findest du im Kapitel Inspektionen und Service.

Aufwändiger wird es, wenn du dein Auto in eine andere Provinz ummelden willst. Da Autos nur in makellosem Zustand in andere Provinzen überführt werden dürfen, musst du eine Out Of Province Inspektion machen und alle auftretenden Mängel beheben lassen. Das kann dich eine Stange Geld kosten und sich ein paar Wochen hinziehen. Wir empfehlen dir daher dies zu vermeiden.

Die Nummernschilder gehören zum Fahrer, nicht zum Auto. Der Vorbesitzer wird deshalb seine Nummernschilder mitnehmen und du bekommst bei der Registrierung Neue.

***Tipp**: Wo du dein Auto kaufst ist ein sehr wichtiger Punkt, da die Preise für die Anmeldung sich von Provinz zu Provinz unterscheiden. Es macht außerdem einen Unterschied, ob du bei der Anmeldung einen oder mehrere Fahrer angibst. Ein einziger Fahrer kann günstiger sein, denn der weniger erfahrene Fahrer treibt die Kosten nach oben.*

Kaufen in Neuseeland

Beim Kauf eines Autos in Neuseeland solltest du vorab zusätzliche Informationen einholen. Strafen laufen auf das Auto und gehen bei der Ummeldung auf dich über. Du kannst auf verschiedenen Webseiten für etwa 15$ prüfen lassen, ob es offene Strafen vom Vorbesitzer gibt:

🔗 www.checka.co.nz

🔗 www.carjam.co.nz

Im schlimmsten Fall könnte das Auto als gestohlen gemeldet sein. Diese Information bekommst du bei der Polizei:

🔗 www.police.govt.nz/stolen/vehicles

Für das Auto muss ein "Warrant of Fitness" (WoF) vorhanden sein, das maximal einen Monat vor Kauf ausgestellt wurde. Auch nach dem Kauf muss das WoF gültig sein, ohne darfst du dein Auto nicht fahren. Ein WoF muss regelmäßig verlängert werden. Ein Auto, das älter als 6 Jahre ist, muss halbjährlich zur Inspektion und jüngere Autos brauchen nur einmal im Jahr untersucht werden.

Entscheidest du dich für den Kauf, dann musst du dein Auto nach der Bezahlung sofort ummelden, ansonsten machst du dich strafbar. Der vorherige Halter des Fahrzeugs ist solange für Delikte haftbar, bis das Fahrzeug offiziell umgemeldet ist.

Die Ummeldung kann in jedem Post Office erledigt werden. Die Change of Ownership Formulare MR13A sind vom Verkäufer und MR13B vom Käufer auszufüllen. Als Käufer musst du eine Neuseeländische Adresse angeben, an die deine Papiere geschickt werden. Ein Hostel kommt hierfür auch in Frage. Nachdem du etwa 10$ gezahlt hast, kannst du dir die

Transaktion quittieren lassen. Nach bis zu zehn Tagen sollten die Papier ankommen.

***Tipp**: Die Regierung stellt auf ihrer Webseite Informationen zum Fahrzeugkauf und Verkauf zur Verfügung:*

🔗 super-bibel.de/nz-vehicles

Die Nummernschilder vom Vorbesitzer bleiben am Auto. Die WoF Plakette wird an der Windschutzscheibe auf Fahrerseite angebracht. Deine Fahrzeuglizenz, auch Rego bezeichnet, muss auf der Beifahrerseite angebracht werden und auch regelmäßig verlängert werden. Die Gebühr kannst du in einem Post Office bezahlen.

Was gibt es für Versicherungen?

Du bist in jedem Land verpflichtet eine Autoversicherung abzuschließen, wenn du ein Fahrzeug kaufst. Entweder enthält die Anmeldung deines Autos eine Grundversicherung oder du bist verpflichtet zur Anmeldung die Police (Versicherungsnachweis) einer Versicherung mitzuführen.

Du kannst dich zusätzlich zu der gesetzlich vorgeschriebenen Grundversicherung noch gegen weitere Risiken absichern. Diese Zusatzversicherungen kosten dich extra, schützen dich jedoch im Schadensfall vor hohen finanziellen Forderungen.

***Markus**: Ich hatte in Kanada nur den gesetzlich verpflichtenden Versicherungsschutz, da ich hauptsächlich auf einsamen Highways und fern von dicht besiedelten Gebieten unterwegs sein wollte. Für einen Roadtrip durch die USA habe ich aber die Versicherung gewechselt, da meine ursprüngliche Versicherung längeren Aufenthalt in den USA gar nicht abgedeckt hat. Außerdem empfand ich den schnellen Verkehr auf den dichten Highways als sehr riskant.*

Versicherungen können aus verschiedenen Teilen bestehen. So sind Personenschäden an deinem Unfallgegner vielleicht schon mit der Anmeldung deines Autos abgesichert, Blechschäden hingegen nicht. Wir geben dir einen Überblick wie sich die wichtigsten Versicherungen in den drei Ländern zusammen setzen. Wie du dich über das gesetzlich vorgeschriebene Minimum hinaus noch versicherst, musst du selber entscheiden.

***Tipp**: Da du bei der ersten Anmeldung einer Versicherung in einem neuen Land als Anfänger giltst, lohnt es sich von deiner deutschen Versicherung eine Bescheinigung zu erfragen, die dein unfallfreies Fahren bestätigt. Mit etwas Glück wird das Schreiben anerkannt und dein Beitrag wird geringer.*

Autoversicherungen Australien

Dein Auto muss angemeldet sein, also über eine “Rego” verfügen. Für jedes angemeldete Auto muss eine Grundversicherung für Personenschäden (Compulsary Third Party Insurance) vorhanden sein. In manchen Staaten ist diese Bestandteil der Rego, in anderen musst du sie separat kaufen. Bedenke dass diese Versicherung deine eigene Gesundheit nicht schützt, falls du der Unfallverursacher bist. Lediglich die Schäden an deinem Unfallgegner sind versichert. Willst du als Verursacher geschützt sein brauchst du eine Fahrerversicherung (At-Fault Driver Cover).

Die Versicherung läuft in Australien auf das Auto. Das heißt bei Kauf eines Autos mit aktiver Rego ist die Versicherung für Personenschäden bereits enthalten.

Willst du dich auch gegen Sachschäden des Unfallgegners absichern benötigst du eine Haftpflicht für Sachschäden (Third Party Property Insurance). Willst du zusätzlich dein eigenes Auto im Falle eines Unfalls abgesichert haben, musst du den Preis für eine Vollkaskoversicherung bezahlen (Full Comprehensive Insurance).

Markus: *Meine gesamte Zeit in Australien hatte ich keine Third Party Insurance. Da ich mein Auto in Western Australia gekauft habe war das nicht zwingend erforderlich. Zum Glück hatte ich keinen Unfall. Im Anschluss hatte ich einen Leihwagen dessen Versicherung mit Selbstbehalt (Excess) von maximal 1000$ gar nicht mal billig war. Diesmal hatte ich weniger Glück und so habe ich das Auto mit einer durch Steinschlag zerstörten Windschutzscheibe und einer eingedrückten Fahrertür zurück gegeben. Der Betrag den ich zahlen musste war aber genau so hoch wie die Vollversicherung, die ich eben nicht hatte. Glück im Unglück.*

Bei den Versicherungen für Sachschäden ist es dir überlassen, ob du sie hinzu buchen möchtest. Überlege bei deiner Versicherung wie viel dein Auto wert ist und ob sich eine volle Versicherung lohnt. Es macht auf jeden Fall Sinn den Schaden des Unfallgegners abzusichern.

Autoversicherungen Kanada

Du musst eine Haftpflichtversicherung (Liability Insurance) vorweisen können, um dein Auto auf einer öffentlichen Straße bewegen zu dürfen. Diese Versicherung zahlt nur für gewisse Schäden an deinem Unfallgegner.

In British Columbia, Manitoba und Saskatchewan ist die Versicherung verstaatlicht, deswegen gibt es nur ein einziges Preismodell. In den weiteren Provinzen sind die Versicherungen privatisiert. Aufgrund der Konkurrenz unter den Versicherern kannst du mit etwas Glück durch Angebote Geld sparen.

***Hinweis**: In jedem Fall bist du ohne Versicherung nicht berechtigt dein Auto auf der Straße zu fahren. Für Testfahrten und Überführungen kannst du eine Kurzzulassung beantragen. Diese nennt sich Temporary Operation Permit (TOP).*

Preise von Versicherungen unterscheiden sich von Ort zu Ort. Zum einen sind Versicherungen in Provinzen unterschiedlich teuer, aber auch von Stadt zu Stadt können sich die Preise unterscheiden. Das liegt daran, dass Versicherungsbeiträge davon abhängen, wie dicht die Gegend besiedelt ist. Ontario gilt im allgemeinen eher als teuer wohingegen Quebec als günstiger bekannt ist. Auch in Alberta gelten die Versicherungen als relativ günstig.

***Markus**: Ich war bei Desjardins in Quebec versichert. Dummerweise wurde mein Vertrag beendet, als ich gerade in die USA reisen wollte. Das deckt die Versicherung nämlich nicht ab. Ich habe sehr kurzfristig einen Ersatz gebraucht und über den empfehlenswerten Makler "Chad McKell" von Lareau kurzfristig eine neue Versicherung gefunden. Er hat mich übrigens zu "Lloyd's" geschickt.*

Deine Versicherung gilt nicht automatisch im gesamten Land. Oft schützt die Versicherung dich nur wenige Wochen in anderen Provinzen und verlangt, dass du die meiste Zeit die Provinz nicht verlässt. Hast du jedoch eine größere Reise geplant, solltest du mit deiner Versicherung klären in wie weit sie das abdeckt oder von vornherein eine andere Versicherung wählen.

Autoversicherungen Neuseeland

In Neuseeland bekommst du mit der Anmeldung deines Autos auch eine Grundversicherung für Personenschäden. Die AAC (Accident Compensation Corporation) verwaltet

diese. Diese finanziert sich teils über die Fahrzeuganmeldung und teils über Steuern für Treibstoff.

🔗 super-bibel.de/aa

Wie in den anderen Ländern kannst du zusätzliche Versicherungen abschließen. Haftpflicht (Third party car insurance) und Vollkasko (Comprehensive car insurance) sind möglich. Schäden am Unfallgegner abzusichern finden wir empfehlenswert, da solche Schäden schnell teuer werden können. Zur Vollkasko Versicherung greifst du nur, wenn du den Verlust deines Autos durch einen Unfall finanziell abgesichert wissen willst. Dabei sollte der Wert deines Autos die Kosten der Versicherung allerdings rechtfertigen.

Inspektionen und Service

Viele Backpacker machen rein gar nichts an ihrem Auto und hoffen einfach, dass es nicht auseinander fällt. Empfehlenswert ist es aber zumindest regelmäßige Ölwechsel zu machen und den Zustand der Reifen zu prüfen. Ein Ölwechsel kostet dich nicht viel und bei einer guten Werkstatt werden dazu noch alle anderen Flüssigkeiten geprüft und aufgefüllt. Deine Reifen sollten kein völlig abgefahrenes Profil haben und auch keine seltsamen Auswölbungen. Achte auch auf Risse oder andere mögliche sicherheitsrelevante Beschädigungen des Gummis. Prüfe auch regelmäßig ob dein Ersatzreifen einsatzbereit ist. Selbst wenn du nicht weißt, wie man einen Reifen wechselt, so weiss es vielleicht jemand, der dir zu Hilfe kommt. In dem Fall ist es deutlich günstiger den Ersatzreifen zu verwenden, als sich abschleppen zu lassen.

***Markus**: Ich habe auf den guten Zustand meiner Reifen geachtet, da ich schon besorgt war in der Wildnis liegen zu bleiben. Vor allem im kanadischen Winter bei -30°C wäre das unangenehm geworden. Vor dem Hintergrund habe ich nicht gezögert Geld für neue Reifen auszugeben, bevor ich einen größeren Trip im Winter gestartet habe.*

Vor allem vor größeren Trips solltest du dir alles an deinem Auto nochmal genau anschauen, was du auch beim Kauf inspiziert hast.

***Markus**: Ich habe meinen Van in Australien für 3 Monate auf dem Hof einer Werkstatt abgestellt. Als ich zurück kam war kein Öl mehr im Motor. Blöderweise haben wir es erst nach ein paar hundert Kilometern festgestellt. Glücklicherweise hat der Motor keinen Schaden genommen.*

Informiere dich auch, wann dein Auto in die Inspektion muss. Je nach Alter des Autos und Reiseland, musst du unterschiedlich häufig in die Werkstatt und es überprüfen lassen.

Inspektionen und Service in Australien

Stammt dein Auto aus New South Wales, dann musst du es jährlich zur Inspektion bringen. Für Autos aus dem Northern Territory reicht es alle zwei Jahre. Die restlichen Staaten schreiben keine regelmäßige Inspektion vor.

Für deine Sicherheit auf der Straße gibt es analog zum deutschen ADAC die Australian Automobile Association (AAA), die sich je Staat in entsprechende Abteilungen untergliedert. Auf der folgenden Webseite findest du eine Liste mit den Partnern für die jeweiligen Staaten:

🔗 super-bibel.de/aaa

Als Mitglied steht dir zum Beispiel ein Pannen- und Abschleppservice mit begrenzter Kilometerzahl zur Verfügung.

Inspektionen und Service in Kanada

Die Vorschriften unterscheiden sich zwischen den Provinzen. Beim Kauf eines Autos in Manitoba, Ontario, Neufundland und Labrador musst du eine Sicherheitsinspektion (Safety Inspection) vorweisen können. Kaufst du vom Händler muss er sich um die Prüfung kümmern, private Verkäufer sind dazu hingegen nicht verpflichtet. Ist das Auto erst einmal auf dich angemeldet, sind in diesen Provinzen (neben den genannten) keine weiteren Prüfungen vorgeschrieben.

In New Brunswick und Prince Edward Island musst du eine jährliche Sicherheitsinspektionen machen. In Nova Scotia reicht eine Inspektion jedes zweite Jahr. In den übrigen Provinzen sind keine regelmäßigen Inspektionen nötig.

Für deine Sicherheit auf der Straße gibt es analog zum deutschen ADAC die Canadian Automobile Association (CAA), die je Provinz in Abteilungen untergliedert ist und ihren Mitgliedern Pannenservices bietet.

🔗 www.caa.ca

Inspektionen und Service in Neuseeland

Die NZ Transport Agency verpflichtet dich stets ein gültiges Warrant of Fitness (WoF) für dein Auto zu haben. Du bekommst es bei lizenzierten Werkstätten. Ist dein Auto aus dem Jahr 2000 oder neuer reicht eine Untersuchung pro Jahr. Ältere Autos müssen zweimal im Jahr geprüft werden.

Hat dein Auto kein gültiges WoF, dann ist es nicht legal mit ihm auf der Straße zu fahren. Die Ausnahme ist der Weg zur Inspektion oder zur Werkstatt.

Solltest du Mitglied vom ADAC in Deutschland sein, dann kannst du bei der Automobile Association (AA) bis zu 6 Monaten kostenlos Mitglied werden. Sie bieten dir einen ganz ähnlichen Service wie der ADAC. Mehr Infos unter:

🔗 www.aa.co.nz

Das Auto verkaufen

Es gibt mehrere Gelegenheiten dein Auto zu verkaufen. Du hast sicher bereits ein paar durch den Kauf kennen gelernt.

Wenn es schnell gehen soll und du nicht viel an deinem Auto verdienen möchtest, kannst du zu einem Händler gehen und dein Auto dort los werden. Die Formalitäten übernimmt er für dich.

Manche Anbieter in Australien ermöglichen dir ein Auto zu kaufen und garantieren es am Ende deiner Reise zurück zu nehmen. Zwar bekommst du weniger als die Hälfte zurück, dafür musst du dir um den Verkauf aber keine Gedanken machen.

Wir raten dir genug Zeit für den Verkauf einzuplanen und es nach Möglichkeit an einen anderen Reisenden abzugeben. Zwei Wochen sind ein enger Zeitplan. Wenn du Verhandlungsspielraum haben möchtest, solltest du etwas mehr Zeit einplanen. Du brauchst ein paar gute Bilder und eine ausführliche Beschreibung deines Autos.

Artikel für deinen Autoverkauf

Repräsentative Fotos sind sehr wichtig, denn niemand möchte ein gammliges oder verdrecktes Auto kaufen. Benutze einfach die besten Bilder, die du während deiner Reise gemacht hast.

Für einen Artikel stellst du die wichtigsten Daten deines Autos zusammen. Einen Käufer interessieren sicherlich die folgenden Punkte:

- Marke, Modell und Farbe?
- Baujahr und Kilometerstand?
- Verbraucht er Benzin oder Diesel?
- Ausstattung wie Radio, Klimaanlage, Ersatzreifen usw.
- Zustand des Fahrzeugs. Kratzer, Defekte und Mängel?
- Informationen über neue Bauteile und Besonderheiten.

Bevor du eine Anzeige erstellst, solltest du dir zum Vergleich andere Anzeigen anschauen. Einen komplett neues Angebot zu schreiben ist gar nicht nötig, modifiziere stattdessen einen Artikel der dir zusagt so, dass er zu deinem Auto passt.

Verkaufspreis festlegen

Der Preis wird durch einige Faktoren beeinflusst. Ein ganz wichtiger Punkt ist deine Zeit. Musst du das Auto so schnell wie möglich los werden, kannst du keinen sehr guten Preis erwarten. Hast du viel Zeit kannst du erst einmal versuchen das Auto teurer anzubieten. Hast du damit keinen Erfolg, kannst du den Preis senken. Am technischen Zustand deines Autos wirst du nichts ändern können aber du solltest es für Besichtigungen so sauber wie möglich halten. Auch der Motorraum sollte sauber sein.

Recherchiere, ob vergleichbare Modelle in deiner Gegend zum Verkauf angeboten werden und versuche einen realistischen Preis zu ermitteln. Den Verkaufspreis solltest du höher ansetzen, um Spielraum bei Verhandlungen zu haben. Vielleicht bekommst du sogar den höheren Wert bezahlt. Bedenke, dass du den Preis nicht mehr erhöhen solltest, wenn du den Artikel erstmal veröffentlicht hast. Ihn herabzusetzen ist hingegen kein Problem.

Markus: *Mein Van in Australien kaufte ich für 5.000$ in Perth und habe ihn 50.000km später in Brisbane für 7.500$ wieder verkauft. Mein Van in Kanada habe ich für 1.500$ in Montreal gekauft und ihn 1,5 Jahre und 90.000km später am gleichen Ort für 2.000$ wieder verkauft.*

Maik*: Ich habe nicht so viel Glück gehabt wie Markus. Für meinen Van in Neuseeland habe ich ca. 4000 NZD gezahlt. Am Ende mussten wir ihn leider für rund 2500 NZD weiter verkaufen. Auch in Kanada habe ich leichten Verlust gemacht. Ich bereue die Käufe jedoch in keiner Weise, da auch ein Mietwagen Geld gekostet hätte und ich viele Hostelnächte gespart habe, indem ich im Auto geschlafen habe.*

Deine Bereitschaft zum Verhandeln kannst du bereits in der Annonce andeuten, indem du die Abkürzung ONO (or near offer) hinter den Preis schreibst.

Beispiel: *1997 Toyota Estima, blue, 180.500 KM, 1500$ ONO*

Hast du einen Preis festgelegt und einen Artikel geschrieben, musst du deine Annonce nur noch unters Volk bringen und darauf warten, dass Interessenten sich bei dir melden. Denke deshalb auf jeden Fall daran deine Kontaktdaten anzugeben!

Käufer finden

Von deiner eigenen Suche nach Autos weißt du bereits, wo du Aushänge machen kannst. Dies haben wir in dem Kapitel "Wie und wo findest du ein Auto?" besprochen.

Kommt es zu einem Treffen mit einem Interessenten, dann triff dich an öffentlichen Plätzen, an denen du dein Auto gut vorführen kannst. Sicher wird es zu einer Preisverhandlung kommen. Sei dir daher schon im Klaren darüber, was du mindestens bekommen möchtest.

Der Interessent wird vielleicht Mängel am Auto entdecken mit denen er den Preis weiter drücken möchte. Hast du das Auto für einen höheren Preis angeboten, dann hast du nun Spielraum, um dem Käufer entgegen zu kommen.

Dein Auto abgeben

Entscheidet der Interessent sich für den Kauf, macht es Sinn die Bezahlungsart festzulegen. Bezahlung in Bar ist unproblematisch, das Geld muss aber herumgetragen werden und der Käufer muss den Betrag in voller Höhe abheben können.

Die übrigen Schritte sind dir auch schon vom Kauf bekannt. Gehe sicher, dass die Ummeldung richtig abläuft. Wird das Auto nicht korrekt umgemeldet, werden Verkehrsdelikte des neuen Besitzers dir zugeschrieben.

***Hinweis**: Hattest du ein gutes Auto an das du dich gewöhnt hast, ist es schade, es abgeben zu müssen. Wir haben auch mit dem Gedanken gespielt unser Auto nach Hause schiffen zu lassen. Die Kosten für die Verschiffung und die Einfuhr in ein anderes Land lohnen sich aber nicht. Solange du nicht eine Rarität fährst, die du unbedingt behalten willst, ist es immer das sinnvollste beim Verkauf einen ordentlichen Preis zu erzielen und das Fahrzeug abzugeben.*

Kochen und Verpflegen

Du musst mehrmals täglich etwas essen und trinken. Je nachdem wie du reist und wie viel Geld du ausgeben möchtest, kann es recht aufwändig sein, regelmäßig Nahrungsmittel zu besorgen.

***Markus**: Vor Reisen durch das Outback Australiens habe ich immer für mehrere Tage eingekauft. Wegen der Hitze hielten sich verderbliche Güter nur sehr kurz. Habe ich für mehrere Tage Essen benötigt, musste ich mir schon gut überlegen, was sich hält, was ich zubereiten kann und was mir davon schmeckt.*

Es lohnt sich deshalb vorab zu planen wie du reist und was du für Möglichkeiten hast dich zu verpflegen.

Wo du am besten einkaufst

Manche Artikel sind billiger als in Deutschland, der Großteil ist jedoch etwas teurer. Bist du noch in Deutschland, kannst du die Websites von Supermärkten anschauen, um herauszufinden was für Preise dich erwarten. Vor Ort gibt es eine Reihe empfehlenswerter Supermärkte, nach denen du Ausschau halten kannst.

Einkaufen in Australien

In Australien wirst du häufig “Coles” und “Woolworth" sehen. Die beiden Ketten unterscheiden sich kaum und vor allem die Produkte der jeweiligen Hausmarken sind günstig.

***Tipp**: Häufig laufen Aktionen bei denen du für einen Einkauf über einem gewissen Betrag (üblicherweise 20$) einen Gutschein für vergünstigtes Tanken bei der jeweils zugehörigen Tankstelle bekommst. Ersparnisse sind oft 5 Cent pro Liter oder mehr.*

In kleineren Orten oder fernab der Zivilisation gibt es die großen Supermärkte nicht. Du wirst dort eher “IGA" oder unabhängige Geschäfte finden. “Black & Gold” oder "No Frills” sind günstige Marken die dort möglicherweise verkauft werden.

***Markus:** In Ulara haben wir nicht damit gerechnet günstig einkaufen zu können. Zu unserer Überraschung gab es dort im IGA täglich so viele Angebote, dass wir billiger als überall sonst in Australien einkaufen konnten. Wir konnten uns sogar häufiger Steaks gönnen, die beinahe von Ameisen weggetragen wurden. Aber das ist eine andere Geschichte.*

Einkaufen in Kanada

In Kanada bist du mit “Walmart” gut beraten. Die Hausmarke ist günstig und Markenkleidung gibt es auch preiswert. Wenn du nicht in der amerikanischen Kette einkaufen möchtest und stattdessen lieber zu einem sehr ähnlichen kanadischen Supermarkt gehen willst, musst du zum “Canadian Superstore”. In kleineren Ortschaften wird es oft nur “Safeway" oder “IGA" geben.

***Markus**: Abgesehen vom Einkaufen ist Walmart auch geeignet, um hier über nacht im Auto zu schlafen und entsprechend die Toiletten zu nutzen, in den USA sogar rund um die Uhr. Gelegentlich haben wir sogar ein Zelt auf dem Parkplatz aufgestellt. Das ist allerdings nur eine Notlösung.*

Einkaufen in Neuseeland

In Neuseeland gibt es ebenfalls einige Ketten von denen “Pak’n’Safe” die günstigste ist. Aufgebaut wie eine riesige Lagerhalle findest du in den großen Regalen auch die günstige Hausmarke. Wie in Australien gibt es oft Angebote zum Tanken.

“Countdown” und “New World” sind etwas teurer aber oft genug gibt es in einer Ortschaft keine Alternativen.

Anregungen und Rezepte

Wohnst du an einem festen Ort und kannst regelmäßig einkaufen oder essen gehen, dann ist die Verpflegung kein Problem. Anders sieht es aus, wenn du sehr viel unterwegs bist und deine Ernährung vorausplanen musst. Wir wollen dir ein paar Anregungen für deine Verpflegung für unterwegs geben und beschränken uns auf Rezepte, die ganz einfach und schnell gemacht sind.

***Maik**: Grundsätzlich empfehlen wir eine vegetarische Ernährung. Seit ich mich intensiver mit meinem Essverhalten auseinander gesetzt habe, esse ich fast keine tierischen Produkte mehr. Das ist sowohl gesünder für den Körper, besser für die Tiere, als auch nachhaltiger für unseren Planeten. Ich kann nur raten, dass du dich auch damit befasst und die verbreitete Ernährungsweise kritisch hinterfragst. Du bist auf Reisen, um neue Dinge kennen zu lernen. Warum nicht auch bei diesem Thema?*

Zum Frühstück

- **Raisin Oatmeal**
  Zutaten: Tasse Haferflocken, EL Rosinen.
  Zubereitung: Zutaten in heißes Wasser geben, umrühren, ziehen und abkühlen lassen, fertig. Optional: Geschnittenes Obst (Apfel, Banane oder Beeren) hinzugeben und bei Bedarf zuckern.

- **Fruit Porridge**
  Zutaten: Tasse Grießbrei, 2 EL Zucker, 1 EL Vanillezucker, 5 EL Milchpulver, getrocknete Früchte.
  Zubereitung: Etwa 1,5 Tassen Wasser zum Kochen bringen und alles außer den Früchten hinzugeben. Gut umrühren, danach Früchte beimischen und köcheln lassen, bis es andickt.

- **American Pancakes**
  Zutaten: 2 Eier, Tasse Milch, 2 EL Zucker, 1 TL Backpulver, Prise Salz, 2 Tassen Mehl.
  Zubereitung: Eier mit Zucker cremig schlagen und mit Milch verrühren. Dann mit restlichen Zutaten zu glattem Teig rühren. Je Pancake einen Klecks in gefettete Pfanne geben und von beiden Seite goldbraun braten. Mit Sirup, Marmelade (Jam) oder Schokolade schmeckt es noch besser.

- **Avocado Brot**
  Zutaten: Brot, Avocado, Zwiebel, Prise Salz & Pfeffer.

Zubereitung: Avocado auskratzen und auf das Brot streichen, würzen und bei Bedarf ein paar Zwiebelscheiben drauflegen.

- **Bannock**
  Zutaten: 2 Tassen Mehl, 0,5 TL Salz, 2 TL Backpulver.
  Zubereitung: Vermische die Zutaten in einer Schale und gib nach und nach Wasser hinzu, bis die Masse verklumpt. Knete den Teig, bis er nicht mehr an deinen Händen klebt, füge bei Bedarf mehr Mehl hinzu. Forme Fladen oder Brötchen daraus, die du von beiden Seiten goldgelb brätst.

***Markus**: Man vermisst manchmal gewöhnliches Brot. Selber machen ist eine gute Möglichkeit, wenn kein vernünftiger Bäcker auffindbar ist und du keine Lust mehr auf Toast und seltsam schmeckendes Brot hast.*

- **Einfaches Brot**
  Zutaten: 500g Mehl, 350ml Wasser, 1 Packung Hefe, 1 EL Zucker, 1 TL Salz, 2 EL Öl.
  Zubereitung: Alle Zutaten miteinander verkneten und abgedeckt auf doppelte Größe aufgehen lassen. Wieder kneten, in eine rechteckige Form geben und etwa 20 Minuten gehen lassen. Danach für ca. 45 Minuten im vorgeheizten Backofen backen. Fertig.

Mittag- und Abendessen

- **Instant Noodles**
  Zutaten: Nudeln und Gewürze aus der Packung.
  Zubereitung: Die Nudeln in eine Schale mit kochendem Wasser legen und die zugehörigen Gewürze hinzugeben.

- **Bulgurssalat**
  Zutaten: Bulgur, Paprikaschoten, Zwiebel, Petersilie Lauchzwiebeln, Salz, Tomatenmark und Pfeffer.
  Zubereitung: Bulgur in eine Schüssel geben und mit etwas heißem Wasser auffüllen. Mindestens 10 Minuten quellen lassen. Fein gewürfelte Zwiebel und Paprika unter Zugabe von Öl, Gewürzen und Tomatenmark beimischen.

- **Rührei oder Omelett**
  Zutaten: 2 Eier, 1 Tomate, 1 Scheibe Käse (z.B. Gouda oder Cheddar), 1 EL Mehl, 1 EL Milch.
  Zubereitung: Eier, Mehl und Milch verrühren. Käse und Tomaten klein schneiden und dazu geben. Das ganze in einer Pfanne von beiden Seiten anbraten und würzen.

- **Curry mit Reis**
  Zutaten: Reisbeutel, 1 Zucchini, 1 Brokkoli, 1 Zwiebel, 1 Packung Pilze, Knoblauch, Kokosmilch, Curry-Pulver, Salz, Pfeffer, Öl.
  Zubereitung: Gib den Reisbeutel in einen Topf und koche ihn entsprechend der Packungsangabe in heißem, leicht gesalzenen Wasser. Schneide das Gemüse in mundgerechte Stücke. Gib zuerst die Zwiebeln und Brokkoli mit Öl in eine tiefe Pfanne (oder Wok). Füge nach einigen Minuten Knoblauch und Zucchini hinzu. Nach ein paar weiteren Minuten kippst du die Kokosmilch und Pilze in die Pfanne und lässt alles aufkochen. Nun mit den Gewürzen abschmecken und mit dem Reis servieren.

- **Nachotopf**

  Zutaten: Hackfleisch (alternativ Sojageschnetzeltes), 1 Zwiebel, Dose Mais, Dose rote Bohnen, 1 Pck. geriebener Käse, Salsa Sauce, 1 Pck. Nachos, Salz und Pfeffer.

  Zubereitung: Brate die Zwiebel und das Hackfleisch in einem Topf an. Füge die Salsa Sauce, Mais und rote Bohnen hinzu und erwärme alles für ein paar Minuten. Rühre zuletzt den geriebenen Käse ein und verfeinere das Gericht mit Salz und Pfeffer. Genieße alles mit knackigen Nachos.

***Maik**: Der Nachotopf wurde in Neuseeland zu meinem Lieblingsgericht. Direkt nach dem Einkauf der Lebensmittel habe ich mich mit meinem Kumpel auf eine Parkbank gesetzt und mit nur einem Topf und einem Campingkocher das Gericht gekocht. Einige Passanten schauten manchmal belustigt, teils mitleidig, auf unsere Kochkünste. In der Regel konnten wir zwei Mahlzeiten von der Menge essen.*

- **Kartoffeln mit Quark**

  Zutaten: Kartoffeln, Quark oder Butter. Beilagen nach Bedarf, zum Beispiel Pilze, Paprika oder Käse.

  Zubereitung: Kartoffeln putzen und kochen. Mit Quark oder Butter und den sonstigen Beilagen genießen. Übrigens: Die Pelle kannst du mit essen.

- **Wraps**

  Zutaten: Wrapfladen (Tortillateig), Gemüse deiner Wahl (z.B. Tomaten, Salatblätter, Zwiebeln, Pilze und Mais), Hauptfüllung (z.B. Falafel, Hähnchen oder Lachs), 50g Streukäse, Soße (z.B. Chutney, Ketchup oder Mayonnaise), Dip (z.B. Hummus oder Guacamole).

  Zubereitung: Schneide das Gemüse deiner Wahl in kleine Würfel. Verteile den Streukäse auf dem Wrapfladen und erwärme ihn im Ofen oder einer Pfanne. Verteile das Gemüse in einer länglichen Bahn in der Mitte auf dem Fladen. Verfeinere den Wrap mit Soße und Dip und rolle ihn ein.

- **Nudeln mit Gemüse**
  Zutaten: Spagetti oder Nudeln, Tomatensauce und Gemüse.
  Zubereitung: Die Nudeln entsprechend der Information auf der Verpackung kochen. Das Gemüse deiner Wahl (zum Beispiel Zucchini, Aubergine, Pilze, Paprika oder Tomaten) schneiden, anbraten, mit Tomatensauce erhitzen und zu den Nudeln geben.

Das sind einige Anregungen falls du mal verloren im Supermarkt stehen solltest. Für die genaue Zubereitung und Mengeneinheiten empfehlen wir dir einen kurzen Blick ins Internet oder deine Kochapp (z.B. Chefkoch).

Tipp*: In Australien gibt es landesweit kostenfreie Barbecues (meinst in Parks). Diese werden jeden morgen gereinigt und stehen öffentlich zu Verfügung! Hier kannst du problemlos dein ganzes Essen zubereiten.*

Damit der Hunger nicht zu groß wird, können wir dir nur empfehlen beim Einkauf auch Obst einzupacken. Eine Banane oder Apfel ist ein guter Snack und zudem auch noch gesund. Vielleicht lässt sich das Obst auch mit anderen Gerichten kombinieren? Probiere auch mal Obst und Gemüse, dass du in Deutschland sonst nicht isst. Wenn es regional angebaut wird, kann es vor Ort ganz anders schmecken.

Maik: *Mein Lieblingsgericht zum Frühstück waren immer Weet-Bix mit Milch, einer Priese braunem Zucker, einer halben Banane und einem halben Apfel.*

Damit du dir nicht drei Mal täglich Gedanken über das Essen machen musst, empfehlen wir den Kauf von wiederverschließbaren Plastikboxen (Tupperdose). Auf diese Weise kannst du die nächsten Mahlzeiten vorkochen. Das senkt den Preis pro Essen und spart dir viel Zeit.

Je nach klimatischen Bedingungen hält sich das Essen in den verschlossen Boxen unterschiedlich lange.

Für mehrtägige Wandertouren empfehlen wir dir spezielle Trekkingnahrung. Diese Nahrung verliert wegen der Dehydration bis 90% ihres Gewichts und du kannst sie mit abgekochtem Wasser aus örtlichen Gewässern zubereiten. So sparst also einen Großteil des Gewichts. Auf diese Weise verpflegst du dich auf längeren Touren, bei denen du genau auf das Gewicht deines Rucksacks achten willst. Diese Gerichte enthalten in der Regel überdurchschnittlich viele Nährstoffe und einen hohen Energieanteil. Damit sind sie ein super Begleiter für längere Wandertouren, haben jedoch auch ihren Preis und sind nicht in normalen Supermärkten zu finden.

Wenn du mehr über Ernährung und Gerichte erfahren willst, haben wir einen Buchtipp für dich:

- *Hostelfood: Das Kochbuch für Backpacker* von *Nick Martin*

Wie und wo kochst du auf Reisen?

In Unterkünften wie Hostels, airbnb oder beim Couchsurfing steht dir normalerweise eine voll eingerichtete Küche mit Herd und Ofen zu Verfügung. Hier kannst du alles von Tiefkühlpizza bis zu aufwändigen Gerichten zubereiten. In der Regel hast du hier alle notwendigen Küchengeräte zur Verfügung.

Beim Campen oder auf einem Roadtrip sieht das ganze etwas anders aus. Dann musst du deine Utensilien selber organisieren und wenn du auch noch alles in deinem Rucksack unterbringen musst, bist du sehr eingeschränkt.

***Markus**: In Australien hatte ich in meinem großen Van genug Platz für eine 5 Liter Gasflasche, auf die ich eine große Herdplatte geschraubt habe. In Kanada hingegen habe ich mir für 20$ einen der weit verbreiteten Butankocher zugelegt, die praktischerweise mit Koffer geliefert werden. Besteck, Geschirr und Töpfe habe ich immer in Second Hand Geschäften eingekauft.*

Ein Campingkocher ist das wichtigste Gerät, um unterwegs zu kochen. Es gibt sie in verschiedenen Größen und du solltest dir vor dem Kauf überlegen, welche Art von Kocher zu deinem Vorhaben passt. Die kompaktesten Varianten werden direkt auf die Gaskartusche geschraubt. Größere Kocher können auch mehrere Kochplatten haben und mit größeren Brennstoffbehältern betrieben werden.

Sofern du nicht viel Platz hast und/oder deinen Kocher auf Wanderungen mitnehmen möchtest, ist es ratsam sich einen leichten und platzsparenden Kocher anzuschaffen.

***Maik**: Während meiner ersten mehrtägigen Wanderung habe noch einen großen Kocher inklusive Transportkoffer im Rucksack mit mir herumgeschleppt. Dieser hat gefühlt 1/3 meines Rucksacks gefüllt. Zusätzlich musste ich noch ein Zelt, Isomatte, Schlafsack, Kleidung, Kochgeschirr und Essen für 3 Tage unterbringen. Mein Rucksack war hoffnungslos überladen. Ich kann dir nur raten, einen kleinen Kocher zu kaufen, sofern du mobil sein willst.*

Sofern du mit einem Auto unterwegs bist, empfiehlt es sich einen flachen Kocher mit großen Gasflaschen zu kaufen. Diese Kocher gibt es für wenig Geld im Supermarkt oder Outdoorgeschäft. Bei der Auswahl des Kochers kannst du entscheiden, ob du lieber Gas oder Benzin verbrennen möchtest. Der Vorteil eines Benzinkochers ist der günstige Brennstoff und dass dieser auch bei niedrigen Temperaturen oder in großen Höhen eine ausreichende Hitzeleistung ermöglicht. Der Gaskocher bietet hingegen eine einfache Bedienung und austauschbare Kartuschen. Wenn du dich nicht entscheiden möchtest, kannst du auch einen Mehrstoffkocher kaufen.

Neben Besteck und Geschirr ist es ratsam ein Multifunktionstool dabei zu haben, da es nützliche Werkzeuge wie Dosenöffner, Messer und Schere beinhaltet. Es gibt praktische Campingsets, die Töpfe und Pfannen kombinieren und aus leichten Materialien gefertigt sind. Diese haben in der Regel ein geringes Packmaß und sind schon ab 30€ erhältlich.

Tipps zu Restaurants und Fast Food

Es ist verführerisch und bequem nicht selbst zu kochen und einfach bei einer Fast Food Kette oder in einem Imbiss essen zu gehen. Leider ist dies weder gesund noch günstig und du solltest, im Sinne deines Reisebudgets, lieber selbst kochen.

Zieht es dich trotzdem zu einer Kette hin, dann prüfe vorher online, ob es aktuell Aktionsgutscheine gibt. Manchmal gibt es zu den Restaurants eine App, über die vielleicht Gutscheine verbreitet werden.

***Maik**: Ich selbst musste diese Lektion in den ersten zwei Wochen in Neuseeland lernen, als ich täglich, teils mehrfach, bei Burger King war und feststellte, dass mein Erspartes schnell weniger wurde. Ich gab pro Tag bestimmt 20$ für Essen bei Fast Food Ketten aus. Selbst kochen kostete mich hingegen sicher nur 1/3 des Ganzen.*

***Tipp**: Im Ausland gibt bei Fast Foodketten und Restaurants stets kostenloses Wasser. Frag einfach bei deiner Bestellung nach Leitungswasser (Tap Water). Oft kannst du übrigens dein Getränk mehrmals kostenfrei nachfüllen. Gibt es keine zugängliche Zapf-Anlage kannst du nach einem "Refill" fragen.*

***Hinweis**: Wenn du mal ins Restaurant gehen solltest, denk dran, dass du zusätzlich noch Trinkgeld zahlen musst. Informiere dich vorher über den landestypischen Trinkgeldsatz.*

***Markus**: Nach dem Verzehr meiner großen Portion Pommes bei McDonalds bin ich zur Theke gegangen und habe nach einem Refill meiner Pommes gefragt. Es sollte eigentlich nur ein Spaß sein aber der Mitarbeiter wusste nicht, ob McDonalds Pommes Refills macht und musst erst den Manager fragen. Leider wurde meine Pommestüte letztlich nicht kostenlos neu aufgefüllt. Es hätte ja klappen können.*

Wir empfehlen dir, im Supermarkt einkaufen zu gehen und dein Essen selber zuzubereiten. Mit der Zeit entwickelst du ein Auge dafür, welche Produkte günstig sind und dir zusagen. Auch wenn das Fast Food Restaurant am Anfang die einfachste Option ist, so kannst du dich mit der Zeit auch an die regelmäßigen Supermarkteinkäufe und das Kochen gewöhnen.

Alkohol-Bestimmungen

Sicher ist dir in amerikanischen Filmen schonmal aufgefallen, dass häufig aus Flaschen getrunken wird, die in braune Papiertüten gepackt sind. Die Tüte tarnt ein alkoholisches Getränk, das in der Öffentlichkeit nicht getrunken werden darf. In Australien, Kanada und Neuseeland ist es ebenfalls nicht erlaubt Alkohol in der Öffentlichkeit zu konsumieren. Es geht sogar so weit, dass du recht hohe Strafen zahlen musst, solltest du in der Öffentlichkeit mit einem alkoholischen Getränk erwischt werden. Lediglich in und um Pubs und bei bestimmten Veranstaltungen ist der Konsum zulässig.

***Maik**: Auf Vancouver Island, in der Nähe von Tofino, habe ich mich mit einem Bekannten und je drei Dosen Bier an das Ende eines einsamen Strands gesetzt. Irgendwann kam aus der Ferne eine Polizistin auf uns zu. Wir konnten das Bier leider nicht verstecken und so wurden wir beim Konsum von Alkohol in der "Öffentlichkeit" erwischt. Glücklicherweise haben wir keine Strafe bekommen und mussten "nur" das gesamte Bier vor ihren Augen wegschütten.*

Preise für Bier, Wein und Schnaps sind in allen drei Ländern deutlich höher als in Deutschland. Eine Flasche Bier für weniger als einen Dollar zu bekommen ist sehr unwahrscheinlich. Wenn du in Deutschland prüfen willst, was alkoholische Getränke vor Ort kosten, kannst du einen Blick auf die Onlineshops der Supermärkte werfen. Ein paar Beispiele:

Woolworths in Australien:

🔗 www.woolworths.com.au

Super Liquor in Neuseeland:

🔗 www.superliquor.co.nz

LCBO in Kanada:

🔗 www.lcbo.com

Es ist in den Ländern üblich, dass Alkohol in eigenen Geschäften, dem sogenannten Liquor Store oder Bottle Shop, verkauft wird. In normalen Supermärkten bekommst du hingegen maximal Bier ausgehändigt.

In Kanada darfst du zwischen 18 und 21 Jahren (je nach Region), in Neuseeland und Australien schon mit 18 Jahren Alkohol kaufen.

Sicherheit

Bei all der Euphorie und Begeisterung für deine neue Freiheit, das interessante Land und die netten Leuten solltest du eins nicht vergessen: Nicht alle Menschen haben gute Absichten. Denke daran dass alles was du machst mehr oder weniger große Risiken darstellt, die du abwägen solltest. Kennst du die Risiken, kannst du sie (leicht) vermeiden.

Sichere deine Dokumente

Während deiner Reise im Ausland ist es wichtig, dass du bestimmte Daten und Dokumente immer griffbereit hast - auch wenn sie beispielsweise gestohlen wurden. Du kannst von deinen Ausweisdokumenten Fotos oder Scans machen und sie in der Cloud speichern. Alternativ kannst du sie dir auch selbst per E-Mail zusenden. Es kann auch hilfreich sein, sie deinen Eltern oder engen Freunden zu geben. Folgende Dinge solltest du immer abrufen können:

Reisepassdaten
Sehr wichtig sind deine Passnummer und das Ablaufdatum. Mach ein Foto von der Seite auf der deine Daten zu sehen sind.

Visum
Deine Aufenthalts- und Arbeitserlaubnis solltest du stets in irgendeiner Form vorzeigen können.

Kontodaten
Neben IBAN und BIC ist es hilfreich wenn du dir irgendwo auch noch deinen Pin sicherst. Das kannst du verschlüsselt machen oder ihn einer Vertrauensperson mitteilen.

Kontaktdaten
Hast du eine ausländische Simkarte? Dann teile anderen deine Nummer mit. Auch den PIN und PUK solltest du speichern.

Notkontakt
Wer soll kontaktiert werden wenn dir etwas passiert? Neben Telefonnummer und Mailadresse solltest du von der Person auch eine postalische Adresse speichern.

Versicherungsdaten
Sichere auch die Police der Versicherung gut ab. Im Fall einer medizinischen Behandlung ist sie für den Arzt oder das Krankenhaus die Garantie, dass jemand für die Leistung zahlen wird. Das kann manche Dinge beschleunigen.

Krankheiten und Medikamente
Hast du chronische Krankheiten oder Allergien? Benötigst du regelmäßig Medikamente? Hast du Vorerkrankungen die noch heute relevant sind? Was ist eigentlich deine Blutgruppe und bist du Organspender?

Auch wenn all deine Papiere abhanden kommen, solltest du diese Informationen weiter zugänglich haben. Wende dich im

Notfall an die deutsche Botschaft, um zum Beispiel einen Ersatz für deinen Reisepass zu bekommen.

Diebstahl, Kriminalität und Gewalt

Du wirst vielleicht mal etwas verlieren oder etwas geht kaputt. Das solltest du fest einplanen. Aus dem Grund empfehlen wir dir auch zwei Kreditkarten dabei zu haben und nicht zu teure technische Geräte.

Manche Probleme kannst du nicht vermeiden, weil vielleicht dein Flug ausfällt, alle Hotels ausgebucht sind, es nicht aufhört zu regnen oder du dir etwas brichst. Andere kannst du aber durch gesunden Menschenverstand vermeiden. Halte dich von Gefahren fern. Ein Unfall kann deine Reise beenden. Keine Sorge, du kannst in deinem Leben noch oft verreisen. Vermeidbare Probleme solltest du auf jeden Fall kennen und ernst nehmen.

Diebstahl im Allgemeinen

Wenn du unachtsam bist ist die Gefahr größer beklaut zu werden. Das vernünftigste ist deine Finanzen und deinen Besitz gar nicht zu zeigen. Wie viel Geld du hast, was für Kreditkarten oder was für Gegenstände du besitzt, geht niemanden etwas an. Vergiss nie, dass andere Leute schlechter gestellt sein können als du und sie kein Problem damit haben einen Fremden, den sie nie wieder sehen, um ein bisschen Geld zu erleichtern. Aus dem Grund:

- Lass deinen Besitz nicht unbeaufsichtigt herumliegen
- Zeige niemandem dein Geld oder Kreditkarten

- Verleihe nichts was du jemals wiedersehen willst
- Lass deine Wertgegenstände an einem sicheren Ort

Du kannst natürlich eine Reisegepäckversicherung abschließen. Sie wird dir deinen finanziellen Verlust ausgleichen, sofern etwas abhanden kommt. Manche Dinge kannst du aber nicht versichern, so hast du trotzdem die Arbeit mit der Wiederbeschaffung, wenn beispielsweise dein Reisepass weg ist. Sollte deine Kamera mit Speicher geklaut werden, dann sind alle Fotos verloren.

***Maik**: Meine Oma hat immer gesagt: „Gib niemanden die Gelegenheit etwas zu klauen. Dann ist er auch nicht verführt." Tatsächlich eine gute Weisheit, dank der mir noch nie etwas passiert ist!*

Wurdest du beklaut, so musst du den Vorfall auf jeden Fall bei der Polizei melden und deine Versicherung zeitnah kontaktieren. Ohne Meldung, kann die Versicherung deinen Ersatzanspruch nicht regulieren. Du hast dann umsonst für die Versicherung gezahlt und deine Gegenstände sind weg!

***Markus**: Ich hatte lediglich eine Reisekrankenversicherung. Mein Gepäck habe ich nicht versichert. Das lag daran, dass ich es problemlos hätte ersetzen können.*

Kriminalität und Gewalt

Auf Reisen solltest du genau so wachsam und vorsichtig sein wie in der Heimat. Gesunder Menschenverstand ist das beste Mittel zur Vermeidung von Problemen. Wenn du bei etwas ein komisches Gefühl hast, dann höre darauf!

***Markus**: In Nord BC, Kanada gibt es den Highway of Tears. Der Highway kommt zu seinem Namen weil zahlreiche Frauen beim trampen verschwunden sind. Per Anhalter fahren ist in dem Gebiet deshalb* *verboten. In Alice Springs, Australien wurden zwei Backpacker Mädels in ihrem Camper vergewaltigt. Im Süden Australiens sind Knochen von vermissten Backpackern gefunden worden. Ich lasse mich durch solche Meldungen nicht vom Reisen abhalten, bin aber vorsichtig und bei seltsamen Begegnungen gehen alle Alarmglocken an.*

Wir wollen, dass du sicher bist und deine Reise genießen kannst. Deshalb geben wir dir ein paar sinnvolle Verhaltensregeln. Grundsätzlich verhältst du dich in Deutschland auch nicht anders. Bedenke aber dass es in Deutschland kein Outback gibt in dem du über 1000km von der Zivilisation entfernt bist. Deshalb:

- Reise nicht alleine. Zu zweit oder in einer Gruppe bist du weniger gefährdet. Das gilt für Überfälle auf einsamen Highways ebenso wie für Bärenangriffe in der Wildnis.
- Begib dich nicht in fragwürdige Situationen. In Alaska oder im Outback bist du alleine. Dort beispielsweise per Anhalter zu fahren ist etwas anderes als in belebten Gegenden oder im kleinen Neuseeland.
- Kommt dir etwas verdächtig vor dann halte dich fern. In Alice Springs herrscht bei gewissen Einwohnern eine ziemliche Gewaltbereitschaft und einen Selfie von einer Schlägerei zu machen ist gar nicht clever. Alles schon vorgekommen.
- Halte dich von wilden Tieren fern. Wilde Tiere sind wild. Deshalb der Name. Dein Leben für ein Foto zu riskieren ist ziemlich dämlich. Das kam beispielsweise im Yellowstone National Park vor, als ein Tourist sich für ein Foto zu nah an ein Bison herangewagt hat. Ein Fall für: Berühmte letzte Selfies.

Wir wollen dir keine Angst machen, nur darauf hinweisen dass die Gefahren echt sind. Wenn du unterwegs bist, bist du in unbekanntem Gebiet und es ist nicht alles wie du es kennst. Bevor du dich an die Umgebung gewöhnt hast, solltest du die Augen offen halten.

Verlust deiner wichtigsten Papiere

Zuerst fühlst du dich irgendwie ganz leicht und dann breitet sich ein kribbelndes Gefühl von deinem Magen in den restlichen Körper aus bevor du dich wie elektrisiert fühlst. Danach geht es abwärts. Warum? Deine wichtigsten Papiere sind weg. Was musst du jetzt tun? Keine Sorge! Es ist unbequem aber du bekommst das in den Griff!

Verlust deiner Kreditkarte

Um Probleme mit Geldautomaten (ATM) zu vermeiden, empfehlen wir dir dein Geld an Automaten zu holen, die in, oder zumindest in der Nähe, der zugehörigen Bank stehen und diese geöffnet ist. Der Grund ist, dass du nie davor sicher bist, dass der Automat deine Karte einbehält. In dem Fall kannst du direkt zur Bank gehen und den Vorfall melden.

***Markus**: Die Karte eines Freundes wurde einmal von einem Automaten gefressen. Es war zwar vor der Bank, diese war aber geschlossen. Wir sind am nächsten Morgen wieder her gekommen und haben die Karte zurück erhalten.*

Das geht natürlich nicht immer. Sollte die Bank nicht in der Nähe sein, dann notiere dir auf jeden Fall die Nummer des Automaten und den Namen vom Institut. Du musst bei nächster Gelegenheit Kontakt mit einer Filiale aufnehmen und deine Karte zurück organisieren.

Sollte deine Karte unwiederbringlich verloren sein, aus welchem Grund auch immer, dann melde den Vorfall so schnell wie möglich deinem Institut! Kreditkarten sind versichert, jedoch nicht wenn du den Verlust erst Tage später meldest. Ruf sofort diese Nummer an und lass deine Karte sperren:

Die weltweite Nummer zum Sperren von Kreditkarten: 116 116

Wiederbeschaffung deiner Karte sollte immer möglich sein, kostet dich aber leider einen kleinen Betrag und natürlich Zeit. Wir hoffen dass du beim Organisieren deiner Kreditkarte herausgefunden hast, wie dein Institut den Ersatz deiner Karte handhabt. Falls nicht, dann gehe davon aus dass Ersatz in ein bis zwei Wochen an der nächsten Botschaft in dem Land in dem du dich befindest ankommen wird und du schätzungsweise zwischen 10 und 20 Euro für die neue Karte zahlen musst.

Denke daran, dass du die Zwischenzeit überbrücken musst. Jetzt kannst du deinen Notgroschen (Wir empfehlen dir immer 50 bis 100 Euro für den Notfall mitzuführen) einsetzen oder auf deine zweite Kreditkarte zurückgreifen. Hast du beides nicht, kannst du versuchen Freunde oder Familie in der Heimat zu kontaktieren die dir entweder Geld senden oder zum Beispiel eine Unterkunft über das Internet für ein paar Tage buchen.

***Tipp**: Trage deine Kreditkarten an verschiedenen Stellen am Körper, denn du willst nicht beide Kreditkarten auf einen Schlag verlieren. Es gibt spezielle Bauchtaschen die du zwischen Hose und Unterwäsche, also für Taschendiebe schwer zugänglich, tragen kannst. Brustbeutel sind ebenfalls möglich, wir haben allerdings immer die Bauchtasche bevorzugt.*

Verlust deines Reisepasses

Der Reisepass ist das wichtigste Papier auf deiner Reise. Wenn du ihn verlierst kannst du das Land nicht verlassen, bis du den Pass ersetzt hast und dich wieder ausweisen kannst. Du solltest deshalb immer eine Kopie deines Passes haben. Noch sicherer ist es einen Scan online bei Dropbox oder einem anderen Cloud-Speicher zu hinterlegen. Im Verlustfall hast du Zugriff auf die wichtigsten Passdaten, um dich auszuweisen zu können während du dich um neue Papiere kümmerst.

Kommt dein Reisepass abhanden, so ist das nervig aber kein Weltuntergang. Erstatte zunächst eine Diebstahl- oder Verlustanzeige bei der Polizei. Begib dich mit der Anzeige und weiteren Ausweisdokumenten (Führerschein oder Personalausweis) zur deutschen Botschaft und beantrage einen neuen Pass. Denk daran, dass du ein biometrisches Passbild benötigst. Die Ausstellung des neuen Dokuments kann bis zu 6 Wochen dauern! Es gibt je nach Region auch die Möglichkeit gegen einen Aufpreis eine Expresslieferung zu beantragen.

Nachdem du deinen neuen Pass ausgestellt bekommen hast, gehe mit diesem und der Anzeige zur Einreisebehörde und erkläre was vorgefallen ist. Du solltest dann einen neuen Stempel für deinen Reisepass beantragen.

Beachte, dass du ohne Reisepass in der Regel nicht das Land verlassen und dich nicht ausweisen kannst. Der Reisepass ist für dich das wichtigste Dokument, also passe gut darauf auf!

Sofern du kurz vor deiner Rückreise bist und die Zeit nicht reicht, einen neuen Reisepass zu beantragen, gibt es die Möglichkeit einen vorläufigen Reisepass ausgestellt zu bekommen. Dieser ist jedoch nur ein Jahr gültig. Du kannst ihn wie einen vollwertigen Pass nutzen und auch in Drittländer einreisen.

Wenn du kein Geld für einen vorläufigen Pass ausgeben willst und nur zurück nach Deutschland fliegen möchtest, kannst du in der deutschen Botschaft auch einen Reiseausweis beantragen. Mit diesem kannst du nicht in Drittländer einreisen, jedoch kommst du so schnell und günstig nach Hause.

Gefahren in der Wildnis

Reist du in die Wildnis, dann begibst du dich in völlig andere Verhältnisse als sie in Deutschland herrschen. Es klingt zwar dramatisch aber falsches Verhalten kann lebensgefährlich sein. Kennst du mögliche Gefahren, dann ist es nicht schwierig ihnen aus dem Weg zu gehen.

Plane das Wetter ein

Ein Wetterumschwung kann verheerende Auswirkungen haben, mit denen du nicht rechnest. Bevor du ein Abenteuer startest, solltest du die Wettervorhersage prüfen. Verfolge den Regenradar und die Wolkendichte in deinem Gebiet. Die

besten Ratschläge wirst du bei der lokalen Touristen Information bekommen.

***Markus**: Im Northern Territory Australiens stehen Indikatoren an den Highways, an denen man in der Regenzeit ablesen kann, wie hoch die Straße überschwemmt werden kann. Zum Teil sind diese mehrere Meter hoch.*

Starker Regen kann ein Problem sein, auch wenn er bereits vorüber ist. Wasserpegel können steigen oder sind bereits zu hoch. Flüsse werden reisserischer, Straßen stehen unter Wasser und Höhlen werden überschwemmt. In schwierigem Gelände, zum Beispiel im Gebirge, wirst du erst den Regen abwarten wollen, bevor du deine Wanderung fortsetzt. Regen kann dir also deinen Weg versperren, berücksichtige das in deiner Planung.

Solltest du in ebenem Gelände in ein Gewitter kommen, ist es sehr wichtig dich vor Blitzeinschlag zu schützen. Auf keinen

Fall darfst du der höchste Punkt im Gelände sein. Findest du keinen Schutz, dann mache dich klein, oder lege dich hin. Suche auf keinen Fall Schutz unter einem Baum. Da ein Blitz entlang der nassen Rinde in die Erde geleitet werden kann, bist du dort absolut nicht sicher.

Auch sonniges Wetter sollte nicht unterschätzt werden. Erleidest du einen Hitzschlag, kann das sehr gefährlich werden. Da die Sonne in manchen Ländern viel stärker als in Deutschland ist, kann sie dich mit einer größeren Wucht treffen. Setze dich deshalb nicht zu lange der Sonne aus und trage auch bei Hitze lange Kleidung mit Kopfbedeckung und benutze genügend Sonnencreme. Solltest du nach langem Aufenthalt in der Sonne Kopfschmerzen, Schwindel oder andere Symptome verspüren, dann begib dich sofort in den Schatten und suche vielleicht sogar einen Arzt auf.

Denke immer daran genügend zu trinken. In Deutschland hast du vielleicht keine Probleme, falls du mal sehr wenig an einem Tag trinkst. Luft kann bei Temperaturen weit unter null und bei großer Hitze sehr trocken sein. In beiden Fällen dehydrierst du schnell und wirst dich als Konsequenz schlapp fühlen und Kopfschmerzen bekommen.

***Markus**: Ich habe bei Ti Tree im Zentrum Australiens täglich 12 Stunden in der knallenden Sonne gearbeitet. Dabei habe ich jeden Tag fast zehn Liter getrunken und war immer noch durstig.*

Wilde Tiere an Land

Wenn du dich in der Wildnis bewegst, befindest du dich im Lebensraum von anderen Lebewesen. Schilder mit Texten wie "You Are In Bear Country" machen dir das unmissverständlich klar.

In Kanada kannst du zum Beispiel auf Bären, Wölfe und Elche treffen. In Australien sind die Tiere mit Spinnen, Skorpionen und Schlangen kleiner aber auch gefährlich.

***Markus**: Ich fand es in Kanada immer befremdlich alleine in den Wäldern unterwegs zu sein, wo mir jederzeit ein Bär begegnen kann. Zum Schutz hatte ich stets Bear Spray dabei und jede menge interessante und vor allem laute Unterhaltungen mit mir selber geführt.*

Informiere dich welche Tiere du in deinem Zielland antreffen kannst und wie man Konflikte vermeidet. Grundsätzlich ist wichtig zu wissen: Kein Tier sucht die Auseinandersetzung mit dem Menschen. Die häufigsten Unfälle passieren weil Tiere gestört oder überrascht werden und sich verteidigen wollen.

Es mag dich überraschen aber du stellst für die Tiere ebenfalls eine große Gefahr dar. Wilde Tiere dürfen sich nicht an den Mensch gewöhnen, vor allem dürfen sie niemals gefüttert werden. So verlieren sie nämlich ihre natürliche Angst vor dem Mensch und werden letztlich zu einer Bedrohung. Eine friedliche Koexistenz ist dann nicht mehr möglich und das Tier muss deportiert oder getötet werden. Solltest du also auf die Idee kommen ein wildes Tier füttern zu wollen, dann sei dir bewusst, dass dies indirekt zum Tod des Tieres führen kann.

***Markus**: Die lästigsten Tierchen, gegen die man sich nur schwerlich schützen kann, sind Mücken. Alles andere kann man gut vermeiden.*

Gefährliche Tiere im Wasser

Auch im Wasser ist Vorsicht geboten, weil Krokodile, Haie und Quallen ernst zu nehmen Gefahren darstellen. Bist du nicht sicher was dich in einem Gewässer erwartet, solltest du es auf keinen Fall betreten. Wie üblich solltest du dich an Beschilderungen orientieren und im Zweifelsfall bei der Touristen Information nachfragen, ob (saisonale) Warnungen vorliegen.

***Markus**: Ich war in einem Tümpel im Zentrum Australiens baden und hatte das gesamte Gewässer für mich alleine. Nach meinem Bad habe ich herausgefunden weshalb: Ich hatte die Krokodil-Warnung übersehen!*

***Maik**: Ich bin ehrlich gesagt überrascht, dass Markus noch am Leben ist!*

***Markus**: Gesunder Menschenverstand hat mir bisher immer geholfen.*

***Maik**: Da sagen deine Storys aber was anderes! Sowas sollte nicht ins Buch!*

***Markus**: Zurück zum Thema!*

Beim Kontakt mit Quallen solltest du die betroffenen Stellen übrigens mit Essig ausspülen, im Notfall mit Meerwasser. Süßwasser oder Alkohol hingegen lassen weitere Giftkapseln auf der Haut platzen und verschlimmern die Wunde.

Gezeiten und Gefahren in Gewässern

Strände und Flüsse bergen Gefahren, mit denen man auf den ersten Blick nicht rechnet. Bedenke, dass die Gezeiten an manchen Küsten den Wasserpegel um mehrere Meter verändern können. Sei deshalb über Ebbe und Flut informiert, insbesondere wenn du dich auf Landzungen und kleine Inseln begibst.

***Markus**: Nach mehreren Flussüberquerungen lernt man, dass schon kniehohes, schnell fließendes Wasser eine ernsthafte Gefahr bedeutet. Ich habe oft den Fehler gemacht nach unten zu schauen, wobei man sehr schnell die Orientierung verliert und in die falsche Richtung läuft. Es ist wichtig immer zum festen Land zu schauen.*

Respektiere stets die Macht von Strömungen. Du möchtest deine Reise sicher nicht durch Tod durch Ertrinken beenden. Selbst wenn du ein sehr guter Schwimmer bist, bleibe wachsam und wage dich nicht zu weit aufs offene Meer hinaus. Es ist ratsam, nur dort zu baden wo es explizit freigegeben ist und Badeaufsichten oder andere Menschen sind (die im Notfall Hilfe rufen können). Gefahren auf Beschilderungen solltest du immer ernst nehmen und im Zweifel lieber an Land bleiben.

Gerade in schnellen Flüssen und an Stränden mit starker Brandung und Felsenklippen können unsichtbare Unterströmungen und Walzen entstehen. Begib dich nicht unnötig in Gefahr und bade nur da wo es wirklich sicher ist.

Die häufigste Ursache für Badeunfälle an Meeresküsten sind Brandungsrückströmungen (Rip Currents). Diese ziehen den Schwimmer aufs offene Meer hinaus. Sofern du einmal das Gefühl hast, nicht mehr zum Strand zurück zu kommen, versuche nicht gegen die Strömung zu schwimmen und bleibe ruhig. Schwimme parallel zum Strand von der Strömung weg, dann gelangst du in ruhigere Gewässer, wo es einfacher ist, das Ufer zu erreichen.

In entlegenen Gebieten

Bevor du ins Outback oder ins Hinterland reist, solltest du dich absichern. Wahrscheinlich wirst du keinen Empfang mit deinem Smartphone haben und somit auf dich allein gestellt sein. Nimm ausgedruckte Karten mit und plane deinen Aufenthalt, bevor du dich in entlegene Gebiete begibst.

***Markus**: Ich hatte im Northern Territory Australiens wochenlang kein Netz. Die Möglichkeit per Telefon Hilfe zu rufen bestand also nie.*

Du solltest deine Reisepläne einer Vertrauensperson oder einer offiziellen Stelle mitteilen, damit nach dir gesucht werden kann, solltest du zum angekündigten Zeitpunkt nicht wieder zurück sein. Vergiss nicht, dich nach deinem Abenteuer zurück zu melden.

***Tipp**: Bist du auf dein Abenteuer vorbereitet? Passt deine Ausrüstung zu deinen Plänen? Hast du genügend Essen und Trinken dabei? Nimm genügend Wasser mit und packe bei Bedarf Wasseraufbereitungs-Tabletten ein, um notfalls Fluss- oder Seewasser trinkbar zu machen.*

Reise mindestens zu zweit, besser zu dritt. Im Notfall kann eine Person bei dem Verunfallten bleiben und der Andere holt Hilfe.

Heimreise und Rückflug

Irgendwann wird es so weit sein: Du musst nach Hause fliegen.

Es gibt verschiedene Optionen für deinen Rückflug. Du kannst Hin- und Rückflug zusammen buchen oder, wenn du mit einer Organisation reist, besteht oft die Möglichkeit, den Rückflug noch kostenfrei zu verschieben. Etwas mutiger ist es einfach nur den Hinflug zu buchen und keine Pläne für die Rückkehr zu machen. Hier musst du nur im Hinterkopf behalten, dass du auch wieder vor Ablauf des Visums das Land verlässt und noch genügend Geld für den Rückflug auf deinem Konto bleibt.

***Maik**: Ich habe es auf meinem Rückflug von Kanada tatsächlich geschafft mein neues Longboard neben meinem übergroßen Filmstativ im Rucksack aufzugeben. Es war knapp und ich hatte Angst, dass der Rucksack platzt. Also guckt nicht nur auf das Gewicht sondern auch auf die Masse.*

Eine Sache, auf die du achten solltest bevor du am Airport ankommst, ist das Thema Übergepäck. Du hast dir sicher auf deiner Reise Souvenirs gekauft. Erkundige dich vor Abflug über das zugelassene Gepäckgewicht und verschenke Dinge, die du nicht mitnehmen möchtest. Übergepäck solltest du im Voraus anmelden da es sonst teuer werden kann. Möglicherweise ist ein zweites Gepäckstück günstiger als Übergewicht beim ersten Gepäckstück zu bezahlen. Das kannst du vor dem Abflug klären.

***Markus**: Auf einem Flug von Neuseeland nach Australien bin ich in letzter Sekunde am Schalter angekommen und hatte kein zusätzliches Gepäck gebucht. Mein 50L Rucksack wurde wegen Zeitdruck dann einfach durchgewunken und kam mit in die Passagierkabine.*

Eine tolle Möglichkeit dein Abenteuer ausklingen zu lassen, ist auf der Rückreise noch Zwischenstops einzubauen. Oft ist es nicht teurer die Verbindung für ein paar Tage zu unterbrechen. So kannst du kostengünstig andere Länder und Städte kennen lernen.

***Maik**: Auf meinem Rückflug von Neuseeland habe ich je 4 Tage in Sydney, Bangkok und Dubai verbracht. Der Aufpreis für die Flugplanänderung lag bei unter 300$. Das war eine tolle Möglichkeit diese großen Städte kennen zu lernen. Ich würde sonst nicht extra in diese Metropolen fliegen. Die Zeit war vollkommen ausreichend und so kann ich diese Orte von meiner Bucketlist streichen. Auf meinem Rückweg von Kanada habe ich für 12 Tage in Island gestoppt. Dort habe ich meine Freundin getroffen und wir konnten ein paar Tage gemeinsamen Urlaub machen.*

Markus: *Auf einem Rückflug von Australien nach Deutschland habe ich in Singapur halt gemacht und bin in ein paar Tagen nach Bangkok gereist von wo aus ich weiter geflogen bin. Der Stopover war nicht teurer als die Direktverbindung und die Reise war ein kleines Abenteuer.*

Deine Reise neigt sich dem Ende zu und es ist an der Zeit "Farewell" zu sagen. Sei nicht zu traurig und freue dich, über die ganzen tollen Erfahrungen, die du gemacht hast. Wir sind froh, dass wir dich begleiten durften und sind auch nach deiner Reise noch für dich da!

Guten Rück- oder Weiterflug!

Nach der Reise

Wir wollen dir an dieser Stelle die Möglichkeit geben zu reflektieren, wie die Reise dich verändert hat. Nimm dir einen Moment Zeit zu überlegen wer du vor deinem Auslandsaufenthalt warst. Warst du schüchtern? Warst du reisebegeistert? Wusstest du was du willst?
Wie hast du dich entwickelt? Bist du offener geworden? Konntest du deine Sprachkenntnisse verbessern? Hast du neue Fähigkeiten erlernt?

Vor deinem Abenteuer hast du sicher noch bei deinen Eltern gewohnt und warst in einem konstanten Freundeskreis. Dadurch waren deine Einstellungen zu verschiedenen Themen auch mit denen deiner Umgebung synchronisiert. Die Reise war wahrscheinlich die erste Zeit deines Lebens, in der du vollständig auf dich alleine gestellt warst und tun konntest was du wolltest. Wie siehst du jetzt Deutschland, deine Heimatstadt, deine Freunde, deine Familie? Hast du im Laufe der letzten Monate neue Ansichten kennen gelernt die dir teilweise besser gefallen oder dich inspiriert haben?

Gab es schlechte Momente und wie bist du mit ihnen umgegangen? Gab es Menschen mit denen du nicht klar gekommen bist und hast du deine eigenen Grenzen gefunden und verschoben?

Du hast nun neue Seiten an dir kennen gelernt und weißt mehr über dich und die Welt, als vor der Reise. Das ist eines der Vorteile von längeren Reisen: Man scheidet so lange aus seinem gewohnten Umfeld, dass man offen und empfänglich für andere Kulturen und Lebensweisen wird. Du kannst nun bestimmen, wie du dein Leben gestalten möchtest, welche Werte du vertrittst und was dir wichtig ist.

Nimm dir aktiv Zeit festzustellen, wie du dich verändert hast. Das kann dir Selbstbewusstsein und spannende Erkenntnisse liefern.

Die Heimkehrer Krankheit

Deine Reise ist vorbei, das Abenteuer hat ein Ende. Zurück in Deutschland, kaum etwas hat sich verändert. Viele Heimkehrer fallen zunächst in ein Loch und wollen einfach nur noch zurück in ihr Traumland.

Wie im Kapitel "Kulturschock und Heimweh" bereits angekündigt, gibt es auch einen umgekehrten Kulturschock, nämlich dann, wenn du wieder in deine Heimat zurückkehrst. Wahrscheinlich kehrst du mit gewissen Erwartungen oder vielleicht sogar Euphorie heim. Du triffst deine Freunde wieder, deine Familie, kannst deine Lieblingsrestaurants besuchen und hast wieder alle Sachen zur Verfügung, auf die du während der Reise verzichtet hast.

Wenn die positiven Gefühle verfliegen, fällst du in ein Loch, in dem du dir in deiner eigenen Kultur fehl am Platz vorkommst. Während deiner Abwesenheit hast du dich verändert aber dein altes Umfeld ist gefühlt auf dem Stand von vor deiner Abreise.

Deine Denkweise hat sich einem anderen Land angepasst und deine Wahrnehmung hat sich auf eine andere Perspektiven eingestellt. Je länger dein Auslandsaufenthalt andauerte, desto mehr Veränderungen sind in dir vorgegangen, die du bisher nicht wahrgenommen hast. Wenn du heimkehrst gehst du davon aus in ein gewohntes Umfeld zurück zu kehren, in dem du dich auskennst. Du hast dich aber mental deinem alten Umfeld entfremdet. Was auch immer in der Zwischenzeit passiert ist, du passt nicht mehr in deine Heimat.

Was dich trifft ist ein umgekehrter Kulturschock. Symptome können folgende sein:

- Langeweile
- Beziehungen sind nicht mehr die gleichen
- Du fühlst dich fehl am Platz, miss- oder unverstanden
- Gefühle von Verlust oder starker Eingeschränktheit
- Deine neuen Fähigkeiten sind hier nicht anwendbar
- Du kannst deine Erlebnisse nicht vermitteln
- Du weißt nicht, wie es weiter gehen soll

Mach dir keine Gedanken um Beziehungen und Leute sondern sortiere aus was aktuell nicht mehr zu dir passt. Konzentriere dich lieber darauf, wie du ab hier weiter machst. Du befindest dich jetzt in einem neuen Lebensabschnitt und den gilt es zu ordnen.

***Markus**: Wir beschreiben das Zurückkommen gerne mit Farben. Bevor du auf deine Reise gegangen bist war dein gesamtes Leben schwarz und weiss. Während deiner Reise hast du gelernt Farben zu sehen und dein Leben ist bunt geworden. Nun kommst du heim und die Farben sind weg. Weil du zuvor Farben nicht kanntest haben sie dir nicht gefehlt aber nun,* *da du sie kennst, fehlen sie dir. Leider können viele Leute dich nicht verstehen, denn sie haben ihr gesamtes Leben in schwarz und weiß erlebt.*

Wenn die beschriebenen Probleme dich überwältigen, haben wir ein paar Tipps für dich:

- **Denke an deine gute Situation.**
  Ist dir schonmal aufgefallen wie günstig Deutschland auf dem Globus gelegen ist? Die meisten Länder der Erde kannst du von hier gut erreichen. Sicher sind Australien und Neuseeland weit weg aber stell dir vor du würdest dort wohnen. Dann wären alle anderen Länder ebenfalls weit weg. Hinzu kommt, dass wir von Deutschland aus mit dem Auto in andere Länder fahren können, was in Australien und Neuseeland hingegen nicht möglich ist. Dort ist eine Auslandsreise immer mit einem Flug verbunden. Dein deutscher Reisepass öffnet dir übrigens die Türen in die meisten Länder der Welt. Fast keine andere Nation hat so viele unkomplizierte Einreisebedingungen wie Deutschland.

- **Habe einen Plan.**
  Deine Planung sollte nicht mit deiner Reise enden. Wenn du planlos Heim kehrst, fällt dir die Neuausrichtung sehr schwer. Gegen Ende deiner Reise solltest du daher überlegen wie es danach weiter geht. Du solltest dir neue Ziele setzen. Willst du studieren, eine Ausbildung machen, weiter reisen? Dir stehen alle Türen offen!

- **Sprich mit Freunden und Familie.**
  Es wird dir ein gutes Gefühl geben, wenn du mit Freunden und Familie sprichst. Auch andere Reisende die selber gerade heimgekehrt sind, können gute

Gesprächspartner sein, insbesondere da sie deine Situation nachempfinden können. Habe Verständnis wenn nicht alle Menschen in deinem Umfeld deine jetzige Stimmung nachvollziehen können.

- **Plane schon die nächste Reise.**
  Wenn du deine nächste Reise schon vor Augen hast, hast du bereits ein Ziel das du erreichen willst. Das motiviert dich in der Zwischenzeit wieder durchzustarten.

- **Ein neuer Lebensrhythmus.**
  Damit du wieder in Deutschland Fuß fassen kannst, benötigst du Routinen und Strukturen. Melde dich erneut bei deinem Sportclub an, schaffe neue Rituale mit Freunden und probiere vielleicht neue Freizeitaktivitäten aus. Für den Anfang kann dir möglicherweise auch ein Nebenjob helfen, wieder anzukommen und deinen Geldbeutel aufzufüllen.

- **Wandere aus.**
  Du musst nicht heimkehren. Wenn du meinst dein Traumland gefunden zu haben, kannst du versuchen dort zu bleiben. Es muss nicht für immer sein. Mit deinem Working Holiday Visum hast du schon den Fuß in der Tür. Wenn du dich um weitere Schritte kümmerst, könnte dein Vorhaben durchaus klappen. Bedenke aber, dass im Ausland auch irgendwann der Alltag eintritt, du deine Rechnungen bezahlen musst und das Neue seinen Reiz verliert.

- Auf deiner Reise hast du bewiesen, dass du weist, wie du dein Leben in die Hand nimmst. Es ist nun wieder an der

Zeit dies zu tun. Du sitzt im Zentrum Europas und hast viel gelernt. Mach was draus!

***Tipp**: Auf deiner Reise hast du sicher auch viele Deutsche und andere Reisende kennengelernt, die in deiner Reichweite wohnen. Eine Möglichkeit wieder unterwegs zu sein und die guten Erinnerungen aufkommen zu lassen, ist die Bekannten zu besuchen. Vielleicht kannst du einen Roadtrip machen und gleichzeitig das eigene Land besser kennenlernen. Die Unterkunft bei deinen Freunden ist kostenfrei und du musst nur etwas Geld für Essen und Transport einplanen. Ihr könnt eure Freundschaften festigen, euch die gemeinsamen Erlebnisse wieder erzählen und euch an die gute Zeit erinnern.*

***Maik**: Nach meiner Rückkehr aus Neuseeland habe ich es schwer in Hamburg ausgehalten und habe mir mit meinem Reisebuddy das Auto von meinem Opa geschnappt. Wir sind dann von der Nordsee über das Ruhrgebiet nach Stuttgart, München und Berlin 3 Wochen und 3000 Kilometer durch Deutschland gefahren. Auf der Tour haben wir überall kostenlos essen und schlafen können. Es tat gut sich mit allen Bekannten zu treffen und gemeinsam etwas zu unternehmen!*

Hole deine Steuern zurück

Während deiner verschiedenen Jobs haben deine Arbeitgeber für dich Lohnsteuer und Rentenbeiträge an den Staat gezahlt. Einen Teil der gezahlten Beträge kannst du dir wieder zurück holen.

Du kannst deine Forderung noch während deiner Reise stellen oder dich bequem von Deutschland aus darum kümmern. Zur schnellen Abwicklung aus deiner Heimat empfehlen wir dir einen Dienstleister (Tax Back Office) zu beauftragen. Dieser kümmert sich um deinen Antrag und vereinfacht das gesamte Prozedere. Im Gegenzug bekommt der Dienstleister einen gewissen Prozentsatz deiner Erstattungen und eine Bearbeitungsgebühr. Prüfe online, ob sich das für dich lohnt. Du kannst auf der Seite des Tax Back Office ausrechnen lassen, wie viel Geld du zurück bekommen würdest.

Ein Dienst der sich um die Abwicklung in allen drei Ländern kümmert ist Taxback:

- www.taxback.com

Die Steuererstattung wird ausführlicher in den länderspezifischen Kapiteln behandelt.

Deine Fotos und Videos

Auf deiner Reise hast du mit Sicherheit sehr viele Fotos aufgenommen. Damit du diese auch mit Familie, Freunden und Bekannten teilen kannst, macht es Sinn, eine Auswahl deiner besten Bilder zu treffen.

Gehe die einzelnen Momente deiner Reise durch, wähle die aussagekräftigsten Bilder aus und entferne doppelte oder unscharfe Fotos. Eine gute Auswahl kannst du schön präsentieren ohne jemanden zu langweilen.

***Maik**: Ich habe bei meiner Neuseelandreise 5000 Fotos auf 1800 dezimiert. Das ist mir eigentlich immer noch zu viel. Von meiner Kanadareise habe ich nur noch ca. 600 Fotos übrig. Dort habe ich allerdings auch viele Videos für meinen YouTube Kanal gemacht.*

***Markus**: Ich sortiere nie etwas aus. Allerdings mache ich von meinen Reisen YouTube Videos, die ich mit Freunden und Zuschauern teile. Von meinen Fotos landet nur eine kleine Auswahl bei Instagram.*

Alternativ kannst du auch haptische Produkte anfertigen lassen. Auf Parties oder bei Familientreffen ist es zum Beispiel sehr praktisch ein Fotobuch zusammen anzuschauen.

Unsere Favoriten sind die folgenden:

- **Fotokalender**
  Auf einem Kalender begleiten dich deine besten Bilder durch das ganze Jahr.

- **Fotos**
  Drogeriemärkte haben Automaten an denen du günstig und in guter Qualität deine Bilder ausdrucken kannst. Du kannst eine Fotocollage machen oder die Bilder zu Hause aufhängen.

- **Fotobuch**
  Wenn du sehr viel Bilder unterbringen willst, kannst du online ein Fotobuch gestalten. Alternativ kannst du auch ein leeres Buch kaufen und mit ausgedruckten Fotos und Buntstiften ein individuelles Erinnerungsstück schaffen. Eintrittskarten und anderes Material kannst du dann auch unterbringen.

- **Fototasse**
  Du kannst Tassen auch mit mehreren Fotos gestalten. Sie sind ein schönes Erinnerungsstück, dass du praktisch jeden Tag benutzen und ansehen kannst.

- **Wandtuch**
  Es gibt einige Webseiten auf denen du deine hochaufgelösten Fotos auf große Stofftücher drucken lassen kannst. Diese sind ein cooler Wandschmuck!

***Maik**: Ich verschenke seit Jahren Fotokalender zu Weihnachten. Sie sind sehr persönlich, nützlich, preiswert und bieten für ein ganzes Jahr neue Motive. Meine Familie ist immer begeistert! Außerdem bin ich froh, dass ich sie von Zuhause am Computer bestellen kann! Kein nerviges Shopping in der Stadt.*

Damit du die Erinnerungen von deinem großen Abenteuer auch noch deinen Enkelkindern zeigen kannst, ist es wichtig die Daten zu sichern. Speichere deine Fotos auf mindestens zwei verschiedenen Festplatten oder in der Cloud ab. So hast du immer noch ein Backup. Anbieter wie z.B. Dropbox oder Google Drive bieten für wenig Geld die Sicherung in der weltweit verfügbaren Cloud an. Einziger Nachteil ist, dass dein Account gehackt werden kann und die Fotos zweckentfremdet oder gelöscht werden könnten.

Vielleicht hast du neben Fotos auch Videos aufgenommen, aus denen man gut kleine Filme machen kann. Das Rohmaterial schaut man sich erfahrungsgemäß selten an. Du kannst unterwegs auf deinem Smartphone einfache Videos und Fotos zusammenschneiden oder in Ruhe am Computer mit komplexeren Programmen deinen Reisefilm erstellen.

Generell lohnt es sich die Arbeit zu investieren, da man sich so tolle kleine Andenken schafft, die die schönen Erinnerungen an dein Abenteuer zusammenfassen.

Starter Guide Australien

Good day, mate! How ya doing? Willkommen im Land Down Under. Australien ist zwar ein kleiner Kontinent, dafür aber ein gewaltig großes Land. Die etwa 25 Millionen Einwohner leben hauptsächlich in Küstenregionen, dafür warten im dünn besiedelten Landesinneren weiträumige Landschaften und geheimnisvolle Ureinwohner. Stell dich auf heiße Sommer, milde (oder gar keine) Winter, endlose Strände, exotische Tiere und vor allem nette Menschen ein.

Wichtigste Eckdaten

Die Ostküste ist am stärksten besiedelt, im Rest des Landes findest du vereinzelt mehr oder weniger große Städte wie Perth, Darwin, Broome und Alice Springs, die aber deutlich weniger Einwohner haben als die großen Städte im Osten.

Im Süden gibt es die vier Jahreszeiten Frühling, Sommer, Herbst und Winter. Der Sommer dauert von Dezember bis Februar und der Winter etwa von Juni bis August. Die Temperaturen können hier durchaus auf den Gefrierpunkt sinken.

Im Norden gibt es lediglich Regen- und Trockenzeit. Die Regenzeit dauert normalerweise von November bis März und beschert Temperaturen zwischen 30°C und 50°C. Die Trockenzeit hingegen dauert von April bis Oktober und die Temperatur liegt im Schnitt bei angenehmen 25°C.

Australien hat drei Zeitzonen, wobei die Uhr in WA, NT und QLD nicht von Sommer- auf Winterzeit umgestellt wird, in den anderen Bundesstaaten hingegen schon!

Das Wasser in Großstädten entspricht dem europäischen Standard, in abgelegenen Regionen ist das Wasser hingegen nicht unbedingt zum trinken geeignet. Informiere dich am besten bei deiner Unterkunft oder der Tourist Information, ob das Leitungswasser trinkbar ist.

Im Straßenverkehr gilt das Linksfahrgebot, das Steuer ist entsprechend auf der rechten Seite.

Tiere, Gefahren und Ratschläge

Die Landesvorwahl ist +61 und die landesweite Notrufnummer 000. Die Flying Doctors können schnell abgelegene Gebiete erreichen, allerdings musst du sie auch kontaktieren können. Reist du in abgelegene Gebiete im Outback, so wirst du nur mit einem Satellitentelefon eine Verbindung bekommen.

Die Sonneneinstrahlung in Australien ist wesentlich stärker als in Deutschland. Es ist sinnvoll dich nicht zu lange in der prallen Sonne aufzuhalten und starken Sonnenschutz zu verwenden. Wenn du dich viel in der Sonne aufhalten musst solltest du lange Kleidung tragen.

Du dehydrierst viel schneller als in Deutschland und wirst möglicherweise Probleme mit Kopfschmerzen haben, falls du nicht genügend trinkst.

Die Tierwelt Australiens ist zu groß, um alle Tiere hier aufzulisten. Wir sind aber sicher, dass du Kängurus, Koalas, Emus, Echsen und Dingos zu sehen bekommen wirst, falls du viel reist. Schlangen sind gefürchtet, beissen aber nur wenn sie sich bedroht fühlen. Mit entsprechender Vorsicht kannst du sie leicht vermeiden.

Die Seewespe ist eine Quallenart, die dir Sorgen bereiten sollte. Kontakt führt zu erheblichen Schmerzen und im schlimmsten Fall zum Tod. Bei entsprechender Windrichtung und Gezeiten können sie in Schwärmen auftauchen. Warnhinweise und Schilder solltest du deshalb immer beachten und dich am besten vor Ort über Gefahren informieren!

Die Gefahr durch Krokodile und Haie ist ernst zu nehmen. Ist ein Gewässer gefährlich, so gibt es üblicherweise auch Warnhinweise. Trotzdem solltest du immer vorsichtig sein und dich im Zweifel vom Gewässer fern halten.

Spinnen können dir öfter mal begegnen. Gefürchtet ist die zwischen 3 und 12 Millimeter große Redback Spinne, die man am roten Streifen auf ihrem Hinterteil erkennt. Spinnen nisten sich gerne in warmen, feuchten Gebieten ein, zum Beispiel in einer Scheune. Bisse treten hauptsächlich auf, weil Personen in die Nähe der Netze kommen oder die Spinnen sich in Kleidungsstücken einquartieren. Bei angemessener Vorsicht kannst du sie also leicht vermeiden.

Unsere Highlights

Abgesehen von den 19 Orten des UNESCO Weltkulturerbes hat Australien noch eine riesige Menge Ziele, die sich lohnen zu besuchen. Für einen vollständigen Überblick solltest du dir einen guten Reiseführer kaufen, zum Beispiel Lonely Planet Discover Australia. Besonders gut haben uns die folgenden Orte gefallen:

1. Sydney in New South Wales

Schon auf der Karte betrachtet sieht Sydney interessant aus. Vor allem der Bereich um die Harbour Bridge und das Opernhaus lädt ein, sich hier aufzuhalten. Hast du das Glück über Sylvester hier zu sein, solltest du dir das irre Feuerwerk an der Harbour Bridge anschauen!

2. Uluru im Northern Territory

Etwa 450 km von Alice Springs und ziemlich im Zentrum des Landes liegt dieser gewaltige Monolith. Das Allerheiligste der Ureinwohner zu besteigen ist heutzutage verboten. Dafür ist eine Wanderung um den Uluru sehr empfehlenswert und für Fotos solltest du zum Sunrise- und Sunset Point gehen. Weniger berühmt aber genau so empfehlenswert sind übrigens die benachbarten Olgas.

Markus: *Wir wollten ursprünglich auch auf den Uluru steigen. Am ersten Tag war der Zugang aber wegen starkem Wind und am zweiten Tag wegen einem Trauerfall gesperrt. In der Zwischenzeit fanden wir heraus, dass die Ureinwohner es nicht gerne sehen, wenn Touristen den Aufstieg machen und haben uns letztlich für den Spaziergang um den Fels entschieden.*

3. Whitsunday Islands und das Great Barrier Reef

Das Great Barrier Reef ist mit vielen Stränden und 74 Inseln voller möglicher Ausflugsziele. Dir werden in den vielen Ortschaften auch Touren zu abgelegeneren Orten angeboten.

4. Great Ocean Road in Victoria

Etwa 3000 aus dem ersten Weltkrieg heimgekehrte Soldaten haben diese Straße erbaut! Sie ist eine der bekanntesten Scenic Routes in Australien. Entlang der Route gibt es zahlreiche Highlights, unter anderem die Twelve Apostles.

5. Coober Pedy in South Australia

Hier wurden ganze Häuser unter der Erde gebaut, da in und um Coober Pedy sehr viele Löcher gegraben wurden. Die Löcher stammen von Opal Minen, die nur wenige Meter unter die Erde reichen und sich dann horizontal unter der Oberfläche ausbreiten.

Working Holiday Visum

Das WHV für Australien beantragst du am besten online. Seit 2019 kannst du dein Working Holiday Visum sogar zweimal verlängern und dann insgesamt drei Jahre im Land bleiben. Dafür sind aber Voraussetzungen zu erfüllen, auf die wir im Folgenden eingehen.

***Markus**: Damals war mir diese Option nicht bewusst, aber statt zwei Jahre in Australien zu verbringen ist es eine schöne und einfache Möglichkeit stattdessen in Neuseeland ein weiteres Working Holiday Jahr zu beantragen.*

Einschränkungen und Voraussetzungen

Für die erfolgreiche Beantragung des Visums musst du die folgenden Bedingungen zu erfüllen:

- Du musst kinderlos und zwischen 18 und 30 Jahre alt sein. Es ist in Diskussion die Altersgrenze auf einschließlich 35 Jahre zu heben, das ist aber bisher nicht durchgesetzt.
- Dein Reisepass sollte aus einem qualifiziertem Land stammen. Hast du keinen deutschen Pass, dann prüfe die Liste zulässiger Länder. Dein Reisepass sollte 3 Monate über die geplante Dauer deiner Reise hinaus gültig sein.
- Du darfst keine kriminelle Vergangenheit haben.
- Das Visum ist außerhalb des Landes zu beantragen und wird bei Einreise aktiviert. Es ist nicht vorgesehen das erste Visum innerhalb Australiens zu beantragen.
- Du kannst das Working Holiday Visum nur einmal beantragen und wenn du die Voraussetzungen erfüllst um ein zweites und drittes Jahr verlängern.
- Du benötigst eine Kreditkarte für die Bezahlung des Visums.

Eine Reihe weiterer kleiner Fragen bezüglich deiner Gesundheit während des Antrags entscheiden letztlich über deine Zulässigkeit. Plane ein paar Wochen Vorlauf, um für deine weitere Planung sicher zu sein, dass du das Visum ausgestellt bekommen wirst. Nach der Zusage für das Visum hast du ein Jahr Zeit nach Australien einzureisen und dieses zu aktivieren.

***Markus**: Meine damalige Freundin hat das Visum einen Tag vor Einreise von Saigon, Vietnam aus online beantragt. Es wurde glücklicherweise in kürzester Zeit bestätigt.*

Bei der Einreise solltest du einen finanziellen Gegenwert von 5000$ nachweisen können. Bei Reisenden wird stichprobenartig geprüft, ob sie diese Bedingung erfüllen. Außerdem ist eine Krankenversicherung für die Dauer deiner Reise notwendig.

Du darfst nichts einführen, was die Tier- oder Pflanzenwelt beeinträchtigen könnte. Auf der Einreisekarte, die dir im Flugzeug vor der Landung ausgehändigt wird, musst du deshalb angeben was für pflanzliche oder tierische Produkte du mitführst. Wird etwas nicht angegebenes in deinem Gepäck gefunden, kann das hohe Strafen nach sich ziehen.

Mit deinem ausgestellten Visum darfst du:

- Bis 12 Monate in Australien bleiben und arbeiten.
- Maximal 6 Monate für denselben Arbeitgeber arbeiten.
- Bis zu 4 Monate studieren.
- In diesen 12 Monaten beliebig oft ein- und ausreisen.

Beantragung des Visums

Auf der Homepage der australischen Einwanderungsbehörde findest du eine Übersicht aller Working-Holiday-Typen. Wähle das First Working Holiday Visa (subclass 417) aus:

super-bibel.de/au-visa

1. Lege einen Account an

Zu Beginn der Beantragung deines Visums wirst du nach Login-Daten für deinen ImmiAccount gefragt. Hast du noch keinen Account, kannst du kostenlos einen anlegen.

Mit deinen Benutzerdaten kannst du den Prozess starten. Du kannst deinen Antrag vor dem Absenden auch speichern und dich später wieder einloggen und weiter arbeiten.

2. Reiche Informationen ein

Zuerst wirst du nach persönlichen Daten gefragt. Beantworte diese fehlerfrei und halte deinen Reisepass bereit.

Es gibt zwei Fragen zu ehemaligen oder aktuellen australischen Visa. Hattest du bisher noch kein Visum für Australien, brauchst du diese Fragen nicht beantworten. Außerdem wirst du gefragt, ob du in in den letzten zwölf Monaten einen Gesundheitscheck für Australien gemacht hast. Hier kannst du mit Nein antworten, wenn dies nicht der Fall ist. Nur sehr spezielle Tätigkeiten setzen einen Gesundheitscheck voraus, du wirst normalerweise also keinen brauchen.

Du wirst nach einem ungefähren Einreisedatum gefragt, das weniger als ein Jahr in der Zukunft liegen sollte. Du musst nicht genau zu diesem Zeitpunkt einreisen. Sobald du die Bestätigung für dein Visum erhältst, hast du zwölf Monate Zeit, nach Australien einzureisen.

Wenn du gerade deinen Schulabschluss erlangt hast, kannst du bei der Frage nach deinem Beruf „Student“ angeben. Das Abitur nennt sich “Senior High School Degree or Certificate”.

Es wird gefragt, in welcher Branche du in Australien arbeiten möchtest. Dies ist lediglich eine Angabe deiner Interessen. Du musst später nicht in diesem Bereich arbeiten. Beispielsweise kannst du „Accommodation, Cafés and Restaurants“ angeben.

Du wirst im Antrag gefragt, wie du über die Entscheidung deines Antrags informiert werden willst. Die Benachrichtigung per E-Mail ist wesentlich schneller als eine Mitteilung per Post.

Dein gesundheitlicher Zustand und deine Vergangenheit wird ebenfalls beleuchtet. Beantworte alles wahrheitsgemäß.

Zuletzt wird gefragt, ob du alles verstanden hast, bevor du eine Zusammenfassung deiner Angaben erhältst. Prüfe deine Angaben genau auf Richtigkeit. Du erhältst die Gebühren für dein Antrag nicht zurück, sollte dir ein Fehler unterlaufen sein.

3. Bezahle den Antrag

Nach der Bestätigung der Angaben musst du per Kreditkarte das Visum bezahlen. Dieses kostet aktuell 485$. Als Bestätigung erhältst du eine Transaction Reference Number (TRN), die du dir sicherheitshalber notieren solltest.

4. Vorfreude

Die Antwort auf deinen Antrag erhältst du schnell. Nach offiziellen Angaben werden 75% aller Anträge innerhalb von 14 Tagen beantwortet. Erhältst du keine E-Mail, dann prüfe auch deinen Spam-Ordner. Du kannst den Status deines Antrags jeder Zeit in deinem ImmiAccount einsehen.

***Hinweis**: Deine angegebenen Daten müssen alle korrekt sein, da sie bei Einreise abgeglichen werden. Sollte dir ein Fehler unterlaufen sein, kannst du evisa.whm.helpdesk@immi.gov.au unter Angabe deines Vor- und Nachnamen, TRN Nummer, Geburtsdatum und einer Kopie deines Reisepasses kontaktieren und um Korrektur bitten.*

Visum für ein zweites Jahr

Es ist möglich dein Visum zu verlängern. Kannst du nachweisen, dass du 88 Tage, also 3 Monate, eine dafür anerkannte Arbeit verrichtet hast, dann erfüllst du die Voraussetzungen. Es werden Zeiten bei verschiedenen Arbeitgebern summiert und du musst Teilzeit gearbeitete Tage zu vollen Tagen zusammenrechnen.

Es werden nur bestimmte Branchen für eine Visumsverlängerung anerkannt. Du kannst Arbeitszeit in folgenden Bereichen geltend machen: Pflanzen- und Tierzucht (plant and animal cultivation), Fischen und Perlfischen (fishing and pearling), Bäume pflanzen und fällen (tree farming and felling), Bergbau (mining) und Baugewerbe (construction). Zum Thema Farmarbeit geben wir dir im nächsten Kapitel ein paar Tipps.

Bewahre von deinen Tätigkeiten die Unterlagen auf. Du kannst Gehaltsabrechnungen, Group Certificates, Steuererklärungen, Bescheinigungen des Arbeitgebers oder vom Arbeitgeber unterschriebene Beschäftigungsnachweise verwenden, um deine Arbeit nachzuweisen.

Visum für ein drittes Jahr

Willst du dich für ein drittes Visum qualifizieren und damit drei Jahre in Australien bleiben, dann musst du im zweiten

Jahr sechs Monate lange die gleiche Arbeit verrichten, die du auch für dein zweites Jahr benötigt hast.

Arbeiten in Australien

Auf Farmen arbeitest du in australischer Hitze für den Mindestlohn oder etwas mehr. Klingt nicht sehr reizvoll? Ist es auch nicht. Es geht hier einzig und allein ums Geld und/oder um deinen Nachweis der getanen Arbeit für die Visumsverlängerung. Bedenke, dass nur bezahlte Arbeit für eine Verlängerung deines Visums relevant ist. Vollbrachte Arbeit solltest du dir immer bestätigen lassen (Formular 1263) und so die Unterlagen für deine erneute Visums-Beantragung sammeln.

Farmarbeit, speziell bei der Ernte, richtet sich nach der Saison. Australien ist so groß, dass in verschiedenen Teilen des Landes vollkommen unterschiedliche Erntezeiträume herrschen. Das Thema ist so umfangreich, dass es ein Übersichtsbuch gibt, in dem beschrieben steht, zu welcher Jahreszeit was in welcher Gegend geerntet wird. Du bekommst den "National Harvest Guide" sowohl kostenlos an jeder guten Tourist Information als auch online.

🔗 www.jobsearch.gov.au/harvest

Sei dir bitte im klaren darüber, dass es viele Backpacker gibt und es trotz dem großen Bedarf an Erntehelfern schwierig sein kann einen Job zu bekommen.

***Markus**: Da ich ein eigenes Auto hatte, konnte ich bei sehr abgelegenen Farmen persönlich nach Arbeit fragen und habe immer schnell einen Job gefunden. Oft genug bin ich aber durch Gegenden gereist in denen die Saison bereits vorbei war und es gar keine Jobs mehr gab.*

Die schnellste und einfachste Möglichkeit eine Anstellung zu finden ist persönlich Farmen zu besuchen und nach Arbeit zu fragen. So sprichst du direkt mit dem Farmer und braucht dieser noch Erntehelfer, kann er dich sofort einstellen. Um diese Farmen zu finden kannst du die "National Harvest Telefon Service" Hotline anrufen und nach Kontakten und Bedarf an Helfern fragen. Die Nummer findest du im Harvest Guide.

Die zweite Möglichkeit ist die Organisation über Hostels. Sie haben Kontakte zu Farmen und organisieren Arbeit für dich. Nimm dich bei dieser Option vor leeren Versprechungen in acht. Manche Hostels halten ihre Betten gefüllt und versprechen Arbeit, die du aber niemals bekommst. Lass dich nicht zu lange hinhalten. Endlose Wartelisten sind verdächtig. Sprich auf jeden Fall mit anderen Reisenden über ihre Erfahrungen und falls nötig reise zügig weiter!

Die dritte Möglichkeit sind Jobzentren in denen du dich über Jobs in allen möglichen Tätigkeiten informieren kannst und Unterstützung bei deinen Bewerbungen bekommst.

***Markus**: Ich habe mich im Jobzentrum von Katherine, Australien um Jobs beworben und einen Arbeitsplatz als Känguru-Zähler ergattert. Es ging darum, Kängurus auf einem Flugplatz zu zählen. So lustig wie es klingt war es allerdings nicht, denn bei zu vielen Kängurus auf dem Flugplatz wurden diese zum Abschuss frei gegeben.*

Beziehungen helfen selbstverständlich auch weiter. Grundsätzlich solltest du jede Möglichkeit nutzen, die dir zu Verfügung steht.

Steuererstattung

In Australien musst du dein Gehalt versteuern. Liegt dein Jahresgehalt unter 37.000$, dann liegt der Steuersatz bei 15%. Dein Arbeitgeber führt dieses Geld vom Lohn ab und du kannst es dir nicht wieder holen.

Verdienst du mehr als 37.000$, dann gibt es weitere Regelungen über die du dich am besten vor Ort informierst. In großen Städten wie Melbourne, Sydney oder Perth gibt es Steuerbüros (Taxation Offices) die dich beraten und informieren. Weitere Infos findest du auch im Internet unter:

🔗 super-bibel.de/au-steuer

Ausgaben für deinen Job, zum Beispiel Werkzeug, Arbeitskleidung oder andere Hilfsmittel, kannst du dir unter Umständen über die Steuer erstatten lassen. Auf jeden Fall solltest du alle Belege aufheben, um sie bei deiner Steuererklärung einreichen zu können.

In Australien endet das Steuerjahr nicht wie in Deutschland, am Ende des Jahres, sondern am 30. Juni. Eine einfache Möglichkeit deine Steuererklärung zu machen gibt es online unter der folgenden Adresse:

🔗 www.ato.gov.au

Es gibt noch mehr Geld, das du dir am Ende der Reise zurück holen kannst: Das Rentengeld.

Die Rente nennt sich „Superannuation" oder kurz „Super". Auch als Work & Traveller zahlt dein Arbeitgeber für dich in die Rente ein. Dein Arbeitgeber zahlt monatlich 9% deines Gehalts zusätzlich auf dein Rentenkonto ein. Dieses Konto kannst du nach deiner Ausreise und nach Ablauf des Visums auflösen. Üblicherweise dauert die Bearbeitung bis zu 28 Tage und du kannst damit rechnen ungefähr 60% der abgeführten Beiträge erstattet zu bekommen.

Deinen Superannuation Account kannst du über das DASP Portal des Taxation Office auflösen:

🔗 www.ato.gov.au/super

Du musst hierfür das "Departing Australia Super Payment" Formular ausfüllen. Die Beträge, die deine Arbeitgeber für dich eingezahlt haben findest du auf den Gehaltsabrechnungen (Pay Slips), sowie auf der Payment Summary nach Beendigung deines Arbeitsverhältnisses.

Sollte auf den Papieren nichts vermerkt sein, frage unbedingt bei deinem Arbeitgeber nach.

Wenn du bereits vor mehr als 6 Monaten aus Australien ausgereist bist, kannst du trotzdem das Geld zurück fordern. Du bist dann allerdings in der Kategorie "Unclaimed Super Payment" geführt.

Für den DASP Antrag benötigst du natürlich deine persönlichen Daten, eine E-Mail-Adresse, sowie eine beglaubigte Kopie deines Passes, deine Steuernummer und zuletzt die Daten deines Super-Accounts.

Die Beantragung deiner Auszahlung kann auch auf dem Postweg erfolgen. Dieser Weg ist jedoch deutlich umständlicher und auch teurer.

Wichtige Tipps

Australien ist ein gewaltiges Land mit grünen Küsten und einem lebensfeindlichem Zentrum. Bewegst du dich in der Nähe von Städten so wird dir die Lebensweise vertraut vorkommen. Ein paar Dinge solltest du aber berücksichtigen, vor allem wenn du auch ins Outback reisen willst.

- Achte darauf, immer genug zu trinken. In heißen Gebieten dehydrierst du schnell. Dein Wasserbedarf ist wesentlich höher als in Deutschland. Kopfschmerzen sind ein sicheres Anzeichen, dass du zu wenig getrunken hast.

- Bist du per Auto auf den Highways oder im Outback unterwegs, dann solltest du immer voll tanken, wenn du zu einer Tankstelle kommst. Oft brauchst du einen Großteil deiner Tankfüllung, um von einer Tankstelle zur nächsten zu kommen. Prüfe auch deinen Ersatzreifen regelmäßig auf Luftdruck, solltest du ihn brauchen, dann willst du nicht, dass er platt ist.

- Sei bei Nachtfahrten besonders vorsichtig oder vermeide sie komplett. Kängurus halten sich nachts gerne an Straßen auf, weil der Asphalt nachts die vom Tag gespeicherte Wärme abgibt. Kängurus können außerdem nicht rückwärts laufen. Wenn sie dir am Straßenrand begegnen ist Vorsicht geboten, weil sie flüchten, vorwärts hüpfen und möglicherweise vor dein Auto springen.

- Als Camper wird es dich erfreuen, dass es an den meisten Stränden kostenlose Duschen gibt! Charakteristisch für Australien sind außerdem die mit einem einzigen Knopf zu startenden BBQs, die in jeder Ortschaft herum stehen und von der Stadt in einem super Zustand gehalten werden.

- Süß- und Salzwasser-Krokodile verhalten sich unterschiedlich. Die “Salties” sind aggressiver und greifen eher an als die Kollegen im Süßwasser. Du solltest immer vorsichtig sein, nicht nur an Orten, wo Warnhinweise stehen. Warnungen zu ignorieren ist lebensgefährlich!

- Kaufe dir TimTams, beisse zwei diagonal gegenüberliegende Ecken ab und sauge deinen Kaffee durch einen TimTam. Vertrau’ uns …

Starter Guide Kanada

Kanada ist das zweitgrößte Land der Welt. Die 37 Millionen Einwohner sprechen im größten Teil des Landes englisch und hauptsächlich in Quebec französisch. Ein kleiner Teil der Bevölkerung spricht beide Sprachen.

Wichtigste Eckdaten

Entlang der Grenze zu den USA ist Kanada am stärksten besiedelt, wobei man im Norden auch vereinzelt Ortschaften findet.

Der Sommer kann im Süden Kanadas heiß und schwül werden. Nördlich gelegene Städte wie zum Beispiel

Whitehorse erleben eher milde Sommer bei durchschnittlich 20° Celsius. Im Winter sind Temperaturen von -30° Celsius keine Seltenheit, lediglich die Gegend um Vancouver erlebt sehr milde Winter, die allerdings stark verregnet sind.

Kanada hat sechs verschiedene Zeitzonen. In manchen Gegenden des Landes gibt es keine Zeitumstellungen von Winter- und Sommerzeit, darunter ein Großteil von Saskatchewan, Teile von Québec, Southampton Island und einige Orte in British Columbia.

Das Wasser in Großstädten entspricht dem europäischen Standard, in abgelegenen Regionen ist das Wasser hingegen nicht unbedingt zum trinken geeignet. Informiere dich am besten bei deiner Unterkunft, ob das Leitungswasser trinkbar ist.

In Kanada gilt wie in Deutschland das Rechtsfahrgebot.

Tiere, Gefahren und Ratschläge

Die Tierwelt in Kanada ist nicht ungefährlich. Bären, Elche und andere große Tiere können dir gefährlich werden. Reist du zum Campen oder Wandern in die Natur, solltest du dich zuvor über den richtigen Umgang mit wilden Tieren informieren.

***Hinweis**: Denke über die Anschaffung von Bear-Spray nach. Das ist ein starkes Pfefferspray, das für die Abwehr unserer pelzigen Freunde entwickelt wurde. Solltest du in der Wildnis von einem Bär angegriffen werden kann es dein Leben retten.*

Grundsätzlich solltest du dich von wilden Tieren fern halten und sie unter keinen Umständen füttern. Gewöhnen sie sich nämlich zu sehr an den Menschen, so werden sie zu einer ernsten Gefahr und dann entweder getötet oder aus ihrer Heimat in die tiefe Wildnis deportiert.

Campe nicht im Winter, außer du weißt genau, was du tust. Die Temperaturen in der Winterzeit sind weit jenseits der erträglichen Werte. Ohne die richtige Ausrüstung ist Camping im Freien lebensgefährlich.

In manchen Teilen von British Columbia und Alberta ist es verboten per Anhalter zu fahren, da hier schon mehrmals Leute verschwunden sind. Sicherer bist du, wenn nicht alleine per Anhalter fährst und es in kritischen Gebieten komplett vermeidest.

Unsere Highlights

Kanada ist so groß, dass du dir gut überlegen musst, was du sehen willst. Alles ist nicht möglich. Mit dem Lonely Planet Discover Kanada bekommst du eine gute Übersicht über das ganze Land und spannende Ziele. Unsere Highlights waren die folgenden:

1. Kanutour auf dem Yukon River

Wenn du Kanada ursprünglich und fernab der Zivilisation erleben möchtest, bietet eine Kanutour auf dem Yukon Fluss genau wonach du suchst. Ein paar Tage auf dem Yukon geben dir wirklich das Gefühl von allem sehr weit weg zu sein.

***Markus**: Ich habe die Kanutour mit zwei Freunden unternommen, die ich erst zwei Tage zuvor kennen gelernt hatte. Wir haben einen Großeinkauf im Walmart gemacht, im Ort das Kanu geliehen, die Autos auf dem Walmart Parkplatz stehen gelassen, den Weg bis Carmacks zurück gelegt* *und sind am Schluss per Anhalter zurück nach Whitehorse gereist. Es war ein unproblematisches und cooles Abenteuer.*

In Whitehorse kannst du deinen Trip komplett organisieren. Reichen dir die fast 200 km bis Carmacks nicht, dann kannst auch den deutlich längeren Weg bis Dawson City, der ehemaligen Hauptstadt des Yukon Territory, zurück legen. Dawson mutet an wie eine alte Westernstadt und gibt dir ebenfalls ein gutes Gefühl für das alte Kanada.

2. West Coast Trail

An der Westseite von Vancouver Island gelegen, befindet sich der wilde, 75 Kilometer lange West Coast Trail. Es handelt sich dabei um eine 6 tägige Wanderung, ohne Handyempfang und Kontakt zur Zivilisation. Hier läufst du entlang der Küste durch den Wald, am Strand und über Hügel. Du überquerst Flüsse mit Seilbahnen, wanderst über Hängebrücken und kletterst über 100 Leitern auf und ab.

Die Tage in der Natur sind ein intensives, empfehlenswertes und anstrengendes Erlebnis. Einzig die hohe Park- und Weggebühr (Overnight Use Permit), sowie die An- und Abreise sind als Negativpunkte zu nennen. Mehr Infos zum Wanderweg gibt es auf der Webseite von Parks Canada:

🔗 super-bibel.de/west-coast-trail

Maik: *Zusammen mit einem alten Bekannten aus der Schule bin ich den West Coast Trail gewandert. Mein Kumpel ist erst zwei Tage zuvor in Kanada angekommen und war mental noch nicht auf die Wildnis eingestellt. Durch die ungewohnte Anstrengung und den fehlenden Kontakt zur Außenwelt saß er schon am ersten Abend weinend neben mir, während ich das Lagerfeuer am Strand genoss und dem Sonnenuntergang zuschaute. Ich bekam Angst, dass wir*

die Wanderung abbrechen müssen. Er hat sich aber tapfer mit Blasen an den Füßen bis zum Ende durchgekämpft. Selbst er sagte am Ende, dass es die krasseste Wanderung seines Lebens war.

3. Eisberge vor Neufundland

Es gibt eine Saison in der vor der Küste Neufundlands Eisberge herum treiben. Von Frühling bis zur Mitte des Sommers stehen deine Chancen gut selber auch Eisberge zu sichten. Ende Mai bis Mitte Juni gilt als beste Zeit für eine Sichtung.

***Markus**: Wir sind den Eisbergen förmlich hinterher gereist. Immer wieder haben wir einzelne Brocken vor der Küste gesehen, bis wir letztlich an einem günstigen Tag eine ganze Armada großer Blöcke vor der Küste treiben sahen.*

Mit einer Tour kannst du eventuell noch näher an die Eisberge heran. Im besten Fall siehst du Wale, Eisberge und Vögel gleichzeitig. Auf der folgenden Seite kannst herausfinden wo zuletzt Eisberge gesichtet wurden:

🔗 www.icebergfinder.com

4. Zugfahrt: The Canadian

Eine besondere Reise durch ganz Kanada kannst du mit dem Fernzug "The Canadian" machen. Er bringt dich in 4 Nächten die ganzen 4466 Kilometer von Toronto nach Vancouver.

🔗 super-bibel.de/canadian

***Maik**: Im Canadian habe ich einen New Yorker kennengelernt, bei dessen Freunden ich anschließend für 12 Tage kostenlos wohnen konnte. Wir haben uns viel unterhalten, Karten gespielt und er hat Jahre später bei Freunden von mir in Hamburg wohnen können.*

5. Arbeiten im Skigebiet

Die Skigebiete Kanadas sind super abwechslungsreich und bieten zum Teil das phantastische Panorama der Rocky Mountains. Mit deinem Visum hast du die Möglichkeit einen Winter in einem dieser Skigebiete zu arbeiten und jeden Tag kostenlos auf die Piste zu gehen.

***Markus**: Meine Saison in Sunshine Village war auf jeden Fall das Highlight meiner Reise nach Kanada. Wenn es möglich wäre, würde ich es wiederholen.*

6. Banff Nationalpark

Der Banff Nationalpark ist ein Ort, den du auf jeden Fall besuchen solltest. Von Calgary ist er leicht zu erreichen und im Ort Banff kannst du dir einen Job suchen und auch dort wohnen. Auch die bekannten Seen, Lake Louise und Moraine Lake findest du in diesem Park.

Working Holiday Visum

Das Visum musst du online beantragen. Eine Verlängerung ist nicht möglich aber falls du die Voraussetzungen erfüllst, kannst du für ein zweites Jahr ein Young Professional Visum beantragen, das jedoch weniger auf Reisen ausgelegt ist. Wir konzentrieren uns auf das Working Holiday Visum.

Einschränkungen und Voraussetzungen

Du darfst mit dem Working Holiday Visum bei verschiedenen Arbeitgebern im ganzen Land arbeiten. Berufe wie Lehre in Schulen, Kinderbetreuung und Berufe im Gesundheitswesen erfordern zusätzlich ein Medical Exam, also eine Untersuchung deiner Gesundheit. Die Anzahl ausgegebener Visa ist begrenzt, in der Vergangenheit wurden jährlich zwischen 4000 und 5000 Visa vergeben. Sie werden verlost. Nach der Erstellung deines Profils entscheidet also das Los, ob und wann deine Zulassung ausgestellt wird. Bedenke:

- Du musst für die Beantragung mindestens 18 und höchstens 35 Jahre alt sein. Vom Zeitpunkt der Zulassung deines Visums hast du noch ein Jahr lang Zeit einzureisen, kannst also auch noch mit 36 Jahren einreisen.
- Du musst einen deutschen Reisepass besitzen. Er sollte mindestens für die Dauer deines Aufenthalts gültig sein. Dein Visum wird maximal bis zum Ende der Gültigkeit deines Reisepasses ausgestellt.
- Du solltest frei von Vorstrafen sein und das musst du über dein polizeiliches Führungszeugnis bestätigen können.
- Zur Einreise solltest du den Gegenwert von 2500$ vorweisen können. Außerdem solltest du entweder ein Rückflugticket, oder die finanziellen Mittel, um eines zu kaufen, vorweisen können.
- Ebenso musst du für die Dauer deines Aufenthalts eine Auslandskrankenversicherung vorweisen können.
- Angehörige sind über dein Visum nicht eingeschlossen.
- Dies ist außerdem dein erstes Working Holiday Visum für Kanada.

- Du benötigst eine Kreditkarte für die Bezahlung des Visums.

Kannst du die Voraussetzungen erfüllen steht einer erfolgreichen Beantragung nichts im Weg.

Dokumente, die du benötigst

Die Beschaffung deiner Dokumente kann eine Weile dauern, daher empfehlen wir dir rechtzeitig alles zu organisieren. Folgende Unterlagen benötigst du:

- **Polizeiliches Führungszeugnis.**
  Du bekommst es beim Einwohnermeldeamt für etwa 13€ oder im Onlineportal des Bundesamtes für Justiz. Bevorzugst du die online Variante, so muss die Online-Ausweisfunktion deines Personalausweises aktiviert sein. Beantragst du es beim Einwohnermeldeamt, so musst du auf jeden Fall persönlich dort erscheinen. Es dauert ein bis zwei Wochen, bis das Führungszeugnis ausgestellt ist. Um bei der Beantragung des Visums nicht durch das Führungszeugnis aufgehalten zu werden, solltest du es mit etwas Vorlauf beantragen.

***Hinweis**: Theoretisch muss das Dokument ins Englische übersetzt werden. Wir haben jedoch häufig gehört, dass die deutsche Fassung auch akzeptiert wird. Besteht dein Führungszeugnis nur aus den Worten "Keine Einträge", kannst du darüber nachdenken, dir den Aufwand einer nicht beglaubigten Übersetzung zu sparen und das deutschsprachige Dokument zu verwenden.*

- **Lebenslauf, auch Résumé genannt.**
  Erstelle ihn nach kanadischem Vorbild. Wichtig ist, dass deine Ausbildung, Qualifikationen und Arbeitserfahrungen enthalten sind. Kommst du gerade

aus der Schule, dann ist es normal nicht über Arbeitserfahrungen zu verfügen! Im Kapitel Orientierungshilfe für deinen Lebenslauf geben wir dir Tipps für die Erstellung.

- **Medizinische Untersuchung.**
  Warst du mindestens 6 Monate in Risikoländern unterwegs oder willst Jobs (Lehre in Schulen, Kinderbetreuung und Berufe im Gesundheitswesen) annehmen, die einen Nachweis deiner Gesundheit erfordern, dann musst du eine medizinische Untersuchung nachweisen können. Eine Liste der Risikoländer findest du hier:

  super-bibel.de/ca-medizinische-untersuchung

- **Reisepass.**
  Dieser muss für die geplante Reisedauer gültig sein und sollte eine freie Seite für das Visum haben. Beantrage deinen Reisepass auf jeden Fall frühzeitig, da die Ausstellung bis vier Wochen dauern kann!

- **Biometrisches Passbild.**
  Dein Gesicht muss zentriert und frontal zu sehen sein und über 70% des Bildes füllen. Dein Mund muss geschlossen und dein Gesichtsausdruck neutral sein. Kopfbedeckungen darfst du nur aus religiösen Gründen tragen. Der Hintergrund des Bildes muss hell und ohne Muster sein. Ein Foto ist 3,5cm x 4,5cm groß und wenn du es digital irgendwo ablegst, dann speichere es immer in der maximalen Qualität.

- **Formular zu deiner Familie.**
  Im Dokument IMM5707 gibst du alle Informationen zu

deiner Familie an. Denke beim Ausfüllen daran, dass du selber der “Applicant” bist und bei dir selber unter “Will accompany you to Canada?” “Yes” auswählst und bei deinen Eltern entsprechend “No”. Mit Acrobat Reader hast du die Möglichkeit das Dokument digital zu unterzeichnen.

Beantragung des Visums

Anders als in Australien und Neuseeland erfolgt in Kanada die Visumsvergabe nach dem Losprinzip. Um an der Verlosung teilzunehmen und in den Bewerberpool zu gelangen musst du dich online registrieren. Jährlich werden etwa 4500 Working Holiday Visa an Deutsche Staatsbürger ausgegeben.

Folge der nachstehenden Anleitung, um dich für ein Visum zu bewerben:

1. Wann kannst du dich registrieren?
Eine Anmeldung ist nicht jederzeit möglich. Die Pools werden normalerweise November oder Dezember geöffnet und im Oktober wieder geschlossen. Finde heraus, ob du dich gerade für den Bewerberpool registrieren kannst und wann die Anmeldung möglich ist. Die CIC hat hierfür eine Infoseite:

🔗 super-bibel.de/ca-visum-vergabe

***Hinweis**: Die ganzen Bezeichnungen können verwirrend sein. Die Abkürzung CIC steht übrigens für “Citizenship and Immigration Canada”.*

2. Bist du für das Visum qualifiziert?
Ist der Bewerberpool geöffnet, beantwortest du als erstes einige Fragen über die festgestellt wird, ob du für ein Visum generell in Frage kommst.

🔗 super-bibel.de/ca-visum

Nach Ausfüllen des Fragebogens erhältst du einen "Personal Reference Code", den du dir notieren oder ausdrucken solltest. Du benötigst diesen für den nächsten Schritt.

Du kannst die Fragen alternativ auch erst beantworten, wenn du bereits einen GCKey Account angelegt hast. Bist du während der Beantwortung der Fragen eingeloggt, so wird dir am Ende kein Code angezeigt. Stattdessen wird das Ergebnis wird direkt in deinem Account gespeichert.

3. Dein MyCIC Konto anlegen.
Am Ende des Fragebogens gelangst du zu einer Seite auf der du deinen MyCICAccount mittels GCKey-Login anlegen kannst:

🔗 super-bibel.de/ca-mycic

Nun hast du 60 Tage Zeit, um dein Profil fertigzustellen und abzuschicken. Achtung: Wenn du deinen Antrag nicht innerhalb von 60 Tagen einreichst, werden deine Angaben alle gelöscht.

Du musst folgende Angaben machen: Identität (Name, Geburtsort, Geburtsdatum usw.), Staatsangehörigkeit, Aufenthaltsland, Land in dem du eine dauerhafte Adresse besitzt (Country of Permanent Residency), Kontaktinformationen, Status (zum Beispiel Schüler,

Student oder Arbeitnehmer) und ob du ein bestehendes Jobangebot aus Kanada hast.

Nach dem Abschicken bist du endlich im Pool von Kandidaten und musst auf eine Einladung warten. Diese wiederum erlaubt dir eine Arbeitserlaubnis zu beantragen. Nutze die Zeit während du auf der Warteliste bist, um dich um deine Dokumente zu kümmern. Es wird ein paar Tage dauern, bis du sie organisiert hast. Es ist außerdem sicherer dies nicht in letzter Minute zu machen, so sparst du dir Stress.

4. Warte auf die Einladung.
MyCIC versendet in unvorhersehbaren Abständen Einladungen mit denen du die gewünschte Work Permit beantragen kannst. Checke regelmäßig deinen MyCIC Account. Es kann sein, dass du keine E-Mail Benachrichtigung erhältst, obwohl du eingeladen wurdest! Die Einladungen werden nach dem Zufallsprinzip versendet und du hast leider keinen Einfluss auf die Vergabe.

5. Einladung annehmen und Unterlagen einreichen.
Wurdest du eingeladen, so hast du 10 Tage Zeit die Einladung zu akzeptieren. Ab dem Tag deiner Zusage hast du 20 Tage Zeit, um eine Arbeitserlaubnis zu beantragen. In diesem Schritt musst du nun die oben aufgezählten Dokumente liefern. Solltest du die Unterlagen nicht rechtzeitig bekommen, reicht temporär auch eine Bestätigung, dass du entsprechendes Dokument beantragt hast. Hältst du die Fristen nicht ein, so musst du nochmal ganz von vorn beginnen!

Jetzt musst du die Gebühr von insgesamt 253$ für dein Working Holiday Visum bezahlen. Zusätzlich musst du 85$ für die Erfassung deiner biometrischen Daten zahlen.

6. Biometrische Daten erfassen lassen.

Nachdem du deine Dokumente eingereicht und alle Gebühren bezahlt hast, erhältst du eine Aufforderung deine biometrischen Daten (Fotos & Fingerabdrücke) binnen 30 Tagen erfassen zu lassen. Das geht in Deutschland derzeit nur in Berlin und Düsseldorf. Du kannst auch zu einer Stelle außerhalb Deutschlands gehen. Hier findest du deine Liste autorisierter Kontakte:

🔗 super-bibel.de/ca-biometrisch

Beachte, dass du vorab einen Termin zur Datenerfassung machen musst. Deine Fingerabdrücke können nur erfolgreich aufgenommen werden, wenn deine Finger keine Verletzungen aufweisen! Zu dem Termin musst du das Einladungsschreiben mitbringen, welches du über dein Onlinekonto erhalten hast, sowie deinen Reisepass.

Nachdem deine Fingerabdrücke und Fotos aufgenommen wurden, wird dein Antrag automatisch weiter bearbeitet.

7. Dein Antrag wird nun bearbeitet.

Nun bist du im letzten Schritt, dieser sollte nach offiziellen Angaben maximal acht Wochen dauern. Nach dieser Wartezeit bekommst du einen Port Of Entry (POE) Letter Of Introduction. Drucke ihn aus, um ihn bei deiner Einreise vorzeigen zu können.

8. Glückwunsch

Du hast dich erfolgreich durch den komplizierten und

langwierigen Bewerbungsprozess gequält. Du kannst nun offiziell in das zweitgrößte Land der Erde einreisen und dort arbeiten.

***Hinweis**: Falls du noch detaillierte Hinweise für die Beantragung suchst, findest du diese auf der Website von International Experience Canada (IEC):*

🔗 super-bibel.de/ca-visum-infos

Deine Papiere bekommst du übrigens erst bei der Einreise ausgestellt. Lege bei einem “Immigration Office” den POE und deinen Reisepass vor. Krankenversicherung und finanzielle Mittel musst du auf Anfrage vorzeigen können. Ist dir das nicht möglich, kann die Ausstellung deines Work Permits abgelehnt werden.

Es wird eine Arbeitserlaubnis in deinen Reisepass geheftet. Prüfe sofort, ob die Daten und der Zeitraum korrekt sind. Fehler sind später schwer oder gar nicht korrigierbar.

Arbeiten in Kanada

Kanada ist berühmt für seine Winter und die Rocky Mountains. Die meisten Backpacker versuchen einen Job in einem Skigebiet zu bekommen und haben dann die Möglichkeit einen Winter in den Rocky Mountains zu verbringen und jederzeit kostenlos Wintersport in diesen phantastischen Skigebieten zu betreiben.

In Kanada gibt es je nach Provinz unterschiedliche Gehälter. Die Stundenlöhne schwanken zwischen 11,05 CAD in Saskatchewan und 15 CAD in Alberta.

Wenn du Gehalt beziehst wird dein Arbeitgeber dich alle zwei Wochen auszahlen. Wenn ein Arbeitgeber aus welche Gründen auch immer diesen Rhythmus nicht einhält solltest du dieses zeitnah zur Sprache bringen. Es wäre nicht das erste Mal, dass Backpacker um ihr Gehalt betrogen werden.

Maik: *In Kanada habe ich in einem Hotel gearbeitet. Dort habe ich die Zimmer der Gäste hergerichtet: Bett machen, Staubsaugen, Toiletten putzen. Bei letzterem habe ich einmal einen Klositz gesehen, der komplett mit Toilettenpapier eingewickelt war. Das war mega schräg. Ich konnte mir nicht genau erklären, wie das zustande gekommen ist. Dann wickelte ich minutenlang das ganze Papier ab und begann zu putzen.*

Markus: *War das eventuell an dem Tag an dem du deine Schuhe nicht finden konntest?*

Arbeit in einem Skiresort / Skigebiet

Arbeit im Skigebiet ist Saisonarbeit. Ein paar Wochen oder Monate bevor die Saison beginnt schreiben die Skigebiete ihre Stellen aus. Um einen Job zu bekommen solltest du dich zum einen auf die ausgeschriebenen Stellen bewerben und zum anderen versuchen an Jobmessen teilzunehmen. Für letztere benötigt man jedoch häufig eine Einladung, um die man sich ebenfalls vorab bewerben muss. Auf einer Messe stehen deine Chancen gut sofort einen Job vermittelt zu bekommen.

Jobmessen sind Massenabfertigungen. Im wesentlichen werden sie von hunderten Bewerbern besucht und die meisten Positionen werden an zwei oder drei Tagen besetzt.

Markus: *Bei der Jobmesse in Fernie wurden am ersten Tag fast alle Positionen belegt und entsprechende Teilnehmer bekamen sofort ihre Zusagen. Die Bewerber des zweiten und dritten Tages landeten* *grundsätzlich auf der Warteliste. Das ist eigentlich auch nicht schlecht, denn es gibt extrem viele Absagen und über die Warteliste bekommen letztlich doch noch sehr viele Bewerber ihren Job.*

Hinweis: *Jobmessen finden tatsächlich in Neuseeland, Australien und den meisten Großstädten Kanadas statt. Als Deutsche können wir realistischerweise aber nur an den lokalen Jobmessen in der Nähe der Skigebiete teilnehmen.*

Folge den Ausschreibungen auf den Webseiten der entsprechenden Skigebiete und schaue regelmäßig nach Neuigkeiten.

Die Jobs in Skigebieten sind vielfältig. Bei unserer letzten Umfrage gab es von 56 Befragten 18 Haushälter, 7 Liftbetreiber, 6 Tellerwäscher, 6 Köche, 5 Skilehrer, 5 Kellner, 2 Küchenhilfen und jeweils einen Barista, Concierge, Reiniger, Trailcrew, Snowmaker, Kassierer und Groomer.

Markus: *Der Job im Skigebiet war schon in Ordnung. An einem achtstündigen Arbeitstag habe ich sicher effektiv nur vier Stunden gearbeitet. In der Zeit habe ich meine Aufgaben recht unproblematisch erledigt. Das war meinen Vorgesetzten, die das gleiche Pensum einhielten, durchaus bekannt. Es war also durchaus möglich einen Arbeitstag ruhig anzugehen und auch mal während der Arbeitszeit ein Nickerchen zu halten. Solange die Arbeit gemacht wurde hat sich niemand beschwert.*

Steuererstattung

Die CRA (Canada Revenue Agency) ist die kanadische Steuerbehörde, die Auskunft über Steuerthemen gibt und dir Formulare zur Verfügung stellt.

Eine Steuererstattung in Kanada ist nicht so einfach wie in Neuseeland oder Australien zu beantragen. Das System ist sehr umfangreich und die Provinzen haben unterschiedliche Steuersätze, die zusätzlich zur Federal Tax anfallen. Wenn du Geld von der Provinz Quebec zurück fordern willst, musst du sogar zwei Steuererklärungen abgeben. Aufgrund der Komplexität verzichten wir auf eine detaillierte Anleitung. Stattdessen geben dir allgemeine Informationen und empfehlen die Beauftragung eines Dienstleisters für die Rückforderung von zu viel gezahlten Steuern. Der größte Anbieter ist:

🔗 www.taxback.com

Mit der kostenfreien Software von StudioTax und SimpleTax lässt sich die Steuererklärung auch selber machen. Kannst du den Prozess nicht online abschließen, dann hilft die Software dir deine Unterlagen auszufüllen, um sie zu drucken und per Post zu versenden.

Allgemeine Informationen zum Steuersystem

In der ersten Steuerstufe zahlst du 15% Federal Income Tax von deinem Gehalt. Die Steuer wird von deinem Arbeitgeber automatisch abgeführt. Es gibt eine Steuerfreigrenze auf der Federal-Ebene von 11.809$.

Hinzu kommen noch die Steuern, die von der Provinz erhoben werden und zwischen 4% und 10,8% liegen. Hier schwanken die Freigrenzen zwischen 8.160$ und 18.914$.

Wenn sich dein Einkommen also in den Freibeträgen befindet, kannst du die trotzdem bezahlten Steuern zurück fordern! Du benötigst dafür Einkommensnachweise, die "T4 Statement of Remuneration" genannt werden. Das T4 wird dir vom Arbeitgeber spätestens Ende Februar des Folgejahres zugeschickt. Es beinhaltet Informationen darüber, was du verdient hast und wie viel Steuern und Abgaben abgezogen wurden. Der Versand erfolgt in den meisten Fällen per Post. Du kannst den Arbeitgeber aber bitten dir dieses per E-Mail zuzusenden.

***Maik**: Ich habe meine Steuererstattung nicht beantragt, als ich im Internet erfuhr, dass das kanadische System ähnlich kompliziert ist wie das Deutsche! Zudem habe ich auch nicht genug gearbeitet, als das es sich gelohnt hätte.*

Wichtige Tipps

Kanada hat ein paar Gegebenheiten, die es von Australien und Neuseeland unterscheidet. Zum einen darfst du nicht dauerhaft mit deinem deutschem Führerschein Auto fahren, zum anderen musst du dich auf den harten Winter vorbereiten.

Kanadischer Führerschein

Wenn du einen Führerschein besitzt, dann wurde dieser sicher in Deutschland ausgestellt. Vielen Polizisten ist der deutsche

Führerschein bekannt und es ist möglich, dass sie ihn aus Kulanz akzeptieren. Der internationale Führerschein kann dir in Polizeikontrollen trotzdem Diskussionen ersparen. Deswegen empfehlen wir dir immer einen internationalen Führerschein mitzuführen (siehe Kapitel Reisepass und Führerschein).

Du darfst mit deinem deutschen Führerschein auch in Kombination mit dem internationalen Führerschein, abhängig von der Provinz, nur drei bis sechs Monate fahren. Das Gesetz fordert, dass du deine deutsche Fahrerlaubnis innerhalb dieser Frist gegen einen kanadischen Führerschein eintauschst. Hintergrund ist, dass es grundsätzlich verboten ist mehr als einen Führerschein zu besitzen.

***Markus**: Ich habe damals mit verschiedenen Ämtern telefoniert und versucht herauszufinden, ob ich meinen Führerschein eintauschen muss. Da ich ständig gereist bin und nie länger in einer Provinz war, war mir nicht klar, welche Regelung von welcher Provinz für mich gilt. Vor allem die Frage, ob ich nun einen kanadischen Führerschein brauche, obwohl ich in kürze für mehrere Monate in die USA reisen werde, konnte mir kein Amt beantworten. Grundsätzlich ist die Zeit, die der deutsche Führerschein verwendet werden darf immer beschränkt. Auch, wenn du viel reist. Am sichersten bist du also, wenn du dich direkt nach deiner Einreise um den Umtausch kümmerst.*

Beim Umtausch können Gebühren von ungefähr 30$, ein Sehtest und Wissensfragen auf dich zukommen. Zwischen den Provinzen gibt es hier aber Unterschiede, sodass die Anforderungen für dich abweichen können.

Unter dem folgenden Link findest du die zuständigen Behörden für die einzelnen Provinzen:

🔗 super-bibel.de/ca-behoerden

Wenn du dein deutsches Dokument eintauschst, wird es einbehalten und du bekommst es nicht mehr zurück. Nach deiner Rückkehr nach Deutschland musst du bei einer Führerscheinstelle deinen deutschen Führerschein wiederbeschaffen (dabei gibst du deine kanadische Fahrerlaubnis wieder ab). Der Rücktausch ist mit einer Bearbeitungsgebühr verbunden.

Winter(sport)ausrüstung

Auch wenn du bereits ein paar Kleidungsstücke für den Winter im Gepäck hast, wirst du zur kalten Jahreszeit sicher etwas nachkaufen müssen. Vor allem deine Wintersportausrüstung willst du sicher nicht auf der gesamten Reise herumtragen. Beachte folgende Spartipps für den Erwerb von Winterbekleidung und Sportausrüstung:

- **Lokale Geschäfte.**
  Bevor die Saison richtig losgeht wird die Ware vom Vorjahr günstiger verkauft. Es wird dann gute Angebote geben, vor allem, wenn du deine gesamte Sportausrüstung zusammen kaufst. Wenn du in einem Skigebiet arbeitest kannst du außerdem nach Kooperationen fragen und vielleicht noch mehr Geld sparen. Du bekommst natürlich Neuware.

- **Verkaufsmessen.**
  Viele Urlaubsorte veranstalten vor Saisonbeginn jeweils einmalige Verkaufsmessen, auf denen du gebrauchte und neue Sportausrüstung günstig bekommen kannst. Ein gebrauchtes Snowboard für 20$ ist durchaus denkbar.

- **Second Hand.**
  Prüfe Kijiji und Craigslist auf lokale Angebote. Oft haben Ortschaften eine Facebook Gruppen für An- und Verkauf von Gebrauchtware. Zuletzt gibt es Thrift-Stores, also Second Hand Läden, in den meisten Ortschaften.

***Markus**: Ich habe mein erstes Snowboard in Banff geschenkt bekommen. Es war ein Überbleibsel von der letzten Saison. Mein Zweites habe ich über die Banff Facebook Gruppe gefunden und dafür 50$ gezahlt. Mein Drittes habe ich in der Mitte der Saison für 100$ in einem Second Hand Laden gekauft. Die ersten beiden sind mir kaputt gegangen und das Dritte habe ich verschenkt.*

- **Free Stuff.**
  Mitarbeiter lassen manchmal ihre Ausrüstung in den Skigebieten zurück, wenn sie weiter reisen. Mit etwas Glück kannst du deine Ausrüstung kostenlos bekommen.

- **Verwende deine Arbeitskleidung.**
  Falls du im Freien in einem Skigebiet arbeitest hast du gute Chancen, dass deine Arbeitskleidung als Skibekleidung nutzbar ist.

***Markus**: Ich habe von Sunshine Village Skihose und Jacke gestellt bekommen. Ich bin also die gesamte Saison hindurch nur mit der Skihose von Sunshine Village gefahren. Meine Jacke habe ich beim Sunshine Village Sale mit 50% Rabatt neuwertig eingekauft.*

- **Einfliegen lassen.**
  Lass dir deine Bekleidung und Sportausrüstung aus Deutschland zuschicken. Das kostet zwar einiges an Versandkosten aber als ambitionierter Wintersportler ist das vielleicht eine Option für dich.

- **Leihen.**
  Wenn du nicht jeden Tag auf die Piste willst, kannst du dir vielleicht gelegentlich von Freunden etwas borgen oder bei Verleihern mieten.

Nach dem Winter benötigst du deine Ausrüstung nicht mehr. Sie ist sperrig, schwer und es ist empfehlenswert sie wieder zu verkaufen, da sie beim Herumreisen hinderlich ist. Natürlich kannst du deine Sachen auch verschenken oder, wenn sie es dir wert sind, nach Deutschland schicken.

***Markus**: Mein erstes Snowboard bekam ich geschenkt und mein Letztes verschenkte ich selber. So wird die Ausrüstung von Saison zu Saison weiter gegeben.*

Starter Guide Neuseeland

Kia ora! Willkommen im Land der Kiwis. Neuseeland ist eines der schönsten Länder, die wir kennen lernen durften. Hier verbirgt sich auf einer verhältnismäßig kleinen Fläche eine scheinbar unendlich Zahl an verschiedenen Naturräumen. Mit gerade einmal 4,5 Millionen Einwohnern (sie nennen sich Kiwis) leben in diesem Land so viele Menschen wie in der Metropolregion Hamburg! Als Aotearoa, Land der langen weißen Wolke, wird dieses Land von den Ureinwohnern, den Maori, bezeichnet. Die interessante Kultur, die freundlichen Menschen und die Tatsache, dass es drei mal mehr Schafe als Einwohner gibt, sind nur 3 Gründe dieses Land zu bereisen. Ebenfalls erwähnenswert: Neuseelands Nationaltier ist der der flugunfähige, endemische Vogel namens Kiwi. Der

Nationalsport ist Rugby und wird von den “All Blacks” international vertreten.

Wichtigste Eckdaten

Neuseeland besteht aus zwei Inseln, wobei die nördliche stärker besiedelt ist, die südliche dafür abwechslungsreichere Naturräume bietet. Die Südinsel hat dank der Berge und kalten Winter mehrere Skigebiete. Grundsätzlich herrscht ein gemäßigtes Klima.

Die Sonneneinstrahlung ist intensiv und Sonnenschutz zu verwenden ist wichtig. Im Gegensatz zu Australien und Kanada gibt es in Neuseeland keine giftigen oder anderweitig gefährlichen Tiere.

Neuseeland liegen auf verschiedenen Kontinentalplatten, weshalb leichte Erdbeben nicht ungewöhnlich sind. Schwere Erdbeben sind glücklicherweise eine Seltenheit.

Im Straßenverkehr gilt das Linksfahrgebot, das Steuer ist entsprechend auf der rechten Seite.

Unsere Highlights

Auch für Neuseeland haben wir unsere persönlichen Favoriten:

1. Tongariro National Park

In der Mitte der Nordinsel gelegen findest du einen Nationalpark mit aktiven Vulkanen, rauen Bergen, einer kahlen und interessanten Landschaft. Hier steht der Schicksalsberg aus Herr der Ringe und es verbergen sich großartige Wanderungen (z.B. „Tongariro Crossing“) in diesem Gebiet. Die Nähe zum Lake Taupo macht das Gebiet noch attraktiver.

***Maik**: Ich habe hier einen der Great Walks gemacht. Es handelt sich dabei um eine mehrtägige Wanderung durch den Nationalpark, die ich extrem empfehlen kann!*

2. Coromandel Peninsula

Die Halbinsel birgt viele sehenswerte Plätze doch man entdeckt die Schönheit der Natur hier bereits bei der Anreise über die schöne Küstenstraße. Auf der Coromandel Halbinsel findest du sehenswerte Attraktionen wie den Hot Water Beach oder die Cathedral Cove.

3. Mt. Cook National Park

Dies ist sowohl im Winter als auch im Sommer ein einzigartiger Nationalpark. Die Straße zum Zentrum ist bereits das Ziel und führt an malerischen Seen vorbei. Am Ende der Straße angekommen wird man von Wanderwegen mit Blick auf den höchsten Berg Ozeaniens belohnt.

4. Abel-Tasman National Park

Der Abel-Tasman ist ein traumhafter Ort in Neuseeland und bietet dir Südsee-Feeling. Hier findest du türkisfarbenes Wasser und wilde Wälder. Ein Abstecher zum Cape Farewell ist ein Muss.

5. Kepler Track

Diese ganz besonders eindrucksvolle Wanderung findest du im Südwesten der Südinsel. In 3 oder 4 Tagen wanderst du über verschiedene Bergrücken und Gipfel. Eine Nacht verbringst du in einer Schutzhütte in den Bergen und genießt den Sonnenunter- und Aufgang mit spektakulärer Sicht.

Working Holiday Visum

Das Working Holiday Visum (in Neuseeland auch Working Holiday Permit, WHP genannt) ermöglicht dir einen einjährigen Aufenthalt in Neuseeland.

Einschränkungen und Voraussetzungen

Die Anzahl ausgegebener Visa ist in Neuseeland für deutsche Staatsangehörige nicht begrenzt (im Gegensatz zu Kanada).

Welche Voraussetzungen musst du erfüllen?

- Du musst einen deutschen Reisepass besitzen der mindestens 3 Monate über deinen Aufenthalt in Neuseeland hinaus gültig ist.
- Du musst für die Beantragung mindestens 18 und höchstens 30 Jahre alt und kinderlos sein.

- Du hast keine Vorstrafen.
- Bei Einreise musst du über 4.200$ (ca. 2.450€) verfügen.
- Bei der Einreise musst du ein Rückflugticket vorweisen können. Alternativ musst du nachweisen, dass du dir die Ausreise aus Neuseeland leisten kannst.
- Ebenso musst du für die Dauer deines Aufenthalts eine Auslandskrankenversicherung haben.
- Dies ist dein erstes Working Holiday Visum für Neuseeland.
- Du musst Kreditkarte für die Bezahlung des Visums haben.

Erfüllst du die Voraussetzungen, dann steht einer erfolgreichen Beantragung nichts im Weg! Beachte die folgenden Einschränkungen deines Working Holiday Visums:

- Du darfst nur ein Jahr im Land bleiben.
- Du darfst keinen unbefristeten / permanenten Job annehmen.
- Du darfst bis zu 6 Monate an einem Hochschulkurs oder einem Trainee Programm teilnehmen.
- Du darfst für verschiedene Arbeitgeber in praktisch allen Branchen arbeiten. Berufe wie Kinderbetreuung, Lehre in Schulen und Berufe im Gesundheitswesen sind jedoch ausgenommen.
- In diesem Jahr darfst du beliebig oft ein- und ausreisen.

Beantragung des Visums

Die Beantragung wird ausschließlich online durchgeführt und die Kosten musst du per Kreditkarte begleichen. Die folgenden Schritte beschreiben die Antragstellung:

1. Lege einen Account an

Gehe auf die Webseite der Einwanderungsbehörde und gib in der Suche „Germany Working Holiday Visa" ein.

🔗 super-bibel.de/nz-visas

Du kannst dir hier die Bedingungen durchlesen und anschließend den Registrierungsprozess beginnen. Gib alle Infos an, die erfragt werden und bestätige deine Angaben. Du erhältst eine Bestätigungsemail.

2. Informationen einreichen

Logge dich nun mit deinen Daten auf der Webseite ein. Du findest hier verschiedene Menüpunkte die persönliche, gesundheitliche und visumspezifische Angaben abfragen. Du kannst diese nach und nach in Ruhe eingeben. Nutze regelmäßig die Speicherfunktion damit keine Informationen verloren gehen.

Wenn du im gesundheitlichen Bereich arbeiten möchtest, musst du Vorerfahrungen & Zertifikate einreichen.

Solltest du in den letzten Jahren mehr als 3 Monate in einem Risikoland mit Tuberkulosegefahr gewesen sein, musst du einen Gesundheitstest bei einem anerkannten Arzt einreichen.

Die Angabe der Informationen ist selbsterklärend. Wenn du Fachwörter nicht kennst, nutze einen Übersetzer.

Du hast genügend Zeit den Antrag in Ruhe auszufüllen. Checke deine Angaben lieber dreifach und dann klicke auf „Submit“.

Nun musst du noch die Bedingungen für das Visum akzeptieren und schon kommst du zum letzten Schritt!

3. Bezahlen

Nun musst du für die Bearbeitung und Ausstellung deines Visums bezahlen. Du hast die Möglichkeit die Zahlung sofort oder später vorzunehmen. Das Visum kostet 245$. Auf den folgenden Seiten bezahlst du dies per Kreditkarte. Klicke auf bezahlen, das war's!

4. Vorfreude

Du hast es geschafft. Nun wartest du 1-2 Wochen auf das Ergebnis. Dieses wird dir per E-Mail mitgeteilt. Drucke für die Einreise die Bestätigung aus und freue dich auf dein Abenteuer in Neuseeland!

Verlängerung des Visums

Um länger im Land zu bleiben kannst du dein Working Holiday Visum um 3 Monate verlängern. Den Antrag stellst du online:.

🔗 super-bibel.de/nz-visum-verlaengern

Die Verlängerung ist unter den Begriffen “Working Holidaymaker Extension Permit” und “Working Holiday Extension Work Visa” bekannt.

Es fallen natürlich wieder Gebühren an. Diese liegen aktuell bei 280$ (ca. 162€). Rechne mit einer Bearbeitungsdauer von bis zu 27 Tagen.

Wichtige Voraussetzung für die Verlängerung: Du musst anhand von Arbeitgeberbelegen nachweisen, dass du drei oder mehr Monate Saisonarbeit verrichtet hast.

Wenn du dir noch nicht sicher bist, ob eine Verlängerung für dich in Frage kommt, sammle trotzdem alle Arbeitsbelege. Damit hältst du dir die Verlängerungsoption offen!

Arbeiten in Neuseeland

Typischerweise machen Backpacker Jobs in der Landwirtschaft. Du kannst auch ohne Erfahrungen als Erntehelfer deine Reisekasse auffüllen. Natürlich kannst du auch anderen Beschäftigungen nachgehen. Am besten suchst du im Internet nach Jobs. Im Kapitel "Wie finde ich einen Job?" haben wir unter "Quellen für Neuseeland" einige Links zusammengestellt.

Der Mindestlohn für Anfänger beträgt 14,16$. Nach sechs Monaten erhöht er sich auf 17,70$.

Es ist nicht allgemein geregelt, wie häufig dein Gehalt gezahlt wird. Wöchentlich, alle zwei Wochen oder monatlich ist denkbar. Zu Beginn deiner Anstellung muss die Zahlungsweise festgelegt werden. Findest du die Information nicht in deinem Vertrag, dann frag deinen Arbeitgeber, bevor du unterschreibst!

Steuererstattung

Von deinem Gehalt werden dir automatisch Steuern abgezogen. Je nach Einkommen liegt der Steuersatz zwischen 12,5% und 38%. Das Steuerjahr endet in Neuseeland am 31. März und beginnt am 1. April. Es kann sein, dass du zwei Steuererklärungen abgeben musst, wenn du beispielsweise innerhalb von Januar 2019 bis Januar 2020 gearbeitet hast.

Es gibt zwei Möglichkeiten eine Erstattung zu beantragen:

1. Offline
Du kannst dir das Formular IR3 auf der Website der Steuerbehörde heruntergeladen und mit den geforderten Nachweisen an die Steuerbehörde schicken:

🔗 super-bibel.de/ir3

Achte darauf, dass du das richtige Dokument wählst! Das IR3 2019 ist beispielsweise für das Steuerjahr vom 1. April 2018 bis zum 31. März 2019.

2. Online
Dafür musst du dich auf der Internetseite der Steuerbehörde mit deiner bereits vorhandenen IRD Nummer registrieren:

🔗 super-bibel.de/ird

Danach musst du noch einen kurzen Anruf tätigen, um dein Konto zu verifizieren. Du findest nun in dem verifizierten Konto unter dem Punkt „Salary & Wages“ eine Übersicht deiner bisherigen Einnahmen und gezahlten Steuern. Es gibt unter der Funktion „Money back?“ einen Rechner der dir hilft zu ermitteln, ob du eine Steuerrückzahlung erhalten kannst.

Wenn das der Fall ist, findest du unter dem Punkt „Forms" und „Tax returns" das entsprechende Online-Formular zur Beantragung deiner Steuerrückzahlung!

Falls du vor dem Ende des Steuerjahres abreist, kannst du deine Steuererklärung noch nicht online machen. Du kannst sie aber auch von Deutschland aus beantragen. Beachte: Eine Auszahlung deiner möglichen Rückzahlung kann nicht nicht auf ein deutsches Konto erfolgen! Du kannst jedoch dein neuseeländisches Konto nach Abreise bestehen lassen und dir dann die Steuererstattung per Online-Banking auf dein deutsches Konto überweisen.

Alternativ gibst du in deinem IRD-Online-Konto deine deutsche Adresse an. Dir sollte dann ein Scheck per Post zugeschickt werden. Diesen kannst du bei deiner Bank in Deutschland einlösen. Damit alles reibungslos läuft, hier noch eine kurze Checkliste bevor du das Land verlässt:

- Hast du dich online auf der IRD-Website registriert und bist verifiziert?
- Sind alle Angaben über dein Einkommen in deinem Onlinekonto korrekt?
- Hast du alle Einkommensnachweise? Kontaktiere notfalls deine Arbeitgeber.
- Hast du deine deutsche Adresse in deinem Online-Konto angegeben, damit du den Scheck erhalten kannst? Hast du ansonsten bei deinem neuseeländischen Konto das Online-Banking eingerichtet?

Wenn du keine Lust hast die Steuerrückzahlung selbst zu beantragen, kannst du auch einen Dienstleister beauftragen. Infos dazu findest in dem allgemeinen Kapitel "Hole deine Steuern zurück".

Wichtige Tipps

Neuseeland ist ein sehr sicheres Land. Da das Land in vielen Teilen sehr dünn besiedelt ist, solltest du bedenken, dass Krankenhäuser oft weit entfernt sein können. Es gelten die allgemeinen Sicherheitshinweise, dir wir dir im Kapitel "Sicherheit" bereits zusammengefasst haben.

Wie schon erwähnt, gilt das Linksfahrgebot. Bei Ausfahrten von Highways sind Pfeile auf der Straße, die dich daran erinnern.

***Maik**: Beachte auch im Kreisverkehr, dass du links herum fährst. Ich habe mich schnell an die linke Seite gewöhnt aber im Kreisverkehr war ich regelmäßig am überlegen und bin sogar einmal falsch herum gefahren! Zum Glück ist nichts passiert.*

Während du dich auf dein Abenteuer vorbereitest, kannst du von zu Hause die Theorie des neuseeländischen Straßenverkehrs kennen lernen. Es gibt außerdem einen freiwilligen Online-Test:

🔗 super-bibel.de/fahrtest-nz

Reiseberichte

Wir haben für dich andere Work & Traveller nach ihren Erlebnissen gefragt. Lass dich von ihren Reisen und Erfahrungen inspirieren!

Australien: Hinnerk (22)

Sechs Monate war ich insgesamt in Australien. Nach einer kleinen Pause in Deutschland bin ich danach mit meiner Freundin, die ich übrigens auch in Australien kennengelernt habe, zwei Monate durch Südostasien gereist.

Im Nachhinein betrachtet war es das typische Standardprogramm, das viele Work and Traveller durchleben. Spaß gemacht hat es trotzdem oder vielleicht auch gerade deswegen.

Ich bin damals mit 6.000€ nach der Schule gestartet und wollte eigentlich ein Jahr lang bleiben. Allerdings ändern sich Pläne, in Australien sogar jeden Tag, manchmal auch mehrmals.

Es begann bei mir damit, dass ich eigentlich mit dem Motorrad durch Down Under reisen wollte, ich aber nie ein gutes Angebot fand und dann doch den Fernbus genommen habe.

Ein Auto kam für mich nie in Frage. Ich hatte in Deutschland immer eins und wusste wie tückisch die versteckten Kosten sind. Dem Stress und der Ungewissheit wollte ich mich dort nicht aussetzen.

Anfangs fiel es mir recht schwer Leute kennenzulernen. Im Nachhinein kann ich aber sagen, dass ich einfach Pech hatte. Ich war nur von Idioten umgeben und hatte komische Leute in meinen ersten Hostel-Zimmern. Erst nach zwei Wochen lernte ich normale Menschen kennen, die nicht den ganzen Tag saufen und kiffen wollten.

Ich lernte unter anderem Roland kennen, der von da an vier Wochen mit mir von Airlie Beach über meinen absoluten Lieblingsort Noosa und die Abenteuerinsel Fraser Island bis Brisbane reiste.

Auf dem Weg lernte ich auch meine jetzige Freundin kennen und so wurde aus dem Plan, alleine durch Australien zu reisen, ganz schnell ein ganz anderer Plan.

Später kam dann noch ein Freund aus meiner Schulzeit hinzu. Also sind wir zu dritt von Brisbane bis Melbourne gereist, und haben eine Menge coole Leute kennengelernt.

Natürlich mussten wir auch mal Geld verdienen. So telefonierten wir ständig umher und suchten auf diversen Websites nach Jobs mit guter Bezahlung oder zumindest angemessener körperlicher Anstrengung. Nachdem wir "Tree Planting" für 14 Cent pro Bäumchen gemacht hatten, ließen wir das Thema erstmal bis Sydney ruhen und genossen es unbeschwert zu Reisen.

Wir lernten Surfen, wurden Profis auf unseren Pennyboards und entdeckten die Liebe zum Sushi. Ohne Witz, das beste „Sushi to Go" gibt es in Brisbane und Sydney … und ja, ich war schonmal in Japan.

Nach zweiwöchiger Jobsuche in Sydney arbeiteten ich und ein Kumpel dann als Landschaftsgärtner. Naja, eher als Helfer von Landschaftsgärtnern, denn unsere Aufgaben waren nur schaufeln oder schleppen. Viel schaufeln und schwer schleppen. Aber hey, bei 800$ die Woche bar auf die Hand - das hält man schonmal ‘ne Zeit lang aus. Erst recht wenn man nach der Arbeit noch eine Runde surfen gehen kann oder es sich einfach am Strand gemütlich macht.

Wenn mich Australien verändert hat, dann vor allem in der Hinsicht auf mich und die Arbeit. Ich weiß nun, dass ich durchaus körperlich arbeiten kann. Und ich weiß auch, dass ich es nie wieder in diesem Ausmaß tun möchte.

Das mag vielleicht etwas verweichlicht klingen, besonders wenn man bei YouTube sieht, wie ich meinen Rucksack lieber auf’s Pennyboard geschnallt habe, statt ihn zu tragen.

Aber auf einem Feld zu stehen und Bäume zu pflanzen, wo kurz vorher noch ein Waldbrand alles nieder gerissen hat, das überlasse ich gern den harten Jungs.

Australien hat mein Blick auf die Welt verändert: die Welt ist kleiner geworden und aus Fremden wurden Freunde.

Nach sechs Monaten australischer Ostküste und anschließend zwei Monaten Südostasien, knapp 9.500€ weniger auf dem Konto und einer Freundin im Gepäck kann ich sagen: Das war eine sehr, sehr geile Zeit und ich wünsche jedem diese Erfahrungen selbst machen zu können!

***Tipp**: Hinnerk hat seine Reise in einem VLOG bei YouTube festgehalten:*

🔗 www.youtube.com/user/hinnerkbehrendt

Australien: Maxi (19)

Ich wusste nach der Schule nicht genau, was ich machen möchte. Da kam mir ein Auslandsjahr entgegen, obwohl ich meinen Freund, meine Wohnung und mein Auto in meiner Heimatstadt damit aufgeben musste. Ich habe mich trotzdem entschieden für 10 Monate nach Australien zu gehen.

Während des Abiturs habe ich in einer Brauerei gekellnert und mir ein Arbeitszeugnis auf Englisch ausstellen lassen, um mir die Jobsuche in Australien zu erleichtern. Während meiner Arbeitszeit hatte ich etwas Geld gespart.

Mit 1.500€ auf dem Konto stieg ich ins Flugzeug und hoffte, dass ich schnell nach meiner Ankunft einen Job finden würde.

Da meine Mutter alte Freunde, die sie seit 20 Jahren nicht mehr gesehen hat, in Melbourne besuchen wollte, begleitete sie mich auf dem Hinweg nach Australien. Alles begann also wie ein schöner Urlaub, der aber nach zwei Wochen einfach weiterging. Nachdem meine Mutter zurück nach Deutschland geflogen ist, blieb ich ein paar weitere Tage bei der australischen Familie. Anschließend flog ich nach Perth, da dort ein Freund aus meiner Heimatstadt ebenfalls sein Work and Travel Jahr begann.

Wir verbrachten die ersten paar Wochen in einem Hostel nahe der Stadt. Ich entschied mich jedoch sehr schnell, mir erst eine WG und dann einen Job zu suchen. Ich fand über gumtree.com.au ein kleines süßes Haus mit zwei Hunden und zwei schon älteren Mitbewohnern mitten in einer guten Wohngegend in Cottesloe, direkt am Strand.

Die Leute haben mir gezeigt, wie es ist in Australien zu leben, zu feiern und (anders als es ein Backpacker erwartet) einen geregelten Alltag zu haben.

Und wie es kommen musste, habe ich mich in einen Australier verliebt. Mit ihm und meinen australischen Freunden verging die Zeit wie im Flug und plötzlich waren schon fünf Monate vorbei.

Die Semesterferien waren vorbei und viele begannen zu studieren während mir klar wurde, dass ich nichts habe. Keine Wohnung, kein Studienplatz, kein Auto. Und nichts, was mir in Australien passieren würde, würde von Dauer sein. Ich zog nach Melbourne und fand eine tolle Wohnung im 13. Stock, die ich mir mit einer amerikanischen Studentin teilte.

Ich arbeitete wieder in der Gastronomie und sammelte gute, aber auch viele schlechte Erfahrungen. Ich wurde zwei Mal gefeuert. Zu dem Zeitpunkt merkte ich, dass man als Backpacker austauschbar ist, egal wie viel Mühe man sich gibt. Während der Feiertage bin ich nach Cairns geflogen, habe Touren gemacht und in einem Hostel geschlafen. Dort war ich zum ersten Mal schnorcheln. Jedoch war ich sehr froh, danach trotzdem wieder in Melbourne in meine WG zu kommen und das Gefühl zu haben, wieder zu Hause zu sein.

Ich muss sagen, obwohl ich immer Leute kennen gelernt habe, fühlte ich mich schnell einsam. Besonders meine beste Freundin hat mir gefehlt. Ich entschied mich, nicht 12 sondern nur 10 Monate in Australien zu bleiben. Ich buchte eine 6 wöchige Reise an der Ostküste entlang. Skydiving, Surfen, Fraser Island, Whitsunday Segeltour, alles war dabei.

Nach einem kurzen Stop in Melbourne ging es für mich noch einmal nach Bali, bevor ich zurück nach Deutschland flog. Nur zwei Wochen, nachdem ich wieder zu Hause war, fand ich eine neue Wohnung, ein Auto, einen Job und bekam einen Studienplatz.

Durch das Schneiden von Erlebnisvideos in Australien habe ich herausgefunden, dass ich Film studieren möchte. Welcher Ort mir am besten gefallen hat? Wenn es um die Stadt geht: Melbourne. Wenn es um den besten Strand geht: eindeutig Perth. Ich weiß auch genau, dass es an den Menschen liegt, die ich kennen gelernt habe. Seitdem habe ich gemerkt, dass ein Ort auch noch so schön sein kann, er ist unbedeutend, wenn du die Momente an diesen Orten mit niemandem teilen kannst.

Auch nach drei Jahren habe ich noch Kontakt zu den australischen Leuten. Einige kamen mich in Hamburg besuchen, einige traf ich innerhalb Europas, zum Beispiel in Paris. Gerade letzten Dezember war ich noch einmal als Urlauberin in Australien. Ich traf die Leute wieder und im Gegensatz zu Backpackern, waren alle noch da.

Alles war wie beim Alten, genauso schön wie vor drei Jahren. Die Ostküste dagegen war ganz anders, so voller Touristen und Backpackern. Australien hat mir sehr viel gebracht und mir gezeigt, was ich im Leben will. Es zeigte mir, den Moment zu lieben, spontan zu sein und wie wichtig ein Zuhause ist.

Australien: Maximiliane (18)

Für mich ging's direkt nach dem Abi nach Australien, mit zarten 18 Jahren. Ich hatte mich zuvor nicht großartig mit dem Thema auseinandergesetzt oder irgendwelche Blogs gelesen. Daher bin ich vermutlich in so ziemlich jedes Fettnäpfchen getreten, dass nur irgendwie möglich war.

Angefangen beim Buchen meiner Reise mit einer Organisation, über absolut unnötige Ausgaben im Trekking-Shop, bis hin zu der durchschnittlichsten Reiseroute, die man sich in Australien nur aussuchen kann. Vieles hätte durch ein wenig Recherche im Vorhinein vermieden werden können. Aber als 18-jähriges Mädchen, das nur Sonne, Strand und Party im Kopf hat, macht man sich über solche Sachen nicht so wirklich 'nen Kopf. Und man weiß ja schließlich eh alles besser in dem Alter, nicht wahr?

Im Gegensatz zu vielen Freunden, die mit derselben Organisation reisten, hatte ich vor der Reise nur wenig Geld gespart. Ich bin mit nur 1.000€ nach Sydney geflogen und dem Plan, sofort auf Jobsuche zu gehen.

Meine ersten 500$ hab ich dann sofort in der ersten Woche für fünf Tage Surfcamp zusammen mit den Leuten von meiner Organisation rausgeschmissen. Danach sah's für mich schon recht eng aus, weshalb ich ziemlich flott runter nach Melbourne gefahren bin um nach Arbeit zu suchen.

Damals sagte man uns, dass die Jobaussichten dort zurzeit besser seien als in Sydney. Ich hab tatsächlich sofort was gefunden und daraufhin ein halbes Jahr in einem Fish'n'Chips Shop gearbeitet. Nicht etwa weil ich geplant

hatte, so lange dort zu verbringen, sondern weil ich absolut keine Ahnung hatte wie man mit Geld umgeht. Vielleicht lag es daran, dass ich den Großteil meiner Zeit im Hostel gewohnt habe obwohl es sehr viel günstiger gewesen wäre, nach einer Wohnung zu suchen, die endlosen Party-Eskapaden, zahlreiche Strafgelder für Schwarzfahren in der Straßenbahn oder haufenweise Geld für Klamotten und anderes Zeug, das ich nicht gebraucht habe.

Nach sechs Monaten Arbeit in Melbourne hatte ich es endlich geschafft, ca. 4.000$ zusammenzusparen und mit einer deutschen Freundin, die ich dort kennen gelernt hatte, die Ostküste hochzufahren. Obwohl ich den Traum hatte, ein Auto und ein Surfboard zu kaufen, ließ ich mich dazu überreden, einfach mit einem Hop-On-Hop-Off-Busticket die absolute Standardroute zu drehen.

Von Melbourne, Sydney und Byron Bay über Surfers Paradise, Brisbane, Fraser Island und Airlie Beach bis nach Cairns. Natürlich hatten wir nichts als Party im Kopf, haben uns fast jeden Tag ins Delirium geschossen und endlos viel Geld für Alkohol und Eintrittsgelder ausgegeben. Natürlich mussten wir für die Whitsunday Islands auf das teuerste und größte Partyboot, natürlich mussten wir in Cairns in das größte Partyhostel.

In Cairns angekommen war ich komplett pleite, musste mir Geld von meinen Eltern leihen und dafür beten, bald einen neuen Job zu finden. Ich buchte mit meinem letzten Geld einen Flug zurück nach Brisbane und nahm von dort aus den Bus nach Byron Bay, um den Rest meiner Zeit dort zu verbringen.

Auf dem Weg hoch nach Cairns hatte ich mich Hals über Kopf in den kleinen Surf-Ort verliebt und konnte mir nichts schöneres vorstellen, als dort zu arbeiten und jeden Tag surfen zu gehen.

Leider war ich auch in der Hinsicht nicht besonders originell, denn so ziemlich jeder verliebt sich in Byron Bay. Jeder will in Byron Bay arbeiten. Es ist nahezu unmöglich, dort einen Job zu finden. Erst recht, wenn man ein kleines, schüchternes, 18-jähriges Mädchen aus Deutschland ist und nicht das Selbstbewusstsein hat, sich für 'nen Bikini-Girl-Promo-Job zu bewerben. Und auch nicht, um vor einer Travel-Agency zu stehen und den ganzen Tag fremde Leute zu überzeugen, irgendwelche Reisepakete zu buchen.

Ich beschloss in meinem Hostel nach Arbeit zu fragen, um zumindest nicht weiter Geld für die Unterkunft ausgeben zu

müssen. Also putzte ich wochenlang im Nomads Byron Bay die Toiletten, bis ich zum Housekeeper befördert wurde und meine restliche Zeit Betten bezogen habe.

Einen Tag vor meinem Rückflug nach Deutschland, mit einwöchigem Stopover in Bangkok, flog ich von Byron Bay zurück nach Sydney. Dort verbrachte ich meine letzte Nacht im selben Hostel, das die Organisation damals für meine ersten drei Nächte gebucht hatte und sagte auf Wiedersehen zu Australien.

Nicht, dass man mich falsch versteht: Ich hatte eine Wahnsinnszeit, habe tonnenweise neue Leute getroffen, hatte unfassbar viel Spaß und hab ein Jahr lang ausnahmslos das gemacht, worauf ich Lust hatte.

Rückblickend denke ich, dass ich die Möglichkeit ein Jahr lang in 'nem fremden Land leben und arbeiten zu dürfen, ein bisschen zum Fenster rausgeworfen habe. Ich habe meine Zeit dort eher als Partyurlaub behandelt und weniger versucht, das wahre Alltagsleben kennenzulernen oder Zeit mit den Locals zu verbringen.

Aber wie gesagt: Das waren alles nicht wirklich Dinge, die mich damals, vor vier Jahren, interessiert haben. Deshalb kann ich das meinem jüngeren Ich nicht wirklich vorwerfen. Ich weiß zwar zu 100%, dass ich heute meine Zeit definitiv anders nutzen würde, wenn ich nochmal die Chance auf ein Working Holiday Visa hätte.

Ich kann aber kann nicht leugnen, dass ich 'ne verdammt geile Zeit dort hatte und sehr viel dazugelernt habe, was den Umgang mit Geld und anderen Verantwortungen angeht.

Alles in Allem ist Australien nun mal ein gutes Land für die erste Solo-Travel-Erfahrung und verzeiht einem Anfängerfehler sehr gnädig.

Kanada: Tanja (35)

Meine erste Work & Travel Erfahrung machte ich 2009 in Australien. Dort war ich insgesamt 12 Monate. Anschließend ging es für sechs Monate nach Neuseeland. Von 2015 bis 2016 habe ich eine weitere Auszeit genommen, dieses mal ging es für 11 Monate nach Kanada.

Ich habe erst mit 30 Jahren vom „Working Holiday Visum“ gehört, bin sozusagen ein Spätzünder. Da ich mitten im Berufsleben stand, habe ich damals lange überlegt, ob ich meinen Job kündigen soll beziehungsweise will. Letzten Endes habe ich entschieden es zu machen und bin einfach los. Aus den ursprünglich geplanten acht Monaten in Australien wurden 1,5 Jahre in Ozeanien.

Für meine Auszeit in Kanada habe ich ein Sabbatjahr genommen und konnte nach 12 Monaten „unbezahltem Urlaub“ wieder im Job einsteigen.

Warum Work & Travel? Weil es die einmalige Chance bietet, im Land legal zu arbeiten und zu reisen. Für mich persönlich ist es der beste Weg, Land und Leute kennenzulernen.

Um unabhängig vom Transportmittel zu bleiben habe ich mich damals gegen einen Autokauf entschieden und kam auch überall problemlos hin. Mittel der Wahl waren Fahrgemeinschaften mit anderen Backpackern, trampen, Bus, Fähre, Flugzeug oder per Zug zu reisen. Einzig wenn es um Jobs in entlegeneren Gegenden geht, ist ein Auto unerlässlich.

Die Jobs werden heutzutage überwiegend online ausgeschrieben, es lohnt sich aber auch in Geschäften "Klinken-zu-putzen". So hatte ich in Vancouver innerhalb von 48 Stunden einen Job in einem Café. In Australien und Neuseeland habe ich fast ausschließlich über Working Hostels gearbeitet. Das sind Hostels, die Jobs an Gäste vermitteln. Inzwischen gibt es aber auch unter ihnen viele „schwarze Schafe". Deshalb sollte man sich vorher umhören und auf Empfehlungen anderer Backpacker setzen. WWOOFing war auch eine gute Möglichkeit Einheimische kennenzulernen.

Meine schönste Erinnerung ist der unglaubliche Sternenhimmel am Uluru in Australien und im Abel Tasman Nationalpark Neuseelands. Noch nie zuvor habe ich so etwas schönes gesehen!

Neben all den tollen Momenten gibt's natürlich auch Tiefpunkte. Wenn es zum Beispiel mit der Jobsuche nicht voran geht oder einem die Bankkarte abhanden kommt. Es empfiehlt sich generell, immer etwas Kohle übrig zu haben und auch mit mehr Geld zu starten, als das Visum vorschreibt. Ich bin jedes Mal mit mehreren tausend Euro los und damit stets gut gefahren.

Man ist eigentlich nicht alleine, es sei denn, man möchte das. In Hostels, Familien und auf der Arbeit lernt man ständig neue Leute und Freunde kennen, mit denen man dann unterwegs ist.

Gepäcktechnisch war ich minimalistisch unterwegs, nur das Nötigste und alles nur dunkle Farben. Man wäscht allein aus

Kostengründen schon alles immer zusammen: ein Kessel Buntes!

Diese Reisen haben mich auf jeden Fall verändert. Man wird offener, lernt zu improvisieren und wirft die Standards, die man von zu Hause kennt, zum Teil über Bord. Ein sehr befreiendes Gefühl. Generell ist es toll, mal für 'ne Zeit dem System Deutschland zu entfliehen und sich einfach mal treiben zu lassen.

Ich lebe und arbeite wieder in Köln, habe meine Wohnung wieder bezogen und lebe glücklich vor mich hin. Vermutlich muss ich in ein paar Jahren wieder los. Mal schauen.

Was ich den Leser/innen wünsche? Trau dich und mach dein Ding!

***Tipp**: Tanja hat übrigens auch einen Blog:*

www.tanadia.com/

Kanada: Liane (24)

Ich war kurz vor Beendigung meines Studiums für neun Monate in Kanada. Ich wurde vor der Reise leider schwer krank was mich einen ganzen Monat zurück geworfen hat. Deshalb musste ich in Toronto meine Bachelorarbeit fertig schreiben.

Work & Travel habe ich gemacht, weil ich gerne die Welt sehen wollte aber nicht genug Geld auf dem Bankkonto hatte. Das war eine gute Möglichkeit Reisen und Geld verdienen miteinander zu verbinden.

Meine zwei Hauptfortbewegungsmittel waren der Greyhound Bus und per Anhalter zu fahren. Gerade trampen ist eine unglaublich bereichernde Erfahrung in Kanada.

Bei meinem ersten Job habe ich als Servicekraft in einem italienischen Restaurant in Toronto gearbeitet. Bekommen habe ich den Job, indem ich meinen Lebenslauf persönlich dort abgegeben habe.

Der zweite Job war Gartenarbeit bei einem alten Herren im Norden von British Columbia. Diesen Job hat mir ein Yogalehrer vermittelt bei dem ich freiwillig (Volunteering) gearbeitet habe. Auch mein dritter Job wurde mir vermittelt. Ich wurde beim trampen von einem lesbischen Pärchen aufgesammelt. Wir haben uns alle blendend verstanden, sodass sie mir angeboten haben bei ihnen unter zu kommen bis ich einen Job gefunden habe. Schon gleich am nächsten Morgen fragten sie mich, ob ich auf einer Knoblauchfarm arbeiten möchte. Genau genommen war dies der beste Job von Allen. Er war gut bezahlt, man war draußen in der Natur und hatte tolle Gespräche mit den Bauern.

Job Nummer Vier habe ich dank Freunden bekommen. Über Facebook habe ich mich mit ein paar Reisenden connected, die alle in dem gleichen Hotel gearbeitet haben und mich schließlich zu sich geholt haben. Dort habe ich dann in der Küche als Tellerwäscher gearbeitet und anschließend als Vorkoch. Für Job Nummer fünf habe ich mich etwas ins Zeug legen müssen. Die Jobs in den Rocky Mountains sind sehr beliebt, weshalb ich hier viel Energie in meinen Lebenslauf und mein Anschreiben investiert habe. Ich hatte mich wieder bei einem Hotel beworben und wurde dort wieder als Dishwasher angestellt.

Es gibt so viele schöne Reiserinnerungen. Eigentlich war die ganze Reise einzigartig. Ich habe die Zeit im Yoga Retreat sehr genossen. Aber auch die Erfahrung auf einem Feld zu arbeiten hat mich um viel Wissen reicher gemacht. Besonders toll sind die Freundschaften, die aus dieser Reise entstanden sind. Ganz zu schweigen von den vielen Wander- Abenteuern die ich erlebt habe, einschließlich dem ersten Bären der mir auf einer Wanderung begegnet ist. Und natürlich ein weißer Winter in den Rocky Mountains und meine erste Snowboard Fahrt.

Schwierig war es als studierter Mensch in der Küche zu arbeiten. Man fühlt sich komisch und ungerecht behandelt. Da ich immer in europäischen Hotels gearbeitet habe war der Umgangston sehr schroff und hart. Das war gerade am Anfang sehr schwer für mich.

Ich bin mit 2.700€ gestartet und bin dankbar nur so wenig gehabt zu haben. Sonst hätte ich niemals auf einige Notlösungen zurückgreifen müssen. Nur so war es möglich ein wirkliches Abenteuer zu erleben. Wer gleich einen Job findet, sollte zum Start mit 2.700€ aber wirklich auskommen.

Andere Reisende habe ich meistens über Facebook-Gruppen oder in Hostels kennen gelernt. Aber auch auf den Festivals auf denen ich war habe ich viele tolle Menschen kennen gelernt. Ein richtig guter Tipp ist es die Couchsurfing Events, die in jeder größeren Stadt angeboten werden, zu besuchen.

Ich kam zwar gut mit meinem Gepäck klar, hatte aber vermutlich zu viel dabei. Man muss wissen, dass die Kleidung im Ausland meist billiger und schöner ist, als in Deutschland. Rückblickend würde ich mehr in Kanada und den USA einkaufen und nicht vorab in Deutschland.

Meine Lieblingsstadt ist zweifelsfrei Toronto. Mein Lieblingsort ist Banff, dicht gefolgt von Whistler. Die schönsten Erinnerungen habe ich aber in Vernon und Terrace gesammelt. In Lake Louise habe ich Snowboard fahren gelernt.

Die Reise hat mich sicher verändert. Ich bin selbstbewusster geworden, habe viel Stärke und Selbstsicherheit gewonnen und gelernt, wie man mit wenig Geld sehr glücklich sein kann.

Dadurch, dass der Work and Travel Teil ein Ausschnitt einer größeren Trans- Amerikareise war, ist es schwer zu sagen welchen Stellenwert Work & Travel hatte. Sicherlich war es

notwendig ein Land zu haben, in dem ich Geld verdienen konnte.

Kanada ist ein sicheres Land, in dem man sich ausprobieren kann. Rückblickend ist es aber nur ein Puzzleteil von einem großen Prozess, der auf meiner kompletten Reise stattgefunden hat. Sicherlich war es eine Phase der Selbstfindung und somit hat Work and Travel in Kanada durchaus einen höheren Stellenwert als jede Reise die ich zuvor angetreten habe.

Seit ich zurück bin habe ich ein paar Monate in meinem studierten Beruf gearbeitet. Doch das Fernweh ist stärker, weshalb ich wieder auf Reisen gehen werde und vermutlich auch noch andere Work and Travel Länder besuchen werde.

Menschen sind gut und wenn du Hilfe brauchst, dann wirst du Hilfe bekommen. Das habe ich mit Sicherheit gelernt. Also: Raus aus der Komfortzone und hinein ins Leben!

Kanada: Marlene (20)

Türkis-blaue Seen, unendliche Weiten, unberührte Natur und der berühmte Indian Summer, moderne Metropolen, Wolkenkratzer und sehr aufgeschlossene, gastfreundliche Menschen: All das ist für mich das Kanada, welches ich während meines High-School Jahres kennengelernt habe. Für mich war damals schon klar, dass ich unbedingt dieses Land und die Leute wiedersehen und entdecken wollte. Nach meinem Abitur 2013 habe ich durch verschiedene Jobs ein wenig Geld für das Visum, die ersten Wochen und die Agentur (die mir die Flüge sowie das erste Hostelbett buchte und einen Ansprechpartner vor Ort bot) zusammengespart. Dann ging es auch schon los nach Toronto, in das große Work & Travel Kanada Abenteuer.

Dort angekommen waren die ersten Tage ausgefüllt mit der Suche nach einem geeigneten Bankkonto, Mobilfunk-Vertrag, einer Bleibe und der Suche nach einem Job. Schon am ersten Tag lernte ich unglaublich viele Menschen im Hostel kennen. Viele machten genau das gleiche wie ich und konnten mir wertvolle Tipps geben. Durch einen Freund aus dem Hostel bekam ich innerhalb der ersten Woche direkt einen Job in der Restaurantkette “Marché" vermittelt.

Dann stellte sich schon die nächste Herausforderung: eine bezahlbare Unterkunft zu finden, denn in Hostels war der Aufenthalt auf 14 Tage limitiert. Eine Wohnung oder ein Zimmer zu finden, das kurzfristig kündbar und gleichzeitig bezahlbar war, war so gut wie unmöglich.

Zu der Zeit fingen gerade die Semesterferien in den Unis und Colleges an, sodass ein Freund und ich in eine Studentenunterkunft direkt im Herzen Torontos ziehen konnten. Ich hatte den Plan noch weiterzureisen und bewarb mich daher überall in Kanada. Tatsächlich bekam ich sehr spontan einen Sommerjob inklusive Mitarbeiterunterkunft in den Rocky Mountains und musste innerhalb von 5 Tagen mein Zimmer in Toronto weitervermieten, meine Sachen packen, meinen Job kündigen und in den Rockies ankommen. Knapp 70 Stunden Busfahrt waren zwar günstig und eine interessante Erfahrung, aber nicht unbedingt zu empfehlen!

Angekommen in der kleinen Lodge, mitten in den Rocky Mountains, begann der beste Sommer meines Lebens: Wir waren ungefähr 20 Mitarbeiter, die meisten von uns Work & Traveller aus der ganzen Welt, zusammengepfercht in eine kleine Unterkunft. In den nächsten Monaten lernten wir uns sehr gut kennen, unternahmen Wanderungen, spontane Roadtrips, Lagerfeuer, Partys, erlebten die Stampede in

Calgary, fuhren per Anhalter durch die Gegend und genossen einfach das Leben und die Gesellschaft.

Natürlich geht es nicht immer nur gut, wenn 20 junge Menschen über vier Monate auf engsten Raum zusammenleben, umgeben von Natur, das nächste Dorf (ohne Supermarkt) 5km entfernt. Ende des Sommers traf ich Maik wieder, dem ich sein Auto abkaufte und mir somit ein großes Stück mehr Freiheit erkaufte. Mit dem Wagen fuhren Freunde aus der Lodge und ich spontan in die USA, zu Seen oder einfach Richtung Westen, bis wir keine Lust mehr hatten.

Wir durchlebten Höhen und Tiefen, aber im Nachhinein muss ich wirklich sagen: Das war eine der tollsten Erfahrungen, die ich je gemacht habe. Nach diesem unglaublichen Sommer zog ich mit einigen Freunden nach Banff, bis es mir dort zu kalt wurde (im Winter werden es dort schon mal -30° Celsius).

Also kündigte ich meinen Job in Banff und fuhr mit meinem Auto und meinem Leben, was in einen Rucksack passte, nach Vancouver.

Dort angekommen, begann das ganze Spiel von vorne: Job, Unterkunft und neue Freunde suchen. Ich verteilte einfach meinen Lebenslauf in den Geschäften und bekam schnell einen Job als Kellnerin in einem kleinen mediterranen Restaurant, sowie einen weiteren Job als Verkäuferin beim Vancouver Christmas Market.

Nach drei arbeitsreichen Monaten in Vancouver hatte ich genug Geld angespart um die letzten drei Monate meines Auslandsjahres nur noch zu reisen. Ich ließ ein bisschen

Gepäck bei einem guten Freund in Vancouver zurück und fing mit einer dreiwöchigen Reise bei einem Freund in Honduras an und reiste dann alleine die Westküste der USA entlang. Ich besuchte meine Schwester in Idaho und flog, nachdem ich meine Sachen in Vancouver abgeholt hatte, rüber nach Washington D.C. und von dort zurück zu meinem Ausgangspunkt Toronto. Von dort ging mein Flug zurück nach Deutschland.

Rückblickend gab es sicherlich Momente, an denen mich Heimweh überkam, gerade dann, wenn ich wieder in einer neuen Stadt war und keine Seele kannte. Die Ängste keinen Job zu finden oder gescheitert nach Hause fliegen zu müssen kamen natürlich auch immer wieder auf und das ist auch vollkommen normal. Oft hilft es, sich mit anderen Menschen, denen es genauso geht, darüber auszutauschen.

Das Work & Travel Jahr hat meine Reiselust nicht gestillt, sondern eher angestachelt. Ich würde jedem so ein Jahr (besser sogar zwei) ans Herz legen. Es ist wirklich eine unglaubliche Erfahrung.

Neuseeland: Jacub (21)

Ich bin für sechs Monate alleine nach Neuseeland gereist, um dort meine ersten Auslandserfahrungen zu sammeln. Mein Abi habe ich 2012 gemacht und anschließend für anderthalb Jahre ein freiwilliges soziales Jahr absolviert. Danach bin ich meinem Hobby gefolgt und habe für 1 Jahr als Mediengestalter in einer YouTube Agentur gearbeitet. In dieser Zeit konnte ich gut Geld sparen. Leider war ich nach der Agenturzeit immer noch unentschlossen welchen Berufsweg ich gehen möchte, sodass ich mich spontan entschloss eine Reise nach Neuseeland zu machen.

Dieser Gedanke hatte mich schon seit dem Zeitpunkt, als zwei Schulfreunde direkt nach dem Abi zusammen nach Neuseeland gefahren sind, gereizt.

Nun war es soweit. Ich buchte die Tickets im Januar für den 3. März und fand mich auf einem 33 Stunden Flug von Hamburg über Dubai, Sydney bis nach Christchurch wieder. Ich entschloss mich alleine und ohne Organisation diese Reise anzutreten, da ich mich der Angst stellen wollte alleine am anderen Ende der Welt zu sein.

Ich landete am 5. März und war erstmal 3 Tage unnormal krank und kaufte mir dann schließlich einen Travelvan mit integriertem Bett über eine Facebook-Neuseeland-Gruppe. Mit dabei war jeglicher Krimskrams den man sich als deutscher Travel-Anfänger in Neuseeland nur wünschen konnte.

Ich bereiste die Südinsel in fünf Monaten und war an so gut wie allen Orten die "nennenswert" sind. Total empfehlen

kann ich den French-Pass im Norden der Südinsel (2 Std. nördlich von Nelson), einem absolut beeindruckendem Geheimtipp! Man braucht aber ein Auto und viel Sprit im Tank!

Ein Highlight war zum Beispiel Delfin-Schwimmen in Kaikora. Ich entdeckte eine Siedlung von tausenden Robben inklusive Baby-Robben, die am Wasserfall spielten, circa 30 Minuten nördlich von Christchurch. Außerdem sind mir die Wanderung zum Mount-Cook oder der Great Walk auf Stewart Island in Erinnerung geblieben.

Ich finde, man sollte sich vorher keinen genauen Plan machen wo man hin will. Ich hatte bei der Ankunft in Neuseeland keine Ahnung was die Highlights sind. Ich wusste nur, dass die Südinsel schöner als die Nordinsel sein soll, was ich definitiv bestätigen kann. Lasst euch vor Ort inspirieren. Es entstehen so viele geile Situationen aus spontanen Entscheidungen!

Ein großer Nachteil war, dass ich zunächst dachte, man kann überall in Neuseeland kostenlos im Auto pennen. Leider gibt es strenge Vorschriften, das heißt man muss auf kostenpflichtigen Campingplätzen stehen, um legal zu übernachten.

Freedom Camping geht natürlich auch, hat aber auch sein Risiko. Ich tat es öfters mal, um zu sparen, hielt mein Platz aber immer sauber, da die Verschmutzung durch die Touristen Grund für das Verbot von Freedom Camping ist.

Einmal wurde ich in der 4. Nacht in Queenstown erwischt. 200$ weg! Parkt und pennt niemals im Zentrum von Queenstown!

In der Zeit lernte ich diverse Travelmates kennen. Zum einen über Facebook und zum anderen im echten Leben, zum Beispiel in Bars. Tinder funktioniert übrigens auch super!
Es sind alles Menschen, zu denen ich heute, zwei Jahre später, immer noch Kontakt habe. Darunter zwei deutsche Mädels, die ich auch regelmäßig sehe, obwohl sie aus verschiedenen Teilen Deutschlands kommen.

Mit dem Geld kam ich auf der Reise immer gut hin. Ich hatte so viel gespart, dass ich nicht arbeiten musste, sondern hin und wieder WWOOFing ausprobieren konnte. Es ist sehr empfehlenswert, genau wie Couchsurfing. Trotzdem war es beruhigend eine Arbeitserlaubnis für den Notfall zu haben.

Man könnte unzählige weitere Tipps geben, aber ich finde es am wichtigsten, diese selber herauszufinden und seinen eigenen Weg durch die Angst zu gehen.

Das Gefühl, wenn ihr dann wieder zu Hause ankommt und nach ein paar Monaten realisiert, wie krank geil es eigentlich war, diese Reise bestritten zu haben, ist unglaublich.

So eine Reise kann einen nur positiv bereichern, weil man so viele neue Momente durchlebt. Der schwierigste Schritt ist sich dafür zu entscheiden und das Flugticket zu kaufen. Wenn ihr das geschafft habt, läuft alles von alleine, weil es kein zurück mehr gibt.

Ich würde jedem empfehlen Work & Travel, Au-Pair oder sonst irgendwas im Ausland zu machen. Ich kenne niemanden, der diese Entscheidung jemals bereut hat!

Neuseeland: Christabel & Viola (19)

Wir, Viola und Chris, waren nach dem Abitur 8 Monate unterwegs in Neuseeland. Zunächst arbeiteten wir ein paar Monate, um das nötige Startbudget zusammen zu bekommen und Anfang November ging es dann los. Der eigentliche Plan war es, in Südamerika Kindern Musikunterricht zu geben, jedoch klappte dieses Vorhaben nicht und so kamen wir auf die Idee, einen Work & Travel-Aufenthalt in Neuseeland zu planen. Der Wunsch ins Ausland zu gehen, bestand schließlich noch.

Wir fanden heraus, dass man sich von Organisationen helfen lassen konnte. Wir beschlossen jedoch die Vorbereitung der Reise selber in die Hand zu nehmen. Angefangen bei den Flügen, über Reiseversicherungen und schließlich die geeignete Ausrüstung lag alles in unserer Hand. Von Bloggern im Internet holten wir uns hier und da Inspirationen und legten uns auch einen eigenen Blog zu, um unsere Familie und Freunde stets auf dem neuesten Stand zu halten. Nicht zuletzt sollte es eine Sammlung wunderbarer Erinnerungen werden, die uns immer wieder ein Schmunzeln auf die Lippen zaubert, wenn wir heute darin stöbern.

In Auckland kauften wir uns einen blauen Toyota Hiace, ein alter klappriger Van, der uns jedoch immer treue Dienste geleistet hat. Viele unserer Freunde berichteten von Autopannen und Unfällen, vor denen wir zum Glück verschont geblieben sind. Dadurch hatten wir es auch sehr komfortabel was das Gepäck anging. Wir fuhren gerne mit prall gefüllten Essenskisten durch die Gegend, denn da wir

nichts schleppen mussten, war das kein Problem und wir konnten immer auf Vorrat einkaufen.

Unseren ersten Job bekamen wir über Menschen in unserem Hostel vermittelt, die erzählten, dass dort, wo sie gearbeitet hatten, immer Leute gesucht wurden.

Somit stand das erste größere Ziel unserer Reise fest. Wir schrieben vorab eine E-Mail an den Hostelbesitzer, der Arbeit auf der örtlichen Farm vermittelte und machten uns dann auf die Reise gen Norden nach Kaitaia. Wir wohnten dort in einem "Working Hostel", das heißt, dass der Besitzer Jobs an Backpacker vermittelte und diese im Gegenzug ihr Lager dort aufschlagen mussten.

Wir lernten viele nette Menschen kennen, die mit uns dort lebten und mit denen wir gemeinsam zur Arbeit fuhren. Eine ganze Weile lang kamen wir einer Tätigkeit nach, die sich

“Mandarin Thinning” nannte. Sie bestand darin, Mandarinenbäume auszudünnen, also kleine unreife Mandarinen zu entfernen, um den Ast zu entlasten und den restlichen Früchten genügend Platz zum wachsen zu bieten. Auch Aufgaben wie Unkraut jäten (sehr verhasst, da unglaubliche Rückenschmerzen vorprogrammiert waren), Kürbisse, Wassermelonen und Rockmelons ernten sowie auf dem großen “Harvester” zu stehen und am Ende des Tages voller Dreck zu sein, standen auf dem Programm. Bezahlt wurde per Stundenlohn und da es in Neuseeland einen Mindestlohn gibt, wurde man auch angemessen bezahlt.

Die schönsten Momente unserer Reise waren das gemeinsame Weihnachtsfest und der Silvesterabend mit unseren lieben Hostelfreunden aus Kaitaia, mit denen wir uns wie eine Familie verbunden gefühlt hatten. Es war einfach sehr zwanglos und mal komplett anders als gewohnt. Ein besonderes Ereignis war auch unser Skydive über dem Lake Taupo, wo wir aus 15.000 Fuß mit unserem Tandem-Master aus dem Flugzeug in die Bananenform kippten. Sehr Adrenalin fördernd!

Die Reise hat dazu geführt, dass wir das erste Mal aus dem behüteten Hotel Mama ausgecheckt sind und komplett auf eigenen Beinen gestanden haben und auch unseren Alltag bestimmen konnten, wie wir wollten.

Es fängt bei banalen Dingen, wie dem Einkaufen und Tanken an und damit wie man plötzlich merkt, dass das ja alles Geld kostet und sich ein Kühlschrank nicht wie von Zauberhand automatisch auffüllt. Es war toll zu erleben wie gastfreundlich die Einwohner Neuseelands, die Kiwis, sind und welch vielseitige Kulturen die Welt zu bieten hat. Wir haben einen Vorgeschmack dessen bekommen, was in den Winkeln der Erde so alles wartet entdeckt zu werden. Niemals werden wir diese prägende Zeit vergessen und wir kommen jedes Mal wieder ins Schwärmen, sobald irgendwo das Stichwort "Neuseeland" fällt. Es ist ein kleines, beschauliches Land, das jedoch voller landschaftlicher Wunder steckt und auf jeden Fall eine Reise wert ist.

Heute studieren wir beide und versuchen, so oft es geht, hinaus in die Welt zu kommen, so schreiben wir diese Worte auf einem Campingplatz in Patagonien, Chile.

***Tipp**: Hier findet ihr Christabels und Violas Blog:*

🔗 www.vucukiwis.auslandsblog.de

Auch empfehlenswert ist ein Interview mit den Beiden auf auslandsjobs.de:

🔗 super-bibel.de/interview-auslandsjobs

Neuseeland: Melanie (23)

Ich wollte schon immer gerne für eine längere Zeit ins Ausland. Nachdem ich die Realschule und eine Ausbildung zur Erzieherin abgeschlossen hatte, habe ich mich dann schließlich für Neuseeland entschieden. Eine Freundin hatte mir vorgeschwärmt und die Bilder haben mich sehr beeindruckt. Für neun Monate bin ich abwechselnd gereist und habe gearbeitet.

Ich habe mich sehr frei gefühlt, denn ich konnte alles so machen, wie ich es wollte. Dummerweise hatte ich mich für eine Work & Travel Organisation entschieden. Das würde ich nicht weiterempfehlen, da man alles gut selber organisieren kann und es genügend kostenlose Anleitungen und Empfehlungen im Internet gibt.

Mit zwei deutschen Freunden habe ich mir einen Van gekauft, in dem wir geschlafen haben und gereist sind. Durch den Van waren wir total flexibel und haben eine Menge Geld für Übernachtungen gespart. Ich hatte ein Startkapital von circa 3.000€. Das war sehr hilfreich, um das Auto zu kaufen und erstmal reisen zu können.

Nach ein paar Wochen wollten wir Geld sparen und ein bisschen länger an einem Ort bleiben. Daher haben wir uns entschieden WWOOFing zu machen. Das ist super, um Einheimische kennen zu lernen. Ich habe dreimal "gewwooft" und es war immer eine sehr schöne Erfahrung. Zu meinen Aufgaben bei den unterschiedlichen Familien und Höfen gehörten unter anderem Pflanzen einpflanzen, Obst und Gemüse ernten, Kühe treiben und Schafe scheren.

Durch die Kontakte einer Familie haben wir einen bezahlten Job in einer Hopfenfabrik bekommen. Dort haben wir anschließend für fünf Wochen zehn Stunden am Tag Hopfenreben in Maschinen befördert, Maschinen gereinigt und Netze zum Schutz von Weintrauben angebracht. Die Arbeit war anstrengend, aber die Kollegen waren super und ich habe mich trotzdem sehr frei und wohl gefühlt. Es ist eine andere Art von Arbeit, als wie ich sie bisher kannte.

Ich bin auf eine sehr günstige Art und Weise gereist und habe daher nur einen Monat für Geld gearbeitet. Für ein paar Wochen bin ich auch mal „alleine" gereist. Alleine habe ich in Anführungszeichen gesetzt, da man eigentlich nie wirklich alleine ist. In Neuseeland reisen so viele Menschen und die lernt man leicht kennen. Hostels sind perfekt, um mit anderen Backpackern gemeinsame Abende zu verbringen oder Reisepartner ausfindig zu machen. Aber auch beim Wandern, am Strand, beim Campen und allen möglichen Plätzen draußen in der Natur trifft man Reisende und Einwohner.

Die Welt spielt sich draußen ab und Touristen sowie auch die „Kiwis“ (Neuseeländer) sind sehr offen und freundlich. Eine günstige Variante zu reisen ist Trampen und Couchsurfing. Trampen ist in Neuseeland sehr beliebt und ganz normal. Ich bin als Frau oft alleine getrampt und halte es nicht für gefährlich. Für Couchsurfing gilt das gleiche. Allgemein habe ich mich sicher dabei gefühlt, als Frau alleine zu reisen. Man sollte aber natürlich immer auf sein Bauchgefühl achten.

Für ein Auslandsjahr in Neuseeland würde ich so wenig Gepäck wie möglich empfehlen, denn man muss dort einfach wandern. Es ist wunderschön und nur so lernt man Neuseeland wirklich kennen. Die Wanderungen waren meine besten Erfahrungen und Erlebnisse dort. Ich habe sie manchmal mit anderen tollen Backpackern gemeistert und manchmal nur mit mir und der Natur. Daher würde ich einen guten, bequemen Rucksack, gute Wanderschuhe und wetterfeste Kleidung empfehlen.

Ich habe mir gedacht, wenn ich sowieso schon hier unten bin, dann kann ich Australien auch noch einen kleinen Besuch abstatten. Es hat mir so gut gefallen, dass ich nach einem halben Jahr in Deutschland, Work & Travel in Australien gemacht habe.

Inzwischen studiere ich Soziale Arbeit und konnte nicht widerstehen, zwei Auslandssemester einzubinden. Ich sag nur eins: Reisen macht süchtig!

Maiks Reise

Jetzt bist du auf den letzten Seiten des Buches angekommen. Nun wird es Zeit dir auch unsere Reisen kurz zu beschreiben.

Ich bin nach dem Abitur 2012 nach Neuseeland geflogen. Schon während der Oberstufe habe ich überlegt, ob ich mir einen Auslandsaufenthalt zutraue oder nicht. Ich erinnere mich noch an einen Moment im Psychologieunterricht bei Herrn Tewes. Es ging um persönliche Berichte von Momenten, wo wir uns nicht getraut haben und was die Gründe waren. Ich meldete mich und erzählte von meinen aktuellen Überlegungen und stellte während meiner Argumentation fest, dass es keine hindernden Gründe für Work & Travel gab.

Also fand ich mich plötzlich im A380 auf dem Weg nach Auckland wieder.

Vorab kontaktiere mich Marian mit dem ich zwar gemeinsam in eine Stufe ging aber nie etwas zu tun hatte. Er wollte auch nach Neuseeland und so taten wir uns zusammen. Vor der Abreise entschieden wir uns für die Wahl einer Organisation und so wurde von „Stepin“ das meiste für uns geplant.

In Auckland angekommen dachte ich erst einmal: „Ich bin gerade um den halben Planeten geflogen und es sieht aus wie in jeder europäischen Stadt! Wofür habe ich denn bezahlt?“

Nach wenigen Stunden stelle ich dann jedoch die ersten Unterschiede fest. Marian und ich wollten uns einen Van kaufen und so suchten wir anderthalb Wochen in Auckland. Am Ende fiel die Wahl auf einen alten Toyota Estima für den wir viel zu viel bezahlten. Dann endlich ging der Roadtrip los und wir fuhren gefühlt alle Straßen des Landes ab. Auf der Reise trafen wir Leute wieder, die auch mit der Organisation verreist sind und die wir in Auckland getroffen hatten. Marian und ich machen einen Schnuppertauchkurs und wanderten viel in der Natur. Wir erlebten viele lustige Geschichten und genossen zum ersten Mal in unserem Leben echte Freiheit. Wir probierten WOOFING aus und schliefen bei verschiedenen Leuten bei denen wir couchsurften. Zwischendurch machte das Auto, in dem wir die meiste Zeit schliefen, Probleme aber irgendwie lief es dann doch immer.

Als wir Geld brauchten fingen wir an Kiwis zu pflücken und ärgerten uns über die stupide Arbeit während wir nachmittags am Strand chillten. Im Nachhin lachen Marian und ich immer, wenn wir an diese Zeit denken.

Als wir im Süden der Nordinsel ankamen besuchen mich meine Eltern und wir fuhren gemeinsam auf die Südinsel um weitere anderthalb Wochen zusammen herumzureisen.

Wieder einmal brauchen wir Geld und fingen dieses Mal an in einer Hopfenfabrik zu arbeiten. Die harte Arbeit brachte viel Geld. Nach zwei Wochen war die Erntezeit beendet und wir reisten weiter. Die Südinsel stellte sich für uns als einziges Naturwunder heraus. Es gab so viele verschiedene Landschaften und wir wanderten so viel es ging. Zwischendurch wurden wir beim Freedom Camping erwischt und mussten 200$ zahlen.

Wir fuhren bis in die letzten Orte und lernten die netten Einwohner kennen und trafen auch immer wieder andere Reisende, die wir schon zuvor getroffen hatten. Wir wagten auch einen Bungy Jump und machten einmal eine viertägige Kajak-Tour. Zum Ende der Reise erlaubten wir uns sogar ein Bad in einem Gletschersee.

Das ist einer der vielen Momente die ich nie wieder vergessen werde. Nachdem das Auto in Christchurch verkauft war ging es für uns auf die Rückreise. Allerdings haben wir mit dem Geld vom Autoverkauf noch drei Stopovers in Sydney, Bangkok und Dubai gemacht. Hier bleiben wir jeweils für drei bis fünf Tage. Angekommen in Deutschland war ich total von der Reisesucht identifiziert.

Nachdem ich einige kleine Urlaube von Deutschland aus gemacht hatte, beschloss ich noch einmal auf große Reise zu gehen. Dieses Mal war mein Ziel Kanada! Ich wollte vor meinem „Film & Fernsehen" Studium unbedingt nochmal die Freiheit genießen. Bevor die Reise los ging arbeitete ich viel

in Deutschland und nahm wieder ein gutes Budget mit auf den Weg. Auf dieser Tour organisierte ich alles selbst. Zu dem Zeitpunkt wünschte ich mir schon eine Super Bibel aber mit mehr Zeitaufwand konnte ich alle relevanten Infos im Internet recherchieren. Dann ging es los!

Angekommen in Toronto, übernachtete ich einige Tage bei einem airbnb Host. Hier gab es anfangs paar Probleme aber ich freute mich wieder auf Reisen sein zu können. Das gesamte Abenteuer habe ich übrigens in einem Vlog festgehalten. Ich suchte wieder nach einem kleinen Auto, um mobil zu sein aber stellte fest, dass es in Kanada nicht so einfach war wie in Neuseeland.

Es gibt verschiedene Versicherungsbeiträge, abhängig von der Region und man musste wohl noch irgendwelche Security Checks machen. Auch die allgemeinen Angebote waren nicht so zahlreich wie erhofft. Etwas ernüchtert fuhr ich mit dem Bus nach Montreal und wollte hier Ausschau halten.

Ich lernte den französisch sprechenden Teil des Landes kennen und lernte auch, dass ich kein Wort Französisch sprach. Hier bekam ich starkes Heimweh und fühlte mich sehr fremd in dem Land. Ich überlegte meine Reise schon abzubrechen und traf dann glücklicherweise AJ, einen New Yorker mit dem ich dann per Zug in Richtung Vancouver fuhr. Vier Tage reisten wir durch das zweitgrößte Land der Erde und ich genoss die Landschaften. An der Westküste angekommen wurde ich spontan von Locals nach Vancouver Island eingeladen und verbrachte dort zwei Wochen. Hier fand ich dann auch mein Auto und kaufe es für 1.200$.

Nun ging mein erträumter Roadtrip los und ich düste in den Yellowstone National Park in den USA. Insgesamt war diese Reise einsamer als die in Neuseeland. Dennoch war es eine wertvolle Erfahrung für mich und ich habe gelernt zeitweise alleine sein zu können (was schwerer ist als sich anhört).

Als ich wieder Geld benötigte, fuhr ich zurück nach Calgary in Kanada und hörte in einem Hostel, dass man in Banff gut arbeiten könnte. Also fuhr ich direkt am nächsten Tag in die schönen Berge und fing an, meinen Lebenslauf bei den örtlichen Hotels persönlich abzugeben. Nach zwei Tagen erhielt ich einen Anruf und ein Bewerbungsgespräch. Ich bekam den Job und war dann für circa drei Wochen Housekeeper und wohnte in einer Staff Accommodation (Mitarbeiterunterkunft).

Ich lernte in Banff Markus über eine Facebook-Gruppe kennen und wir schmiedeten Pläne für eine Reise nach

Alaska. Gesagt, getan. Mit zwei weiteren Freunden, Isabell und Patrick, ging es dann für zwei Wochen in den Norden, wo die Sonne nur noch für eine Stunde am Tag unterging.

Meine Reise neigte sich dem Ende zu und ich verkaufe noch mein Auto einer Schulfreundin in der Nähe von Banff. Dann wanderte ich sechs Tage auf dem West Coast Trail bevor ich Kanada von Vancouver verließ. Ich machte natürlich wieder einen Zwischenstopp. In Reykjavik, Island, traf ich meine Freundin und wir erkundeten anderthalb Wochen mit dem Geld vom Autoverkauf den schönen Inselstaat.

Zurück in Deutschland fing ich an „Film & Fernsehen“ zu studieren und gründete meine neue Firma „Nashorn Filmhaus“. Dank dem Fernweh zog es mich seit Beginn des Studiums immer wieder in die Welt. Ich drehte Filme in Äthiopien, auf dem Mittelmeer vor der libyschen Küste, in den USA und bereiste weitere schöne Orte. Meine Work & Travel Erfahrungen waren das beste was mir nach der Schule passieren konnten. Ich habe viel über mich gelernt und erfahren, dass Reisen ein wichtiger Bestandteil meines Lebens sein soll.

Wenn du also noch überlegst, ob du wirklich ins Ausland gehen sollst, dann sage ich dir mit 110 prozentiger Überzeugung: MACH DAS!

Meinen Kanada Video-Blog findest du hier:

🔗 youtube.com/myworkandtravel

Meinen ersten Blog kannst du übrigens auch lesen:

🔗 www.kiwi-foto.blogspot.de

Markus' Reise

Als ich mich entschied eine längere Reise zu machen war ich in einem festen Arbeitsverhältnis bei einem guten Arbeitgeber und habe mit meiner Freundin zusammen in Dortmund gewohnt. Das Studium war beendet, ich habe bereits ein paar Jahre in meinem Beruf gearbeitet und die Perspektive Eigentum zu kaufen, vielleicht eine Familie zu gründen und mich in einer Stadt nieder zu lassen war für mich ein sehr abschreckender Gedanke. Das einzige, was ich damals spannend fand, war für längere Zeit ins Ausland zu gehen. Möglichst weit weg. Ich habe also im Alter von 30 Jahren das Working Holiday Visum für Australien beantragt.

In den nächsten Wochen habe ich mich getrennt, bin ausgezogen, habe meine Verträge gekündigt und mit meinem

Arbeitgeber gesprochen. Überraschenderweise wurde mir unbezahlter Urlaub für die Zeit meiner Abwesenheit zugestanden. Es war also alles in die Wege geleitet und es sollte für mich nach Australien gehen.

Ich hatte nur das Nötigste vorbereitet und wollte vor der Einreise noch einen Monat durch Vietnam reisen, was ich auch gemacht habe. Als ich letztlich in Perth, Australien angekommen bin, waren andere Backpacker meine wichtigste Informationsquelle. Die ersten zwei Tage, in denen ich alle wichtigen Informationen zusammen getragen habe, schlief ich im Flughafen. Anschließend wurde ich zum Couchsurfer, habe meinen eigenen Van gekauft und einen Road-Trip durch das gesamte Land gestartet.

Viele Monate und Kilometer später kehrte ich heim in meine alte Stadt und meinen alten Job. Dort traf mich die Erkenntnis, dass ich hier nicht mehr wohnen wollte und das Fernweh mich fest im Griff hatte. Ich kam also schnell zu dem Schluss, dass ich wieder für längere Zeit weg wollte. Diesmal nach Kanada. Ich habe mein Arbeitsverhältnis endgültig beendet, denn diesmal war ich sicher, dass ich nicht wieder kommen würde.

Es ging also mit Zwischenstop in der Karibik nach Kanada. Ich habe dort Toronto für die Einreise gewählt, in der Hoffnung, dass dort ein guter Startpunkt für den Kauf eines Autos sein würde. Wegen der teuren Versicherungen hat sich Ontario als ungünstig herausgestellt. Im benachbarten Quebec wurde ich aber fündig.

Mein erster Reisepartner hat das Auto bei Facebook entdeckt und ich habe es gekauft. Der Road-Trip konnte starten und meine Reise ging über Neufundland in den Banff National Park, wo ich Maik kennen gelernt habe, weil ich Mitfahrer nach Alaska gesucht habe. Die Wege haben sich zwar direkt wieder getrennt aber wir sind ein paar Wochen später zusammen mit neuen Freunden von Whitehorse nach Alaska gereist.

Eine dieser neuen Freunde war Isabel, die ich in Whitehorse abgesetzt und in Vancouver wieder getroffen habe. Sie hat die Strecke per Flieger zurück gelegt und zufälligerweise ist Tomi genau eine Stunde nach ihr am Vancouver Flughafen gelandet. Ich kannte ihn zu dem Zeitpunkt noch nicht aber er hat mich wegen meinem Blog per Facebook kontaktiert und wurde kurzerhand für den nächsten Road-Trip mit eingeplant. Die Saison neigte sich dem Ende zu und wir kümmerten uns um Jobs in Skigebieten. So kam ich nach Sunshine Village. Dort lernte ich Anna, meine Freundin aus Neuseeland kennen.

Mein Visum lief noch vor Ende der Skisaison aus, daher verließ ich das Land Richtung USA, für die ich mir das B1/B2 Touristen Visum besorgt hatte. Anna arbeitete noch ein paar Wochen länger in Sunshine Village und flog dann nach San Francisco, wo wir uns wieder sahen. Vier Monate reisten wir durch die USA und beendeten unsere Reise in Quebec, wo ich mein Auto wieder verkaufte und nach Mexiko flog. Da Anna in Kanada blieb trennten sich unsere Wege.

Ich reiste auf dem Landweg bis Panama und flog anschließend nach Deutschland. Anna hat bei unserer Reise viel weniger Geld ausgegeben als sie geplant hatte. Es war deshalb noch etwas übrig für einen Trip durch Südostasien.

Wir sahen uns ein paar Monate später dort wieder und reisten gemeinsam durch mehrere asiatische Länder. Danach bereisten wir noch zusammen Neuseeland und Europa aber letztlich trennten sich unsere Wege, da wir in unseren jeweiligen Heimatländern bleiben wollten.

Mittlerweile bin ich nach Köln gezogen und sehr zufrieden mit meinen Reisen, die nicht mehr ganz so lang sind.

Maik habe ich auf meiner Reise durch Kanada kennen gelernt und wir haben später entschieden gemeinsam dieses Buch zu schreiben. Die Fertigstellung hat etwas gedauert, aber ich bin froh, dass du es jetzt in den Händen hältst.

Ich habe auf meiner Reise einen Blog gestartet:

🔗 www.wanderdu.de

Genau wie Maik habe ich unterwegs einen Vlog geführt:

🔗 www.youtube.com/wanderdude

Nachhaltigkeit

Spätestens seit Greta Thunberg und Fridays for Future ist wohl jedem bewusst, dass der Klimawandel DAS Thema unserer Zeit ist. Die EU hat 2019 den Klimanotstand ausgerufen, denn wir steuern auf die größte Krise der Menschheitsgeschichte zu. Irreversible Schäden bedrohen sowohl unsere als auch alle zukünftigen Generationen. Das ist kein Schauermärchen sondern leider die Realität. Leider gehört auch zu der Realität, dass (Fern)reisen die CO_2 Konzentration in unserer Atmosphäre massiv erhöhen und wir damit die Erwärmung beschleunigen. Es ist zunächst wichtig zu verstehen, dass sich jeder in der Verantwortung sehen sollte, etwas zu tun. Das sind wir: Markus, Maik und du.

Wir wollen dir auf keinen Fall dein Work & Travel Abenteuer vermiesen, denn reisen bildet. Reisen hilft uns zu verstehen, dass wir alle auf einem Planeten leben. Es hilft nationales Denken zu bekämpfen und weltoffen zu werden. Was kannst du also tun, um die Emissionen deiner Reise zu minimieren?

Flüge kompensieren

Die größten Emissionen entstehen auf deiner Reise durchs Fliegen. Das kann nicht vermieden werden, da du beispielsweise nicht mit dem Zug nach Neuseeland kommst. Es gibt jedoch tolle NGOs (Hilfsorganisationen), die mit verschiedenen Projekten das durch den Flug entstandene CO_2 wieder binden. Das ganze nennt sich Kompensation. Der bekannteste Anbieter ist “atmosfair”. Du kannst auf deren

Webseite den CO_2 Ausstoß deiner Flüge ermitteln und diesen mit Spenden ausgleichen. Schau mal rein:

🔗 www.atmosfair.de

Wie ist dieses Buch entstanden?

Die Super Bibel wird im On-Demand-Druck hergestellt. Das bedeutet, dass dieser Ratgeber erst nach Eingang der Bestellung gedruckt wird. So verhindern wir eine Überproduktion. Die Tinte ist chlorfrei und es wurde säurefreies Papier für den Innenteil der Bücher verwendet. Das Papier stammt von einem Anbieter mit Forest Stewardship Council-Zertifizierung. Das Papier besteht zu 30 % aus Recyclingmaterial. Die Druckerei hat sich zum Recycling der anfallenden produktionsbedingten Abfälle verpflichtet.

Schlusswort

Das war's. Du hast das Ende der Super Bibel erreicht. Wir, Markus und Maik, hoffen, dass wir viele hilfreiche Tipps rund um den Work & Travel Aufenthalt geben konnten. Wir hoffen du hast dich dafür entschieden einen Auslandsaufenthalt zu wagen und einzigartige Erinnerungen zu sammeln.

Wir haben uns für das Schreiben dieses Buchs viel Zeit genommen, um dich zu inspirieren, in allen Lebenslagen zu unterstützen und dir Lösungen anzubieten. Hoffentlich hat das funktioniert!

Wenn dir das Buch gefallen hat, nimm dir bitte fünf Minuten Zeit und schreib uns bei Amazon eine kurze Bewertung. Das hilft anderen Interessenten sich mit dem Thema Work & Travel zu beschäftigen und hoffentlich auch ein eigenes Abenteuer zu starten. Wenn du Verbesserungsvorschläge hast freuen wir uns über deine Nachricht bei Facebook oder über unsere Webseite!

Wenn du Instagram benutzt poste doch mal ein Foto von dir und dem Buch und tagge uns: **@workandtravel_superbibel**

Vielen lieben Dank für das Lesen unseres Buches. Wir wünschen dir eine unvergessliche Reise mit tollen Momenten, interessanten Menschen und spannenden Erfahrungen. Genieß die Zeit deines Lebens aus vollen Zügen denn die Freiheit in der Form wird später im Leben immer schwerer zu erlangen. Prioritäten werden sich verschieben und es bauen sich mehr Bindungen auf z.B. Wohnung, Verträge, Auto, Partner/in usw.

Sei frei und lebe den Moment!

Markus & Maik

Danke

Maik: *Ich danke meinen Eltern Ute und Roland, dass sie mich in meiner Entscheidung die Work & Travel Reisen zu machen bestärkt haben. Ich danke euch für eure mentale, finanzielle und praktische Unterstützung. Ich habe mich riesig über euren Besuch in Neuseeland gefreut und liebe es stets euch von meinen Abenteuern zu berichten!*

Ich danke meinen Großeltern Ingrid und Helmut für die kleinen und liebevollen Pakete aus der Heimat mit teilweise selbst gebackenen Keksen und unendlich vielen Süßigkeiten. Gerne hätte ich euch das Buch noch persönlich überreicht. Ich danke Marian dafür, dass er ein so umgänglicher und herzensguter Reisepartner ist und war. Geil, dass wir immer noch zusammen reisen gehen! Ich danke meiner Freundin Marie-Jo für die geduldige Unterstützung während der ganzen Arbeitsstunden, die ich in dieses Buch investiert habe.

Ich danke außerdem allen lieben Menschen in der Welt bei denen ich kostenfrei schlafen und essen durfte, die mir Tipps und Mut gaben und andere Kulturen näher gebracht haben.

Zuletzt danke ich meinen zwei Reiseautos Hilli und Moosy, dafür, dass sie (fast) nie den Geist aufgegeben haben und die Reparaturkosten im Rahmen des Möglichen blieben.

Markus: *Ich danke meinen Eltern, dass sie mich unterstützt haben, obwohl sie mit meiner Entscheidung auf Weltreise zu gehen nicht einverstanden waren. Ebenso danke ich meiner Schwester, auf deren Unterstützung ich mich immer verlassen kann.*

Ich danke allen Reisenden, die ich unterwegs getroffen habe und mit denen ich eine Weile weiter reisen durfte. Allen voran Anna, die liebste Seele, die ich jemals getroffen habe und bis heute schmerzlich vermisse.

Ich danke außerdem Maik, ohne den dieses Buch nicht möglich gewesen wäre. Mögen wir weiterhin zwischen Hamburg und Köln pendeln, dann aber für die nächste Auflage. Und natürlich danke ich dir für den Kauf dieses Buchs!

Haftungsausschluss

Ihr habt es geschafft das Buch bis hier zu lesen (oder habt falsch herum angefangen). Glückwunsch (in beiden Fällen)!

Wir haben in diesem Buch Tipps und Ratschläge gegeben, die sich möglicherweise in rechtlichen Grauzonen bewegen oder falsch ausgelegt werden können. Wir möchten ausdrücklich darauf hinweisen, dass du grundsätzlich nach geltendem Recht und Gesetz zu handeln hast. Als Reisender repräsentierst du dein Herkunftsland. Verhalte dich daher wertschätzend und respektvoll gegenüber den Regeln in deinem Work & Travel Land. Andernfalls trägst du dazu bei, ein schlechtes Bild von deutschen Reisenden zu prägen. Das führt dazu, dass die nächste Generation von Work & Travelern möglicherweise nicht mehr so gastfreundlich und herzlich behandelt wird wie du. Sei dir der Verantwortung gegenüber deinen Mitmenschen und auch der Umwelt bewusst!

Alle Informationen wurden nach bestem Gewissen für dich zusammengetragen. Die Benutzung dieses Buches und die Umsetzung der darin enthaltenen Informationen erfolgt ausdrücklich auf eigenes Risiko. Die Autoren können für etwaige Unfälle und Schäden jeglicher Art aus keinem Rechtsgrund eine Haftung übernehmen. Rechts- und Schadenersatzansprüche sind ausgeschlossen.

Das Werk inklusive aller Inhalte wurde unter größter Sorgfalt erarbeitet. Dennoch können Druckfehler und Falschinformationen nicht vollständig ausgeschlossen werden. Die Autoren übernehmen keine Haftung für die

Aktualität, Richtigkeit und Vollständigkeit der Inhalte des Buches, ebenso nicht für Druckfehler.

Die Autoren übernehmen auch keine Haftung für Links zu weiteren Webseiten. Für die Inhalte verlinkter Webseiten sind ausschließlich die Betreiber der jeweiligen Seiten verantwortlich.

Wenn dir Fehler oder geänderte Informationen auffallen, schreib uns bitte eine kurze Nachricht über unsere Webseite www.super-bibel.de oder per Mail an info@super-bibel.de. Wir werden die Änderung so schnell wie möglich vornehmen.

Das Buch wurde verfasst von:

Maik Lüdemann, Wendenstr. 469, 20537 Hamburg
Markus Friese, Vogelsanger Straße 171, 50823 Köln

Genderhinweis

Auf Grund der deutlich besseren Lesbarkeit verwenden wir nur das generische Maskulinum als neutrale grammatikalische Ausdrucksweise, die ausdrücklich alle Geschlechter umfasst.

Copyright

Die Bilder auf dem Umschlag stammen von tollen Fotografen, denen wir für die Bereitstellung danken: Toa Heftiba, Sacha Styles, Hamza Erbay, Gerson Repreza, Spencer Watson, lalo Hernandez und Rajvinder Singh.

Printed in Poland
by Amazon Fulfillment
Poland Sp. z o.o., Wrocław

72348801R00230